KB188646

추억의 카투사
GI AND KATUSA

추억의 카투사
GI AND KATUSA

김용필 장편소설

도화

차례

작가의 말

등장인물

김영민-소설가(카투사)

강자연-양공주

스텝판 보먼-미군 중대장

하신해-양공주

리앙 자보라카-미 여군 장교

스완 데이비스-미군 소령

디호벤-미군 중사

김태호-하우스 보이

민해경-강자연의 친구

이로니카-김영민의 딸

기타 : 김윤호. 제임스 빌. 왕상분. 하킨스.

추억의 카투사 GI AND KATUSA

아버지의 비망록

I am katusa, not GI

일요일 늦은 밤, 병사들이 소등하고 곤히 잠들고 있었다. 늦게 귀대한 술 취한 병사들이 한바탕 고성방가로 떠들고 나서야 잠자리에 들었다. 그런데 자정이 넘은 시각에 귀대한 GI(미군)가 막사의 불을 켜고 노랠 부르며 소란을 떤다. 라이트 엎, 누군가가 불 끄라고 소리쳤다. 후 이스 댓 턴엎 라이트, 불 끄라고 한놈이 누구야? 미군 병사가 소리쳤다. 아이엄 코프럴 박, 나 박상병이다. 샅 엎 카투사, 술 취한 병사는 내 베드로 와서 툭툭 발길로 베드를 찼다. 겟 아웃 히어 프리스. 내가 조용히 말했다. 나하고 한번 붙자는거야. GI가 깐죽거렸다. 고 유어 베드. 슬리핑 타임 나우. 난 참을 수가 없어서 벌떡 일어나서 GI에게 말했다. 샅엎, 샷더 마우스, 새끼들 봐라. 나하고 한번 붙자는 거냐? 녀석이 떠들었다. 내가 녀석에게로 다가가자 태권도 유단자인 것을 알고 그때서야 슬슬 피하면서 욕설을 퍼부었다.

KATUSA is 슬래키 보이, 각 샤클 쇼크 마이 애스, 선 어브 어 피치, 녀석의 욕설에 도저히 견딜수가 없었다. 리슨, I am not GI, 아엠 코리언 솔져, 한번 붙어볼까? 다른 GI가 일어나서 싸움을 말렸다. 녀석이 베드에 눕고 밤은 조용히 지나갔다.

GI 병영에서 일어나는 미군과 카투사의 사소한 다툼이다. 문화의 차이와 어설픈 언어 불통으로 다투고 욕하는 상황은 수시로 일어났다. 거의 카투사의 양보로 사태는 수그러들고 언제 그랬느냐는 듯이 막사는 서로 웃고 즐긴다. 콩글리시 영어가 잘 통하지 않지만, 표정만으로도 서로를 이해하는 병영 생활이었다.

카투사는 슬픈 이름의 군인이었다. 한국군이 미군 제복을 입고 미군의 명령을 받는 병영에서 근무하는 군인이다. 그렇다고 의용군은 아닌 소속이 분명한 한국군인이었다. 한국전쟁 때부터 카투사는 GI의 정보통이며 길 안내자며 통역관이었다. 한국전쟁에서 미군이 승리를 거둔 전투는 카투사의 정보로 이루어졌다.

지금은 주한 미군에 귀속한 소수 요원이지만 한국전쟁 때 6만여 카투사가 있었고 4만여 명이 전사했다. 그러나 그들 전사자 명단은 한국군엔 없고 미군에 있었다. 죽어 시신조차도 확인 못 한 상태에서 그 이름만 웰링턴 국립묘지에 묻혔다.

'카투사는 죽어서도 고향에 돌아오지 못한 군인이었다.' 아버지의 비망록에 그렇게 적혀 있었다. 아버지는 카투사 출신의 육군 중위 종군 기자였다. 그리고 나도 아버지와 같이 카투사였다. 어느 날 아버지의 유품을 뒤지다가 먼지투성이로 뭉쳐진 낡은 원고 뭉치를 발견하였다. 소설 원고였다. 정리되지 않고 마구 써 내려간 카투사 이야기였다. 그중의 한 구절을 읽었다.

'아임 카투사'란 비망록은 이렇게 시작되었다. 기지촌의 밤, 양공주들이 어두컴컴한 골목을 서성인다. 하룻밤을 새울 GI를 찾아다니는 불나방들이다. 어둠의 숲에서 황홀한 불빛을 찾아 밤의 환상을 꿈꾸지만 아무도 그녀를 찾지 않았다. 오늘도 허탕이었다. 외인부대 기지촌의 실상이다.

멀리 가로등 아래서 흑인 남자와 황색 여인이 정열적인 키스를 하고 있다. '너희들은 좋겠다.' 그녀는 가증스러운 소리로 외친다. 밤은 깊어 가는데 한 사람도 만나지 못했다. 텍사스 카페에서 쭈그리고 앉아 위스키 잔을 들이켜는 양공주의 쓸쓸한 표정이 애처롭다. 무심코 지나는 카투사가 양색시에게 한마디 던진다.

'한 놈도 못 잡았어. 나랑 데이트할까? 웃기네, 된장국 먹는 놈이 무슨 위스키야? 난 된장은 싫어, 버터가 좋아, 소시지와 버터만 처먹다 보니 된장 냄새가 싫었겠지, 그래, 자식아, 저리 비켜. 카투사가 집적대면 손님 떨어져, 나도 너 같은 양갈보는 싫어. 이 새끼가 재수 옴 붙는 소릴 지껄이네. 썩어 시궁창 냄새나는 고기는 줘도 안 먹는다. 뭐라고 카투사 개새끼야, 시궁창 냄새나, 너 달러 맛을 알아? 썩어도 난 양색시야. 빠다 먹는 양공주라고, 웃기네, 나도 버터 먹는 카투사야, 너처럼 얻어먹지 않아, 이 새끼가 죽고 싶어 환장했군?' 야적한 밤. 양공주와 카투사가 한바탕 거친 말투로 주고받는다.

'미안하다, 내 말투가 너무 거칠었다. 서러워도 울지 마라, 기다리면 올 것이다.' 카투사는 그녀를 위로하고 혼자 술을 마신다. 이곳 외인 클럽에서 카투사와 양공주는 앙숙이다. 자신들의 추한 모습을 들여다보는 카투사가 싫다기보다 집적거리면 GI 손님이 떨어진다고 경계한다. 너는 기지촌에서 몸 파는 여자, 나는 GI 병영에서 슬픈 카투사, 라고 지껄이며 카투사는 마지막 잔을 비우고 클럽을 나와 비틀거리며 부대로 복귀하였다. 아버지가 적어놓은 기지촌의 풍경이었다.

시대는 다르지만 우연한 일치로 난 아버지와 같은 카투사였다. 아버진 한국전쟁 당시 통역장교로 활동했던 카투사였고 나 역시 카투사로 군 복무를 마쳤다. 문학청년이었던 아버지는 비망록 속에 주옥같은 글을 남겼다. 전쟁 중에 GI 병영에서 일어난 신나고 재미난 이야기와 답답하고 슬프며 고통스런 이야기들을 가득 적어놓았다. 낯선 이국 전선에서 죽어가는 GI들이 안타깝다고 그랬다. 그들은 죽는 순간까지 왜, 누구를 위하여 싸우며 죽어가는 이유를 모르고 있었다. 오직 국가라는 숙명적인 부름에 응했을 뿐이다. 눈물겹도록 고맙고 안타까웠다. '적군이 온다.' 손짓과 발짓 보디랭 귀지로 말하면 알아듣고 기관총을 내갈긴다. 통역관 카투사가 이끄는 전투였다, 사슴고지 정복, 전과는 괴뢰군 일개 소대 전멸, 부엉이 고지에서 미군 1개 중대 고립. 기사는 미국 일간에 오르내린다.

카투사는 슬픈 군인이지만 미군에겐 절대 필요한 요원이었다. 일부 몰지각한 무리들은 우릴 외화벌이 하는 의용 군인이라고 말하였다. 그러나 절대 그런 군인은 아니었다.

카투사(KATUSA), Korean Augmentation to the United States Army, 미군에 소속된 한국군이다. 일정 학벌을 갖추고 외국어를 숙독할 수 있는 요원들이다. 그래서 카투사 선발은 특수하다. 카투사로 선발되면 선택받은 군인이라고 부러워한다. 우선 잘 먹고 편하게 근무하는 군인이란 인식으로 질시와 증오의 욕설을 가한다. 우린 된장국 똥국을 먹는데 너흰 빠다, 치즈, 비프스테이크를 먹는 군인이잖아. 세상에 너희처럼 편한 군대가 어디에 있는가? 그러나 실제는 군인 신분이고 미군은 엄격했지 허술하지 않다. 그들에겐 이국 군의 캠프에서 겪는 아픔이 있었다.

난 카투사로 제대한 지 십수 년이 지났다. 그런데 나보다 오래인 아버지의 카투사 생활 원고를 다듬으며 깊은 사색에 젖는다. 카투사 이야길 소설로 쓰려는데 아버지 이야긴 시대가 변하고 언어가 변하여 말뜻이 다르고 현실성이 부족했다. 소재와 이야긴 무진 무궁한데 현실과 연계가 안 되었다. 한국전쟁 때 이야길 우리가 이해하지 못한다는 것이며, 미군과 한국군의 인식이 현저하게 다르다는 것이다. 그러나 병영 안에서 일어나는 재미난 이야기를 정리해 두었다. 난 아버지의 이야기와 내 이야길 섞어 미 병영 생활을 재미있게 그려내려고 마음먹었다. 그러나 무뎌진 기억을 더듬어 그때 추억의 긴 터널을 헤치고 들어가서 어둠 속에 갇힌 이야길 꺼내 정리하는데 상당한 무리가 따랐다. 사실 미 병영에선 실화가 소설 이상으로 재미난다. 그런 이야길 소설로 쓰려고 한 것은 어느 낯선 여인에게서 온 한 장의 편지 때문이었다. 그녀의 편지가 나의 무기력한 창작 의욕을 발동시켰다.

'김영민 작가님, 전 선생님의 소설을 사랑하는 외국인입니다. 그런데 요즈음 선생님의 작품이 안 나와서 섭섭했어요. 소재가 딸리나 봐요. 제가 소재를 하나 드릴까요. 선생님에 관한 이야길 쓰세요. 미8군 카투사 시절의 사랑 이야기 말입니다. 아주 훌륭한 소재가 될 거예요. 양공주가 되어버렸던 애인 이야기, 추억 속에 묻힌 선생님의 애인을 주인공으로 소설을 써보세요.'

누군지 그 편지를 보낸 사람은 너무나 나를 훤히 들여다보고 있었다. 그런데 외국인이란다. 대체 어떻게 그녀가 내 신상을 그렇게 자세히 잘 알고 있을까? 편지를 읽고 난 후 추억 속의 미8군 카투사 시절을 들추어 보았다. 아버지 이야기보다는 내 이야길 쓰는 것이 가치 있는 것으로 생각하였다. GI 병영에서 일어나는 인간관계를 쓰자. 무수한 이야깃거리가 있다. 문화적 갈등과 오해와 실수, 의식주의 갈등, 백인, 흑인, 황색인의 미군들과 기지촌 여인들과 한국인 종업원들 사이에 벌어진 무수한 이야기가 있었다. 그리고 재미있는 것은 양공주들의 이야기다. 문화와 환경이 다른 한국인과 외국인의 특수한 집단 GI 병영에서 일어나는 인간의 상관관계는 미묘하고 이채로웠다. 같은 인간이면서 이해가 될 것 같으면서도 이해가 안 되는 것은 다른 삶이라기보다 문화의 이질감이었다. 동서문화가 헝클어진 상태에서 찾는 돌파구였다. 나는 재미난 밀리트리 문학의 진가를 터트릴 생각에 벅차 있었다. GI 병영을 떠올리니 무수한 소재들이 되살아났다. 망각 속의 사건들이 파노라마처럼 회상되었다. 지구촌의 미군 캠프에서 일어나는 이야긴 소속된 국가의 문화적 차이로 이야기 맥은 달라진다. 알고 보면 기지촌은 돈 버는 직장이었다.

내 이야길 쓰자. 난 갑자기 오랜 추억 속에 묻혀버렸던 이야기가 담긴 원고 뭉치를 찾았다. 장롱 깊은 곳에 내던진 미8군 카투사 시절에 써 놓은 넌픽션 원고를 찾아냈다. '아임 카투사' 미 병영의 재미난 일상을 적은 기록이었다. 동안 수많은 작품을 발표하면서 그 소재를 생각 못 했을까? GI 병영의 재미난 이야기와 기지촌에서 만났던 양색시들의 이야기들이었다.

아버지의 비망록은 나의 병영생활과 비슷한 이야기였다. 6·25 한국전 때 아버진 육군 중위로 미군 지원 카투사 통역장교이며 종군 기자였다. 아버진 내가 경험한 외인부대 이야기보다 리얼하고 감동적인 이야길 소설로 구성해 놓았다. 직관을 영감으로 재미있게 표현하는 아버지의 그런 DNA를 받아 소설가가 된 것 같았다. 그래서 아버지의 비망록 속에 쓴 기록과 내 이야길 혼용하여 새로운 소설로 구성하면 신나는 이야기가 될 것 같았다. 그것은 미군 통역관이었던 아버지가 한국전쟁 중에 겪었던 카투사의 중차대한 이야기와 지금 휴전 상태의 나의 GI 병영 카투사 생활이 혼용된 것이다. 아버진 피의 전선을 넘나들며 종군 기자로 사명감을 다해 조국수호 전투 장면을 리얼하게 기록해 두었다. 그렇게 적어놓은 아버지의 전쟁기록은 너무나 재미 있었다.

카투사는 한국전쟁 때 큰 역할을 한 통역관이었다.
'적군이 온다. 이를 어떻게 막을 것인가? 전쟁의 포화 속에서 오직 그 일념으로 고뇌했고 당장 총을 들고 나가서 싸우고 싶었지만 내가 하는 일은 총을 쏘는 것보다 미군에게 정보를 제공하는 것이 더 중요하다는 생각에 전투 현장을 뛰어다녔다. 육군 소위 김윤호는 한국전쟁 때 소정의 시험을 치르고 카투사 통역관으로 입영하였다. 그리고 미군에 배속되어 종군 기자 제임스 빌 대위의 조수이며 통역관이었다. 당시 카투사 없이는 정보 미숙으로 모든 미군의 전투가 마비되었는데 작전 지형과 위치를 잘 파악해 주고 미군들의 행로를 판단케 하는 리더로 전투상황을 이롭게 이끌었던 길잡이였다.

김윤호는 제임스 빌과 총탄이 빗발치는 전장을 누비며 기사를 썼다. 결과적으로 전투상황을 알리는 기사는 세계인들이 민감하게 듣고 싶어하는 한국의 전장 소식이었다. 미군의 이국 전선에서 카투사는 정말 중요한 통역관이었다. 미군이 승리할 수 있었던 것은 현지 전투 상황을 정확하게 전달하고 가이드 한 통역관이 있어서 가능했다.

중부전선 가칠봉 전투 참전기는 스릴과 공포를 내포하고 있었다.

1951년(한국전쟁) 1월 어느 날 밤, 가칠봉 대안 분지에서 수천의 적군과 아군이 교전을 벌이고 있었다. 중공군이 벌떼처럼 인해전술로 전선을 넘어왔다. 미 항공대 비행기가 200명의 병사를 싣고 동부 전선 피의 능선으로 인력 수송을 하다가 적군의 포탄에 맞아 화염을 내뿜고 격추되었다. 미해군 1대대가 유리한 전선을 형성하고 있었는데 갑자기 당한 항공기 사고로 수송 병력이 모두 죽을 위험에 처했다. 결국, 전투 3일 만에 미해군 1대대가 소수 병력만 남기고 전멸하였다. 전투는 위기에 봉착하였다. 수백 명의 병사가 전화 속으로 사라져 버렸다.

"제임스 빌 대위님, 수많은 중공군이 인해 전술로 밀려오고 있습니다. 퇴로를 찾아야겠어요."

"인해 전술이 뭔가요?" 빌이 물었다.

"사람을 총알받이로 내세워 총탄과 인명을 맞바꾸는 전술입니다."

"총알과 사람을 맞바꾼다. 어처구니가 없군요."

"죽여도 산처럼 밀려드는 전사를 어떻게 당해요?" 난 한숨을 쉬며 말했다.

"알겠습니다. 퇴로를 찾아야죠."

중공군 2개 사단이 동부 전선에 당도하면서 전장은 피의 능선이 되고 말았다. 나는 제임스 빌 기자와 탈출을 모색하였다. 그때였다. 북과 꽹과리 소리가 우렁차게 들려왔다. 소리가 나는 쪽을 바라보았다. 산등성이로 수많은 중공군이 개미 떼처럼 내려오고 있었다. 그 소린 점점 가깝게 들려오고 있었다.

"저게 무슨 소립니까?" 제임스 빌이 물었다.

"중공군이 병사들의 사기를 올리고 적을 교란하는 꽹과리 소립니다."

"정말 불쾌하군요."

간장을 뒤집는 소리였다. 제임스 빌은 불안에 떨었다. 옆에 있던 하킨스 중대장도 긴장을 곤두세우고 있었다. 개미 떼 같은 중공군을 향하여 미군기가 공중에서 총탄을 퍼부었다. 빗발치는 총탄에 수많은 중공군이 쓰러졌다. 그러나 오뚝이처럼 일어나서 시체를 넘으며 적군은 점점 가까이 오고 있었다. 그때 미군 비행기가 추락하였다.

제임스 빌 대위는 상황을 자상하게 기록하여 교신하였다. 중대원은 거의 다 적탄에 쓰러지고 하킨스 중대장과 제임스 빌 대위 그리고 나는 적탄이 쏟아지는 전장에 고립되어 버렸다. 그런데 교신이 왔다.

'하킨스 중대장은 추락한 비행기 조종사를 구출하라'라는 명령이었다. '제기랄, 생사를 가름 못 하는 밤 상황에서 조종사를 구출하라고.' 하킨스 중대장이 투덜거렸다. 듣고 있던 제임스 빌 기자가 내게 말했다.

"김 중위, 수송기 추락 위칠 알겠는가?"

"어두워서 그곳이 어딘지 알 수 없습니다."

우린 숲속에서 길을 잃고 있었다.

"김 중위. 앞장서게." 제임스 빌이 명령했다.

"이곳이 적진입니다. 섣불리 나섰다간 죽습니다."

"조종사가 죽어가고 있단 말일세."

"정말 무모하십니다. 상황 판단을 해보서요." 나는 반대하였다.

그때 하킨스 중대장은 수송기가 추락했을 지점을 향하여 무작정 발길을 옮겼다. 제임스 빌과 나는 그를 따라나섰다. 어둠의 숲을 조심스럽게 헤치고 가다가 깊은 계곡으로 빠져들고 있었다. 진퇴양난이었다. 꼼짝없이 죽는구나. 멀리서 꽹과리 소리가 우렁차게 들렸다.

그때 눈앞에 큰 바위 동굴을 발견하였다. 죽으라는 법은 없었다. 모두 동굴 안으로 피했다. 들어가자마자 피곤하여 고꾸라졌다. 얼마나 잤는지 모른다. 눈을 뜨고 보니 훤히 밝은 대낮이었다. 분지는 총성이 멈추고 고요한 적막에 젖어 있었다. 배가 고팠다. 하킨스 중대장은 비상식량 건빵을 던져주었다. 그리고 3일 동안 먹지도 못하고 동굴에서 버티었다. 중공군은 밤낮없이 피리와 꽹과리를 치고 있었다.

"미치겠어, 저 소리." 제임스 빌이 귀를 틀어막았다.

"적군이 총알을 몸으로 막는 인해 전술로 전선을 넘을 것 같아요."

우린 숲에 갇혀 고립되어 꽹과리 소릴 들으며 구출병이 오길 기다렸다.

밤이었다. '블랙버드 작전'이 펼쳐진다는 교신을 받았다. 미해병 헬리콥터 편대가 캄캄한 밤에 숲속의 중공군을 향하여 폭격을 가하였다. 헬기는 목표한 적진 깊은 곳까지 날아가서 포격을 가하였다. 3대의 헬리콥터 편대는 적진에 포위된 아군을 지원하기 위하여 험난한 산악을 맴돌며 가칠봉에 포탄을 퍼부었다. 중공군들의 반격도 만만치 않았다. 꽹과리 소리가 멈췄다. 중공군의 진지가 불타면서 비명과 아우성이 들끓었다.

"끝내 추락한 조종사는 구하지 못하는군." 중대장이 아쉬워하였다.

"상황이 끝나면 살펴봐야죠." 제임스 빌의 휴머니즘이 작동하였다.

공중 사격에 놀란 중공군이 북으로 후퇴하였다. 그러나 숲에 남은 중공군 패잔병들이 간헐적인 전투를 벌이고 있었다. 우린 동굴 밖으로 나와서 하얀 연기가 피어나는 가칠봉을 바라보았다. 공습이 끝나고 피의 능선은 미군 편에 들어왔다. 분화구같이 생긴 넓은 해안 분지에 햇빛이 쏟아지고 있었다. 펀치 볼에 채워진 안개가 출렁대고 있었다. 마치 그것은 포도주잔 안에 레드 와인이 출렁이는 것과 같았다. 그것을 바라보고 있던 제임스 빌 기자가 나를 불렀다.

"김 중위 이리 와서 와인 한잔하자고?"

"와인이 어디 있어요?"

"저기 있잖아. 펀치 볼에 빨간 와인이 출렁거리고 있잖아." 제임스 빌이 계곡을 가리켰다.

"펀치 볼, 빨간 와인이 어디에 있어요?"

"저 대안 분지에 핏물이 출렁이잖아. 대안 분지가 펀치 볼 같아, 그 잔 속에 중공군의 피가 가득 출렁대는 것이 안 보여?"

그는 전쟁의 공포 중에 이런 표현을 하였다. 펀치 볼에서 안개가 자욱이 채워져 있었다. 안개가 출렁이면서 진한 와인 향기를 풍기고 있었다. 그는 그것을 피의 향기라고 하였다. 대안 분지의 안개를 보고 붉은 와인이 출렁거리는 것 같다고 표현하였다. 역시 종군 기자다운 멋진 표현이었다.

"그러네요. 펀치 볼에 와인이 출렁거려요. 레드와인. 정말 멋진 시군요."

전쟁터에선 누구나 시인이 될 수밖에 없었다. 그는 피로 물든 전장을 펀치 볼이라고 했고 그 속에 흐르는 피를 와인이라고 표현하였다. 그의 감성에 놀랄 뿐이었다.

"중공군이 물러갔으니 우리도 행동을 개시합시다." 중대장이 말했다.

"숲에 중공군의 잔당이 남아 있어서 섣불리 움직일 수 없습니다."

밤이 되자 다시 공습이 시작되었다. 미군 헬기가 적진을 공격하였다. 숲에 숨어 있던 중공군 잔당들이 헬리콥터가 나는 하늘을 향하여 대공 사격을 가하였다. 명중하였다. 요란한 굉음을 내면서 헬기 한 대가 화염을 내뿜으며 추락하였다. 헬기 잔해가 그리 멀지 않은 곳으로 떨어지면서 낙하산이 펼쳐졌다. 어둠 속에서 희미하게 떨어지는 낙하산 형체가 보였다. 모두 숨을 죽이며 그곳을 바라보았다.

"중대장님, 조종사를 구하러 갑시다." 제임스 빌이 제의하였다.

"안 됩니다. 적들도 낙하산 하락 점을 보고 있어요." 하킨스가 막았다.

"김 중위, 우리라도 갑시다. 길을 안내하시오."

앞장서는 그를 막을 수가 없었다. 세 사람이 어둠 속에서 낙하산이 떨어진 곳을 향하여 걸었다. 그때였다. 어디선가 나직한 비명이 들렸다.

"김 중위. 들리지 않나? 저 비명 말이야." 제임스 빌이 상을 찌푸렸다.

"네, 들었습니다."

하킨스 중대장이 위치를 파악하려는 듯 귀를 기울였다.

"살아있는 병사가 있는 것 같아요." 제임스 빌이 말했다. 다시 비명이 들렸다. 순간 나뭇가지에 걸려 있는 낙하산을 발견하였다. 그곳에서 나는 신음이었다. 제임스 빌이 기관총을 겨누고 소리 나는 곳으로 발길을 옮겼다.

"나서지 말아요." 중대장이 명령했다.

"살려 달라고 비명을 지르는데 보고만 있어요." 제임스 빌이 중대장의 말을 듣지 않고 숲으로 다가갔다. 추락한 헬기 잔해가 널려 있었다. 제임스 빌이 추락한 헬기 안으로 뛰어들었다.

'헬프미, 헬프 미, 쎔바리 헬프미.' 병사의 간곡한 비명이었다. 중대장은 소리가 나는 곳으로 다가갔다. 희미한 어둠 속에서 보이는 검은 물체, 그곳에 낙하산이 나무에 걸려 있었고 줄에 매달린 조종사를 발견하였다. 하킨스 중대장이 다가가서 나뭇가질 쳐내고 낙하산 줄에 묶인 조종사를 구출하였다.

"관등 성명을 대시오." 하킨스 중대장이 나지막하게 물었다.

"미해병 항공대 소속 수송대장 M. 디호벤 소령이요."

간신히 그를 구출하였다. 디호벤 소령은 다리에 골절상을 입어 일어나지 못했다. 하킨스 중대장은 디호벤 소령의 다친 다리를 응급조치하였다.

"소령님, 이곳은 중공군의 진영입니다. 빨리 빠져나가야 합니다."

"대위, 난 걸을 수가 없소." 디호벤 소령이 말했다.

"걱정하지 마세요, 저희가 부축해서 갈 것입니다."

하킨스 중대장이 낙하산 줄을 이용하여 나뭇가지를 얽어서 간이침대를 만들었다. 간이침대에 소령을 눕혀 들고 이동을 시작하려는 순간 중공군 소대 병력이 그들을 에워쌌다. 하킨스 중대장이 응수하려고 하자 어느새 중공군들이 우릴 제압하였다.

"총을 버려라. 그렇지 않으면 모두가 죽는다." 중공군 장교가 말했다.

어느새 중공군은 우릴 포위하였다.

"환자가 있으니 우릴 포로 규정에 따라서 취급하라." 하킨스가 소리쳤다.

"알겠다. 국제협약대로 포로를 대할 것이니 무기를 버려라." 여자의 목소리였다. 그때 간호장교 복을 입은 중공군 여자 장교가 앞으로 나왔다.

"당신이 이들의 대장이요?"

"그렇다." 하킨스가 답했다.

"난 중공군 간호장교요. 내 말을 듣지 않으면 당신들을 처단할 것이오."

"전투병이 아니군요."

안심이 되었다.

"간호대원이라고 섣불리 저항했다간 목숨이 살아남지 않을 것이오." 여자의 목소린 날카로웠다. 우린 무기를 버렸다. 무장이 해제하자 중공군은 우릴 포승으로 묶었다. 그들 대원은 20여 명이었다. 포로가 되어 한참 무거운 침묵이 흘렀다. 그런데 간호장교는 구급대를 펼쳐서 디호벤 소령을 치료하기 시작하였다.

"전 미 육군 종군기자 제임스 빌이요. 우리를 학대해선 안 됩니다."

"부상자는 적십자 규칙에 근거하여 치료할 것이고 여러분의 목숨은 포로 협약으로 안전하게 보호할 것이오." 중공군 간호장교가 말했다.

"이들은 적군이니 처단하십시오." 중공군 병사가 강하게 주장하였다.

"우선 부상병을 치료한 후에 포로로 이송할 것입니다."

간호장교의 인간적인 마음씨가 감격이었다. 이들은 전투병이 아닌 의무 대원이었다. 간호장교는 디호벤 소령의 부상을 치료해 주고 나서 굶주린 우리에게 주먹밥을 내놓았다. 그리고 내게 질문을 하였다.

"당신은 한국군 장교인가요?" 한국말로 물었다.

"그렇소. 미군소속 카투사 통역장교 입니다."

"카투사, 통역관이라고요? 군인이 아닙니까?"

"종군기자 입니다. 어떻게 중공군 간호장교인데 한국말을 잘합니까?"

"전 조선족입니다. 헤이롱 장성 하얼빈에서 왔습니다."

"조선족이 중공군으로 왔군요?"

"네, 전 왕상분 소좌입니다."

"전 김윤호 중위이고 이분은 종군기자 제임스 빌 대위이며, 이분은 하킨스 중대장입니다. 다친 분은 디호벤 공군 소령이고요."

"참 당신들은 운이 좋습니다." 왕상분 소좌가 웃으면서 말했다. "당신은 전쟁터에서 적군을 치료해 준 천사입니다."

"적이라 할지라도 부상병을 치료하는 것이 간호장교 임무입니다."

디호벤 소령은 조금만 지체했으면 죽었을 터인데 중공군 간호장교를 만나 다행히 심한 상처를 치료할 수 있어서 목숨을 구했다.

"우릴 돌려보내 주세요." 하킨스 중대장이 말했다.

"가다간 죽습니다. 난 당신들을 보호할 것입니다."

우리는 전선 없는 전선에 고립되어 앞으로 어떻게 될지 모르는 상황이었다.

"가다가 잡혀 죽더라도 갈 것입니다."

"정말 죽어요. 내가 당신들의 생명은 보장하겠습니다." 왕상분 중공군 간호장교가 편안하게 말했다.

"왕대장님의 지시에 따를 것입니다." 내 말에 디호벤 소령이 고갤 끄덕였다.

적과의 동침同寢이었다.

중공군 병사는 우리를 죽이고 가자고 제의했으나 왕상분 소좌는 거부하였다. 이왕 같이 고립된 패잔병이니 적과 동침을 결심한 것이다. 전쟁터에서 상상할 수 없는 일이었다. 그때였다. 중공군 소위가 우리에게 기관총을 겨누었다.

"모두 죽여버릴 테다."

"쏘지 말라." 왕상분 소좌가 완강히 명했다.

"우리가 위급한데 어떻게 저들을 데리고 갑니까? 모두 죽이고 떠납시다." 중공군 소위가 고집을 부렸다.

"안 돼요. 포로를 죽일 수는 없습니다. 더군다나 환자가 있어요." 왕상분 소좌는 소위를 설득하였다. 내가 왕상분 소좌에게 제의하였다.

"대장님, 대우산 우리 진영으로 갑시다. 절대 당신들을 해치진 않을 것이요."

"아니요, 우리 진영인 가칠봉으로 가요. 당신들을 다치지 않게 할 것입니다."

왕상분 소좌의 입장은 디호벤이 부상자니까 움직일 수 없다는 것이다. 적이건 아군이건 부상자를 보살피는 것이 간호병의 임무라고 생각하였다. 같이 이틀 밤을 새우는데 가지고 온 주먹밥이 다 떨어졌다. 저녁에 제임스 빌이 왕 소좌와 조용히 차를 마시며 담소를 나누었다. 제임스 빌은 그녀의 아름다운 인간 사랑에 감동하였다. 나는 그들의 대화를 통역하면서 진지한 정감을 의식하였다.

"어떻게 한국전에 참전하게 되었는가요?"

"조선족 간호장교는 무조건 전쟁에 나서야 한다는 령을 받았어요."

"그럼, 중공군엔 조선족이 많군요."

"중국 의용군 중엔 조선족과 몽고, 중국계 러시아 소수 민족이 있어요."

천사 같은 여인이었다. 앙리 두낭이 말했다. 전장에선 적과 아군을 가리지 않는 것이 적십자 정신이며 간호사의 의무라고, 그녀는 천생 간호사였다. 날이 어두워지자 왕상분 소좌는 우릴 데리고 가칠봉으로 가겠다는 것이었다.

"우린 그곳으로 가면 죽어요. 안가겠습니다." 하킨스 중대장이 반대하였다.

"부상병이 있으니 차라리 포로가 되십시오. 그 길만이 사는 길입니다." 그녀가 냉정하게 말했다.

"우리는 살아갈 수 있으니 댁들만 떠나세요."

"부상병을 데리고 어떻게 갑니까? 내 말을 들으세요."

명령을 따를 수밖에 없었다. 그때였다. 산 넘어 중공군 대병력이 이곳을 향하여 움직이기 시작하였다. 일부 중공군 의무병들이 재빨리 중공군 진영으로 도주를 하였다. 왕상분 소좌가 하킨스 중대장과 제임스 빌 대위와 나를 묶은 포승을 풀어주었다.

"도망을 가십시오. 잡히면 죽습니다. 내가 더 당신들을 보호할 수 없군요."

"고맙습니다."

"내가 엄호해 줄 테니 중공군이 오기 전에 이쪽으로 빠져나가십시오."

그녀는 우리에게 압수한 총을 돌려주었다. 하킨스는 재빨리 디호벤 소령을 업었다. 제임스와 난 주위를 살피며 앞에서 숲을 헤쳐 나갔다. 그때 총소리가 들렸다. 왕상분 소좌가 중공군을 향하여 엄호사격을 한 것이었다. 우린 반대 숲으로 탈출을 하였다. 왕상분은 중공군을 향하여 계속 미군인 것처럼 사격을 가하였다. 그때 중공군이 나타나서 도망가는 우리에게 사격을 가하였다. 잠시 교전이 벌어졌다. 제임스 빌이 발에 총탄을 맞았다. 나는 그를 부축했으나 그는 피를 많이 흘려서 도저히 움직일 수 없었다. 하킨스는 디호벤 소령을 부축하고 나는 제임스 빌을 부축하였다. 그런데 더 나갈 수가 없었다.

"김 중위, 난 이제 더 갈 수가 없소. 당신은 살아서 가야 합니다." 제임스 빌이 힘없이 말했다.

"생사를 같이할 것입니다."

그때 디호벤 소령이 지쳐 누워버렸다.

"하킨스 대위, 부탁이 있소. 나를 죽여주시오."

"죽어도 같이 죽어야 합니다. 소령님 힘을 내세요."

"이러다간 다 죽습니다. 나를 죽이고 가시오." 디호벤 소령이 말했다. 하킨스는 깊은 생각에 젖어 있다가 권총을 디호벤 소령에게 던져주었다. 디호벤 소령이 자기 머리에 권총을 대고 방아쇠를 당겼다. 탕, 그리고 비명과 함께 디호벤 소령이 쓰러졌다. 총소릴 듣고 중공군이 집중사격을 가해왔다.

"김 중위, 나도 갈 수가 없소이다. 날 두고 가시오." 제임스 빌이 진지하게 말했다.

"그럴 순 없습니다."

"난 종군기자니까 죽이진 않을 것입니다." 제임스 빌이 간청했다.

하킨스 중대장은 디호벤 소령의 시신을 나뭇가지로 덮고 엄숙하게 거수경례를 하였다. 난 제임스 빌 대위를 붙잡고 말하였다.

"제임스 빌 대위, 꼭 돌아와서 구하겠습니다. 어쨌거나 버티십시오."

　상황이 급박해지자 제임스 빌 대위를 둔 채 난 하킨스 중대장의 뒤를 따라 달렸다. 앞만 보고 달리다가 길을 잃어버렸다. 하킨스 중대장이 어디로 갔는지 모른다. 나는 혼자 간신히 적진을 무사히 빠져나와 미해병 진지를 찾아왔다. 그러나 적진에 두고 온 디호벤 소령의 시신과 부상한 제임스 빌의 모습이 떠올랐다. 대체 하킨스 중대장은 어디로 갔을까, 중공군 간호장교 왕상분 소좌는 무사히 진영으로 돌아갔을까?

　그녀는 적군이건 아군이건 부상병을 방치할 수 없다는 인간미 넘치는 간호장교였다. 나는 왕상분 중공군 간호장교를 잊을 수가 없었다. 그녀는 진정한 전장의 꽃이었다.

　이 이야기는 통역관 종군기자 김 중위의 한국전 참전기였다.

　한국전 때 카투사 통역관이었던 아버지의 비망록 이야기와 나의 카투사 생활을 잘 믹스하여 흥미진진한 소설이 구성되고 있었다. 생각해 보면 같은 카투사지만 아버지와 나의 환경은 달랐다. 아버진 전쟁의 상황 속에서 벌어지는 인간 감정을 리얼하게 묘사하였다. 그러나 나의 GI 병영 이야긴 일상에서 벌어지는 GI와 카투사 간의 사소한 다툼과 문화 충돌이 감정 대립으로 얽히는 상황과 양색시 이야기였다. 같은 이야기인데도 아버지 이야긴 진지하게 전쟁에서 절절한 인간의 감정을 느낄 수 있었고, 나의 이야긴 외인부대에서 적응 못 한 불만과 울분을 그리고 퇴폐상을 그렸다.

문득 미8군 카투사 시절, 그때 난 미군에게 괄시받고 외면당하는 걱정거리였다. 왜 그리 화가 나고 울분했던지 지금에야 알았다. 이유는 무시당하는 자존심의 격분이었다. GI들의 가난한 우리나라를 무시하고 업신여기는 행태에 대한 분노였다. 그들은 늘 카투사를 가증스러운 눈빛으로 대하고 행동하는데 자존심이 상했다. 도를 넘는 무시감과 수모를 참아야 한다. 우린 너의 나라를 지켜주고 있으니 감사하라. 그러나 너희들이 우방으로 우리를 도와주는 것과 같이, 나도 미국을 위하여 군 복무를 수행하고 있다. 늘 병사 간에 이런 식의 감정이 오갔다. 그들이 우릴 무시하는 데는 국력의 비교였다. 미군은 징병 군인보다 직업 군인과 의용군이 대부분이다. 그래서 높은 급료를 받는다. 물론 카투사는 미군에 봉사하는 대가를 받는다. 그것은 국가 재정으로 편입되었다. 당시 미군 써전 봉급이 350달러, 그러나 우린 900원을 받았다. 막걸리 5통 값이다. 하지만 우린 국방의무를 수행하는 군인이지 그들처럼 직업 군인은 아니다. 오해와 갈등은 문화적 차에서 오는 것이었다. 지금 와서 생각하니 아무 일도 아닌데 그땐 존엄한 자존심이 무시당하는 내 안의 자학에 젖곤 하였다.

GI병영에서 같은 군인이지만 이질적인 문화는 자잘한 이해 충돌을 일으켰다. 가장 예민하고 열정이 불타던 나이에 동서문화의 충돌과 몰이해가 오는 충격이 젊은 나의 자존심을 짓밟았다. 언어의 불통과 해석과 견해가 다르고 같을 수 없어서 일어나는 일이다. 그것이 화근이다. 나뿐만 아니라 미군과 카투사 간에 몰이해로 느끼는 감정이었다. 너희가 우리 국토를 수호해주니까 고맙고 미안하지만, 우리도 너희 군무를 수행하고 있어서 같은 군인으로 무시해서는 안 된다는 것이다.

'자식들, 우리는 가난하지만, 역사적으로 볼 때 미국보다 훨씬 선진 문화민족이었고 국력이 약하다고 무시하지만 5천년 문화민족이다. 현재 가난하다는 이유로 우린 무시당할 수 없다.'

다른 카투사들은 잘 적응하고 있는데 유독 난 GI와 그렇게 잘 다투었다. 그것은 나 개인의 문제는 아니었다. 제일 싫은 것은 슬래키 보이(도둑놈)라는 말이다. GI들은 카투사를 도둑 취급을 하였다. 60~70년대에 GI 병영에서 겪어야 했던 카투사들의 공통적인 분노였다.

카투사는 주한 미군에 소속된 한국군으로 70년의 역사를 가지고 있었다. 한국전쟁 때 카투사는 미군과 유엔군의 작전을 돕는 필수 요원이었다. 전쟁 후 소련군과 미군이 떠나고 휴전 상태에서 주한미군 사령부가 유엔군으로 남아 있었다. 이때부터 정식 카투사 병제를 두었다.

세월이 흐른 후 그때와 지금의 카투사의 상황이 너무나 다르고 미군에 대한 인식도 다르다. 그 당시는 미군이 대한민국을 지켜주는 방위군으로 주목을 받았다. 지금은 휴전 상태라서 주둔군으로 남아 있었다. 정전 상태라 주한미군 작전권을 미군이 가지고 있어서 우리의 자주국방 능력이 한계에 달하고 있었다. 따라서 작전권을 넘겨주길 바라지만 아직 방어 수호능력이 없다는 이유로 넘겨주지 않고 주둔군으로 머물고 있다. 우리 정부는 미군이 우리나라를 지켜주니까 고맙다, 하지만 우리도 미군이 주둔한 분담금을 내고 있다.

GI 병영 속에서 카투사들의 고뇌와 갈등은 쉽게 해소되지 않았다. 미군이 카투사를 무시하는 데 대한 반감이었다. 카투사는 그들의 문화에 적응하려는 부단한 노력을 하는데 미군은 한국 문화를 이해하지 못한다. 한국전쟁이 끝나고 정전 상태에서 남북이 대치하는 상태에서 전작권을 미군이 쥐고 있는 이상, 미군 주둔은 영속될 것이고 그들의 역할은 중대할 것이다.

나는 60년 후반에 주한미군 소속 카투사로 3년간 근무했었다. 외인부대에서 카투사 생활은 내 인생의 큰 변화를 몰고 왔다. 글로벌 세상을 보고 인간을 이해하는 국제적인 마인드를 가진 것이다. 아버지는 전쟁 중에 오로지 민족과 국가를 위해 미군 전투 작전에 최선을 다한 카투사였다. 전쟁 속에서 인간을 사랑한 휴머니스트였다. 그런데 난 달랐다. 외인부대 기지촌에서 벌어지는 사사로운 사태에 고뇌하고 이합 병영 생활의 거칠고 삭막한 일상을 비판하며 적응하지 못하고 증오에 가득한 불만으로 임했다. 아무튼, 아버지와 난 그런 차이가 있었다. 가난하고 약소한 국가에서 미군에 목매어 돈줄을 끌어내려는 양공주들의 선정적인 모습과 기지촌 사람들의 어두운 삶에 절규를 느꼈다. 그런 병영의 갈등과 고뇌는 나를 소설가로 만들기에 딱 좋았다. 갈등 속에서도 그나마 국제적 마인드를 가진 것은 다행이었고 그때 경험한 폭넓은 세계관과 그때 만났던 다양한 부류의 미군들과의 인간적 관계는 나를 변화시키는 유익한 경험이었다.

GI 병영과 기지촌에서 수많은 부류의 사람을 만났다. 순하고 거칠고 사악스럽고 폭력이 난무한 기지촌에서도 삶에 열중한 인간의 본태를 목격할 수 있었다. 양색시, 미군, 그리고 접대업소와 뚜쟁이들의 사기와 협박, 폭력과 울분이 서린 곳이 기지촌 문화였다. 그리고 아름다운 사람들, 강자연과 하신해, 보면 중대장과 하킨스 대위, 디호벤 중사와 백인, 흑인, 황색인, 혼혈 인종의 모습과 그들의 문화가 생각난다. 미군에 지원한 의용병 중에서 뽀로리카 출신 흑인 병사의 인간적인 교분은 잊을 수가 없었다. 미8군 카투사 생활은 내 젊은 인생을 바꾼 전환기지만 한편 내 젊은 낭만을 몽땅 빼앗긴 우울한 시절이었다. 미군 장교에게 애인을 빼앗긴 분노는 미군에 대한 갈등으로 늘 폭발하였다. 실연한 슬픔에 가슴앓이로 방황하던 나약한 청년이었다. 그 슬픈 기억들이 새록새록 떠오른다. 그때의 분노는 외인 군영에서 장교와 사병이라는 신분을 뛰어넘어 연적이란 감정으로 대립하였다. 풍요로운 물질문명에 현혹되어 나를 배신한 그녀보다는 가난하고 빈곤한 국력이 만든 결과

라는 분노와 나에 대한 정신적인 열등감이 울분으로 나타났고 그 울분을 못 다스리는 감정은 늘 나를 질책하고 있었다. 그녀는 미군 장교의 물질적인 풍요를 찾아갔다.

이미 40년 전의 슬픈 이야기인데 그때의 추억을 일깨워 주는 서신 한 장이 나를 되돌아보는 큰 변화를 안겨주었다.

'선생님의 소설을 요즈음 통 보지 못했어요. 작품을 안 쓰셔요. 소재가 빈곤한가요. 노벨상을 탈 작품 소재를 말해 줄까요. 선생님의 카투사 이야길 쓰세요. 미군에 빼앗긴 애인 이야길 써보세요. 틀림없이 노벨상을 받을 소설이 될 겁니다.'

글을 준 사람은 외국 여인이었다. 누구일까, 아무리 미루어 짐작해도 발신의 정체를 알 수 없었다. 그런데 편지 끝부분에 이름과 전화번호가 있었다. '이로니카 새론' 독일 여인이었다. 나는 곧장 전화를 걸었다.

"이로니카씨, 나를 잘 아는 당신은 누굽니까?"

"김영민 선생님, 전 독일에 사는 이로니카 새론입니다. 반갑습니다." 그녀는 서툰 우리말로 자신을 밝혔다.

"아가씬 나를 어떻게 아세요?"

"선생님 소설을 즐겨 읽어요. '펀치볼의 신화' 참 재미있었어요."

"그건 제 아버지 이야깁니다."

아무튼, 독일인이 나의 소설을 즐겨 읽고 나를 잘 안다는 것이다. 그리고 덧붙였다. 저의 어머니가 선생님 소설을 좋아해요. 어머니도 선생님 소설을 읽으며 추억을 회상하는 것을 봤어요. 한국전 이야기 말이에요. 펀치볼의 신화는 내가 썼지만 내 이야기가 아니고 아버지 이야기였다.

"어머니가 누군데요?"

"만나면 말씀드릴게요. 전 잠시 어머니를 만나러 한국에 와 있습니다."

"그럼, 우리 만나 점심이나 같이해요."

"지금은 아닙니다. 시간이 되면 연락을 하겠습니다." 그녀는 전화를 끊어버렸다.

어머니 나라에 왔다가 어머니가 좋아하는 작가의 소설을 읽었다는 그녀의 정체는 대체 누군가? 난 한동안 환청에 홀린 듯 멍하니 넋을 잃고 있었다. 그리고 아버지의 다큐멘터리 이야길 더 재미있게 쓰려고 하였다.

미국의 전승기념 맨해튼 추모의 벽에는 4,360명의 카투사 이름이 전쟁 영웅으로 적혀 있었다. 1년 전에 카투사 전우회 대표로 미국 워싱턴 D.C에 간 일이 있었다. 웰링턴 국립묘지와 뉴욕 맨해튼의 한국전 참전 용사 기념탑 건립을 위한 초청회에 참석했다. 맨해튼의 한국전 참전 용사 묘역은 35,000명의 미군 전사자와 4,360명의 카투사 전사자가 묻힌 묘역인데, 그날은 한국전쟁에서 전투하다가 죽은 용사들의 위령비를 세워 그들의 죽음을 깊이 애도하고 빛내려는 자리였다. 정말 많은 카투사가 전사하였던 것이다.

이곳 카투사 묘역의 유리벽 안 위령비 명단에서 눈에 띄는 이름을 발견하였다. 세컨 루테란드 김윤호는 아버지였다.

그 옆에 쓰인 아버지가 남긴 글귀가 눈물겨웠다. '우린 전쟁의 신화를 만든 카투사다' 한국 전쟁에서 유일한 카투사 종군기자로 이름을 빛낸 분이었다. 그런데 한국군 장교 명단엔 아버지는 없고 미군 전사자 명단에 들어 있었다. 아버지는 전투 중에 행방불명 되었는데 포로로 잡혀 있다가 포로 석방 때 돌아온 분이었다. 그리고 90수를 누리다가 돌아가셨다.

아버지는 6·25 한국전 당시 카투사 종군기자로 1950년 웨스트포인트를 막 나온 육군소위 에드워드 퀸 소위의 보좌관으로 참전하여 에드워드 소위가 준장이 될 때까지 같이 근무했던 전우였다. 에드워드는 한국전에서 7개 전투의 승리를 이루어낸 영웅으로 3년만에 준장 계급을 단 신화적 인간이었다.

아무튼, 아버지 김윤노 중위와 난 역사적인 미군 GI 병영에서 준외교관으로 국방의무를 자랑스럽게 마친 카투사였다. 세상 사람들은 카투사에 대한 편견이 많다. 선택받은 군인으로 편하고 자유롭게 GI 병영에서 영화를 누렸다고 말한다. 개뿔 같은 소리다. 어떻게 군대인데 영화를 누리겠는가. 다만 먹는 것 등이 한국군과 비교하여 풍족하다는 것뿐이었다. 카투사는 GI 병영의 미군과 같이 미연방군 군율에 따라 움직이고 생활하는 군인이다. 어쩌면 미국과 한국군의 군율을 엄수한다는 의미에서 더 규제받는 군인이다. 미군은 우릴 도와주는 우방이고 우린 그들의 군영에 있어서 더 긴장하기에 입장과 느낌이 다르다. 어쩌면 의병 관계로 인식되는 아픔이 있었다. 우린 의용병이 아니고 국방의무를 준수하는 정식 한국군이다. 우린 미군에게 필요하고 도움을 주는 군인인데 그들의 무시와 모욕과 멸시를 받고 심지어는 도둑 취급까지 받을 때 울분이 폭발하곤 하였다.

미군은 6·25 한국전쟁이 발발하자 통역관인 카투사가 필요했다. 그해 카투사가 창단되었다. 일본 오키나와 주둔 미군이 한국으로 이동배치 하여 한국 전쟁을 치렀으나 한국 지형을 잘 모르는 바람에 전투에서 패배를 거듭하였다. 삼팔선에서 하루아침에 밀리고 밀려 낙동강 전선까지 밀렸다. 1950년 8월 국군과 유엔군이 낙동강 전선에서 방어작전을 수행하는데 정보 요원이 필요했다. 미군은 이승만 대통령께 한국군을 미군에 파견해 달라고 요청하였다. 승낙되어 제8군은 미 지상군 전투병력을 보충하기 위해 한국군 병력을 증원하는 카투사를 모집하였다. 당장 급해 1950년 8월 15일 대구와 부산에 와 있는 피난민 중에서 북한 지형을 잘 아는 카투사를 징집하였다.

1950년 8월 16일 313명의 카투사가 차출되어 일본으로 건너가서 2주 군사훈련을 받고 전투에 투입되었다. 그런데 일본에 유학가 있는 한국인 대학생들이 카투사 장교로 지원하였다. 그때 아버진 일본 와세다대학에서 법학 공부를 하다가 카투사로 지원하였다. 아버진 영어를 잘해 카투사 통역장교로 픽업되어 그해 8월 24일 배속을 받고 전쟁에 투입되었다. 그 후 한국에서 차출된 총 8,637명이 일본으로 건너가서 2주일간 훈련을 받고 미 제7사단에 카투사로 배속되었다. 한국 현지 미군에서도 카투사를 차출하여 미 제1기병사단, 제2사단, 제24사단, 제25사단에서 훈련을 받았다.

미군은 전투의 효율성을 높이기 위하여 부대별로 카투사를 실제 운용하거나 카투사만의 소규모 독립부대를 운영하였다.

당시 각 사단에 500명씩 총합 8,300명의 카투사를 배속시켰다. 카투사는 제도적으로 한국군이었기 때문에 봉급과 행정처리는 한국군 명을 받았으나 급식과 일용품에 군수용품은 미군으로부터 지원받고 미 군영에서 근무하였다.

한국전 내내 카투사는 미군과 생사를 같이했다. 카투사 없이는 전투할 수가 없을 만큼 그들은 미군들에게 중요한 정보를 제공하였다. 주로 경계, 정찰, 정보 등 특수 업무에 종사하였으나 위급 시엔 중화기 중대에서 무거운 기관총, 박격포, 무반동총과 탄약을 운반하는 일까지 하였다. 나아가 한국의 지리와 기후에 익숙하지 못

한 미군들에게 유능한 안내자가 되었고, 방어진지를 찾아내거나 적군과 아군을 구별하는 일을 도맡아 하였다. 또한, 전투기술을 익혀가면서 적과 두려움 없이 싸우는 용감한 모습은 미군들을 놀라게 하였다.

그렇게 카투사들은 미군의 작전 정보 요원이었다. 인천상륙작전과 원산상륙작전, 혜산진 점령, 장진호 전투, 펀치볼 전투 등의 승리에 크게 기여하였다. 그러나 전쟁 기간 중 4,360명의 카투사가 전사하였고 11,365명이 실종되었다.

카투사 김윤호 중위는 에드워드 퀸 대위와 동부 야전군 전투 대원이었다. 한국전쟁의 영웅 에드워드 퀸 장군의 뒤엔 김윤호 중위가 생사고락을 같이했다. 그러나 전쟁이 끝난 후 김윤호는 행방불명이 되었고 에드워드는 개선장군으로 돌아갔다.

미국에서 에드워드 퀸 소장을 만났다. 그는 73년 전 한국군 카투사 전우 김윤호 중위를 기억하고 있었다.

'당신의 아버지는 위대한 전쟁 영웅이었어요. 내가 거둔 전투의 승리는 김윤호 중위가 이룬 것입니다.' 노장은 나를 얼싸안으면 말했다.

정말 아버지는 영웅이었다. '추모의 벽' 전쟁 영웅 제막식 건립회에 초청되어 미국을 다녀와서 카투사가 미군에게 얼마나 중요한 군인이란 것을 새삼 깨달았다. 한국전에서 전사한 카투사 4,360명의 전쟁 영웅들이 미국의 묘지에 묻혀 있었다. 그 시절의 영혼을

추도하며 이로니카가 말한 추억의 카투사를 소설로 쓰기로 작심
하였다.

카투사(katusa)로 배속받다

1953년 한국전쟁이 끝나고 휴전 상태의 정전이 시작되었다. 전쟁 후 분단된 한국은 남북이 처참하게 파괴되어 경제뿐 아니라 모든 사회적 빈곤으로 피폐해 있었다. 미군이 정전 상태로 남한에 주둔하면서 복구사업에 많은 지원을 해주었다. 무엇부터 복구해야 할지 방향을 잡지 못했는데 1960년대 후반에야 겨우 방향을 잡아가고 있었다. 전쟁의 후유증은 너무 큰 상처였다. 그러나 생각보다 깊은 상처를 견디며 잘 극복해가는 국민들의 의지가 자랑스러웠다. 항상 방공이란 국가 명제를 내세고 적과 대치해 있지만 이념 갈등은 더욱 팽배해 있었다. 따라서 자주 국방은 한층 강화되었다. 정부는 모병 의무로 강한 국방력을 갖추어 어느새 60만 병력을 양성하였다.

나는 1967년 겨울에 입대하였다. 머릴 빡빡깎고 입소한 그날부터 신병훈련소는 혹독한 인간 개조장이었다. 첫날부터 빨간 모자를 쓴 조교들이 쉴새없이 정신개조를 한다며 뺑뺑이를 돌렸다. 입버릇처럼 내뱉는 거친 표현들이 무서웠다.

'지금부터 여러분은 부모의 자식이란 생각을 버려라. 부모의 자식이 아니고 나라에 몸을 바친 자식이다. 훈련소에선 민간인 습성은 다 버려라. 인격을 찾으려고 하지 마라. 훈련은 상식을 무시한다. 훈련을 똑바로 잘 받은 병사는 전쟁에 승리하고 스스로 살아남는다. 훈련이 안 된 오합지졸 병단은 순식간에 무너진다. 여러분은 고된 훈련으로 흘린 땀만큼 나라를 지키는 정예화 된 군인이 될 것이다. 고된 훈련으로 탄탄한 체력을 갖추어야 필요할 때 잡아먹는 돼지가 되는 것이다. 그것이 군인의 길이며 인생이다. 소크라테스를 인용한 말이 무시무시했다. 군인은 돼지다, 튼튼하게 살을 찌우고 잘 훈련시켜 전쟁때 잡아먹는 돼지다.'

유난히 추운 겨울, 신병 교육대에서 7주간의 힘든 훈련을 마치고 1967년 12월 19일 미군 카추사(KATUSA)병으로 배속을 받았다. 훈련소에서 군용 열차를 타고 용산 대기소로 와서 머물다가 미군 버스를 타고 부평 미군 신병 교육대에 도착하였다. 훤칠하게 잘 생긴 미군들이 나와서 우릴 맞아 주었다.

입교식이 끝나고 다시 미군 신병 교육대에서 소양 교육을 받고 비로소 카투사로 배치되는 것이다. 미군 병영은 너무 따뜻했다. 실내 온기가 확확 달아올라 얼어붙은 몸이 한순간에 녹아버렸다. 훈련소의 페치카 난로가 있었으나 얼어 떨던 것을 생각하면 천국이었다. 이런 곳에서 미국 군인과 함께 생활한다는 설렘이 만감으로 교차하였다.

힘든 훈련을 마치고 미군 신병 교육대로 이송되었다. 카투사 신병 교육대에 도착하니 그동안 짐승처럼 엄격한 규율하에 무참히 짓밟힌 자존심과 굴욕적인 모욕이 한순간에 다 녹아버렸다. 무절제의 방임상태에서 엄격한 규율에 길들인 군인정신이 바짝 든 상태에서 비로소 병영이란 절제된 규율을 의식하였다. 그러나 신병 교육대는 계급장 없이 자유 분망한 일관된 생활이어서 고통스러워도 자유로웠다. 훈련을 마치고 비로소 완성된 군인정신으로 무장된 젊은이로 태어났다는 자부심이 생기면서 훈련 과정의 고통은 아름다운 추억으로 기억되었다. 신병훈련소는 마치 짐승을 훈련하는 사육장 같았다. 군대란 정상적인 이성과 사고를 뭉개버리고 원초적인 야성을 길러 전투하는 잔인한 병사로 개조하는 곳이었다. 그렇게 정신무장으로 강한 군인을 만드는 교육은 언제나 인간 이하의 취급을 당했기에 때론 분노가 치밀곤 하였다.

신병훈련소는 인간 개조장이 맞다. 인간은 없고 야성의 짐승들이 우글거리는 곳에서 그렇게 순진하고 자유분방하던 청년이 절도 있고 규격 있는 새로운 인간으로 탄생한 것이다. 전쟁은 전투에서 승리하는 것이지 사람을 죽이는 것이 목적은 아니라고 말하면서도 내가 살기 위하여 적을 죽이는 기술을 배우는 곳이 훈련소였다. 인간의 순수한 존엄마저 버리는 살생의 용기를 배우는 곳이었다. 처음엔 불만이었지만 차츰 군인정신이 배어들면서 전쟁의 극한상황에 대처하는 능력을 갖춘 인간으로 되었기에 이성적인 것은 배제될 수밖에 없었다. 하지만 너무나 혹독한 훈련이 인간의 이성을 야성으로 뭉갤 땐 어떤 상실의 서글픔도 있었다.

1967년까지도 신병훈련소는 인정사정이 무시된 일제 병영의 엄격하고 무자비한 인격 모독의 처절함이 있었다. 신병 군사훈련은 오직 체력 단련과 정신무장이었다. 단체 기합이란 맹독이 고문관들과 유식자 간의 불협화음으로 일어나곤 하였다. 핫바지에 무명천 허리끈을 졸라매던 촌부들은 정식 군복의 버클과 단춧구멍도 제대로 맞추지 못하였다. 그런 사람들과 대학출신 신병들이 같은 훈련을 받는 상황이 우스웠다. 그러나 군사훈련은 철저하게 계획된 프로그램 위에 군인정신을 길들여 격식화 되는 과정이기에 같은 조건과 환경에서 모두가 동일하고 획일화된 군율을 적용하고, 체력을 단련하고 무기를 다루는 적응 훈련을 통해 비로소 한 명의 훌륭한 군인이 탄생하는 것이다.

오직 북한을 주적으로 간주하고 죽이는 훈련을 받았다. 고된 훈련 중에도 잠시 갖는 휴식 시간에 담배 한 개비 맛이 그렇게 좋을 수 없었다. 꿀맛이었다. 심호흡으로 입안 가득 연기를 빨아 당겨 내뿜는 쾌감은 오르가슴을 느끼게 한다. 담배 연기를 빨아 날려 만든 연기의 환 속에 그리운 사람들을 담아 본다. 어머니 모습과 여자 친구 등 그리운 사람들이 회상될 때 어느새 눈자위엔 눈물이 고이고 있었다. 꿈과 열정이 충만한 젊은이들이 머리를 빡빡 깎고 몸에 맞지 않은 군복을 껴입고 허수아비처럼 서서 명령에 움직이는 일사불란한 모습의 군기에 물든 변화가 이상할 정도로 신기했다. 그렇게 훈련으로 단련된 군인이 만들어지고 비로소 전우애로 나라를 지키는 사나이가 된다.

빨간 모자를 쓴 조교들을 보기만 해도 소름이 끼친다.

'훈련은 군인을 만드는 과정이다. 군인은 숙달된 훈련과 총기를 다루어 굳건한 정신무장을 갖추어야 전투에서 이기는 기술을 가진 인간이라고 입버릇처럼 지껄댄다. 전쟁에 지는 것은 용서할 수 있으나 전투에 지는 것은 용납이 안 된다. 무기는 자신의 생명을 지키고 적을 제압하는 장비이니 잘 간수하라. 총기사고는 무의식중에 자신의 생명을 위협하니 주의하라.' 교육훈련 때마다 몇 번씩 떠들어댄다.

그런데 M1 소총은 왜 그리 무거운지, 기상나팔에 꿀잠을 깨서 고양이 세수하고 군화 끈을 질끈 매고 총을 들고 나선다. 무거운 철 뭉치를 들고 선착순 집합 점호, 새벽 조깅을 마치고 나서 식사는 3분 내로 끝내고 5분 안에 훈련 준비 완료, 또다시 죽음의 훈련이 시작된다. 선착순 3번은 기본, 사력을 다해 뛰지만 발길은 무겁다. 숨결이 가빠오고 전신이 굳어져도 달려야 했다. 늦으면 다시 달려야 한다. 빨간 모자 조교들은 인간이 아닌 저승사자 같았다.

그러나 이것이 전투에서 살아남는 길이라 생각하니 안 따를 수 없었다.

6시에 기상하여 진종일 흙먼지 밭에 뒹굴어 땀으로 범벅된 몸을 끌고 막사에 들어서면 몸때가 땀으로 녹아 나온 체액이 지독한 냄새를 풍기는데, 철모 한 통의 물로 온몸을 닦아내는 목욕 후 쉴 양이면 다시 내무반 군기가 시작된다. 점호를 끝내고 침상에 누워 고향 생각, 어머니 생각에 눈물이 핑 돈다. 소등, 취침, 이유 없는 전체기압, 침상 앞에 대가리 박고 소총 물고 선착순, 조인트 앞으로, 군기를 잡는다. 내무 반장은 이유 아닌 이유를 만들어 밤새워 토닥토닥 매질로 해머 자루가 부러져 나가야 정신이 번쩍 든다. 부동자세로 눈동자를 고정하고 부르르 몸을 떠는 고통이 애처롭다. 눈동자 굴리는 소리가 들린다, 누구야. 앞으로 나와. 조인트를 까이고 나면 걷기조차 힘들어 절룩거린다.

제식훈련, 하늘을 진동하는 기합 소리, 행군 소리, 앞으로 가 뒤로 가, 하나둘, 하나둘, 일제 동작이 틀리는 놈은 선착순, 잘해도 맞고 못 해도 맞는 단체 기합, 왜 그리 패는지. 이건 사람을 짐승 취급하는 일본 군국주의 잔재율이 남아 사람을 기계 다루는 제식 훈련이 고달프다. 잘했건 못했건 단체 기합, 매 맞는 것은 일상의 행사다. 그래야 탄탄하고 강직한 군인정신이 박힌다는 것이다. 매질에 이골이 나서 일찍 맞는 것이 속 편하다.

빨간 모자 교관이 독수리 눈을 뜨고 동작이 굼뜬 병사를 내지른다. 정강이에 피가 맺힌다. 저녁 식사가 끝나면 명상의 자유시간, 곧 소등되고 막사엔 피곤한 병사의 숨소리와 코 고는 소리가 지친 피로를 풀어준다.

훈련소는 인간의 사육장이 맞았다. 집단에서 한 사람이 잘못해도 단체 기합이니 말이 되는 소린가. 대열에서 낙오된 놈은 가차 없이 빨간 모자의 주먹 세례를 받는다. 워커 발로 앞정강이를 내리찍으며 핏줄이 터져 선혈이 낭자하다. 고된 일과를 마치고 저녁 식사, 침상 식탁에 앉으며 배식이 시작되고 줄지어 놓인 똑같은 밥인데 어쩐지 옆의 훈생 밥그릇이 내 밥그릇보다 크게 보인다. 낮은 포복 높은 포복 땅바닥을 박박 기니 팔꿈치가 성한 곳이 없고 이빨로 소총을 물고 섰더니 뒷골이 당긴다.

심장이 터져도 달려야 하는 선착순에 난 늘 꼴찌였다. 뒤돌아 좌로 우로 뱅뱅이 도는 제식훈련, 사격장은 숨조차 쉬지 못하는 지옥이다. 사선 앞에 정렬하여 PRI 정신교육, 눈동자가 돌아가는데 한눈파는 놈에겐 아구창이 돌아간다.

인권유린인데, 무슨 개소리, 군인을 만드는 교육이라는 헛소릴 지껄이고 있었다. 막굴려 먹은 놈들에게 그런 강한 훈련이 아니고선 군인을 만들 수 없다. 이런 과정은 어느 나라 병사 훈련소에서도 있는 일이다. 일본의 군사교육은 이보다 강했다니 상상이 된다. 군대는 계급이다. 오뉴월 하룻볕이 천년 고참이란다. 훈련병은 밥그릇 개수로 계급을 따진다. 1960년 대의 신병훈련소는 미숙한 교과 과정으로 인간을 훈련하였다. 군영은 계급이 지배하여 인간관계가 마비된 곳이다. 학력이 높다고 터지고 미련하다고 터지고 밤마다 매를 안 맞으면 잠이 안 온다. 오죽했으면, 좆나팔을 불어도 세월은 간다라고 했을까.

신병훈련이 끝났다. 생각하면 1967년 겨울의 신병훈련소는 아름다운 추억이었다. 훈련소는 인간의 교육장이 아니고 짐승의 사육장이라고 불평하면서도 나도 모르게 힘든 군사훈련 마치고 비로소 전투할 탄탄한 군인이 된 것이다. 지옥 훈련 중에도 애인에게서 받는 편지 한 통은 천금과 같은 위안이며 희망과 기쁨이었다. 그러나 애인을 만들고 오지 못한 병사는 편지를 받는 놈이 그렇게 부러웠다. 애인 있으면 뭘 해, 입대하는 날로 고무신 거꾸로 신고 떠난다는데. 좆나팔을 불어도 세월은 간다. 세월이 좀 먹어 7주가 끝나면 어설프던 신병이 군기 바짝 든 병사로 변신한다. 비로소 사람이 되는 날 육군 이등병 계급장을 달고 근무지 배치를 받았다.

훈련소를 떠나면서 지난 과정을 회고해 보았다. 한국전쟁이 끝난 지 10여 년이 지난 후 강한 군대만이 나라를 지킨다는 반공 의식이 철저했다. 그 일념으로 환경이 다른 청년들이 모여 일관된 훈련을 받고 훌륭한 군인으로 태어났다. 이들은 생사를 같이할 전우였다.

난 운이 좋게 '카투사'로 배치받았다. 카투사로 차출된 7명의 신병은 167명의 동기생 중에서 행운아였다. 101, 103 보충대로 명령을 받은 동기들은 마치 죽으러 가는 사람처럼 눈물을 흘리며 무슨 복을 받아 넌 카투사로 가느냐고 부러워하였다. 황토밭을 뒹굴고 연병장을 뛰고 달리는 동안 전우애로 정들었는데 막상 이별의 시간을 맞아 전방 행 기차에 오르니 눈물이 쏟아진다. 논산에서 신병을 실은 군용 열차는 덜컥거리며 어둠을 뚫고 서울로 향하고 있었다. 새로 갈아입은 군복이 몸에 맞지 않아 억지 춘향 모습이 마치 허수아비 같았지만 그래도 제법 군인다웠다. 솜옷 내의를 껴입어도 군복은 왜 그리 추운지, 열차 안에서 인솔 하사관이 갑자기 날카로운 말투로 심통을 부렸다.

'카투사로 가는 운 좋은 새끼들, 배때기에 빠다가 주르르 흐르겠지. 우린 배고프다. 주머니에 잔돈 있으면 달걀이나 사라.'

우린 고갤 떨어뜨리고 그의 눈치만 살폈다. '이것밖에 없는데요.' 난 주머니 속 잔돈을 털어 내놓았다. 다른 6명도 잔돈을 내놓았다. 그때 하사관이 잔돈을 모아 달걀을 사서 전 대원에게 하나씩 나누어 주었다. 말씨는 거칠어도 잔정이 많은 하사관들이었다. 그리고 다시 외쳤다. 잘 들어라, 이동 도중에 자리 이탈자나 대한민국 육군하사를 우습게 보면 골통 터질 줄 알아라. 거칠고 무식한 말투지만 사고를 방지하는 경고였다.

1967년 12월 19일, 장병 수송 열차는 숨 가쁘게 어둠을 가르며 달려 안개 낀 새벽 용산역에 도착하였다. 신병들은 각기 파견 보충대 팻말을 찾아 헤쳐모였다. 역 광장엔 보충대에서 보내온 트럭들로 가득 찼고 인솔 장병들은 부산하게 자기 소속 병사를 챙기고 있었다. 더플 백을 메고 비 맞은 수탉처럼 떨고 있는데 인솔 하사관이 일장 연설을 늘어놓는다.

"각기 지명된 보충대별로 가라."

신병들은 부산하게 자기 배속 부대를 찾아가고 있었다. 일부는 배정 확인을 받고 각기 트럭에 올랐다. 101, 103 보충대로 가는 신병들은 기차를 타고 의정부나 춘천으로 떠났다.

미8군 보충대로 이동하다

우리 7명을 포함 전국의 훈련소에서 온 카투사 차출병은 도합 24명인데 별도로 마련된 미군 전용 버스에 탔다. 버스 안은 참 따뜻했다. 인솔할 미군 병사와 카투사가 버스로 올라왔다. 하얀 얼굴에 멋진 고급 미군 복장을 한 카투사 병사가 나섰다.

"여러분의 카투사 배속을 축하한다. 지금부터 여러분은 미8군 38 보충대로 이동할 것이다. 카추사(KATUSA)란 미8군에 예속된 한국군이다. 'Korean Augmentation Troops to the United States Army(코리언 아규멘테이션 트롭스 투 더 유나이티드 스테이트 아미), 여러분은 38 보충대에서 2주간 소양 교육을 받고 미군 병영에 배치될 것이다."

카투사 병장이 목을 깔고 근엄한 자세로 말했다. 분명히 한국군인데 미군 복장을 하고 있어서 미군과 같아 보였다. 윤기 나는 피부를 가진 젠틀한 병사였다. 카투사 병사가 씨이레이션(비상식량) 한 봉지씩 나누어 주었다. 말린 고기와 비스킷이었다. 비로소 사람 대우를 받는 것 같았다. 우리를 태운 버스는 곧장 서울을 빠져나와 부평의 미군 38 교육대로 달리고 있었다.

순간 잃어버린 나를 발견하는 것 같았다. 훈련소에서 비참하게 일그러진 내 모습이 이제야 본래의 모습으로 돌아온 느낌이 들었다. 창가에 앉아 지난 7주의 고통을 되살리고 있었다. 입소와 동시에 훈련은 시작되었고 거칠고 험한 욕설이 난무한 인간 개조장에서 잘못한다고 내리치는 주먹과 발길이 늘 두려웠다. 흙구덩이에서 뒹굴고 땅바닥을 박박 기면서 훈련하던 모습은 마치 사육하는 돼지 같았다. 군인은 아무 생각 없이 명령을 먹고 명령에 움직이는 동물이다. 반공, 필승, 정신으로 뭉쳐야 북한군과 싸워서 이긴다는 것이 60년대 신병 훈련이었다.

가슴을 헤집는 공포의 호각소리. 새벽의 기상나팔 소리에 잠을 깨서 밤늦게 잠자리에 들 때까지 외쳐대는 고함소리, 잠을 설치게 하는 야간 점호가 몸서리쳐진다. 불결한 침상과 이부자리, 이와 빈대 같은 해충이 들끓었다. 이(해충)이란 놈은 담요와 옷가지에 게릴라처럼 숨어 있다가 스물스물 기어나와 온몸을 사정없이 물어뜯는다. 피를 빨아 살찐 검은 이들이 옷 속뿐 아니라 이부자리 담요에 떼를 지어 다니며 게릴라 작전으로 기습하여 물어뜯는다. 그럴 땐 여기저기서 박박 긁어 대는 소리가 요란하다.

일요일엔 전 대원이 일제히 옷을 펴놓고 이를 잡는 풍경이 이채롭다. 모두 속옷을 홀랑 벗고 빗자루로 쓸어내야 할 정도로 많은 이를 옷 속에 사육하고 있었다. 여기저기서 이를 쓸어내어 손톱으로 똑딱똑딱 눌러 터트리면 빨간 피가 튀었다. 살충제라도 있으면 뿌려서 한순간에 죽이는데 그런 약이 없었다. 가끔 지독한 살충제 DDT를 배급받아 막사 벽 밑에 뿌리기도 하지만 소멸이 안 된다. 역사적 문헌에서도 여러 나라 군인들은 다 이런 해충 괴물의 기습을 참으며 병영 생활을 하였다. 14세기엔 쥐벼룩이 퍼뜨리는 페스트가 창궐하여 전원 사망이란 기록도 있다. 해충은 전염병을 퍼뜨리는 괴물이다. 아무튼 이 사냥은 1960년대 우리나라 훈련소의 진풍경이었다.

7주간의 훈련소 생활은 평소에 갖지 못했던 강한 의지와 인간의 한계를 뛰어넘는 인내를 배웠다. 안 되는 것을 되게 하고 존재하지 않는 것을 존재케 하며 불가능이란 존재하지 않으며 긍정적이고 가능한 사고로 사나이다운 용기와 용맹스런 군인이 되어가고 있었다. 이젠 못할 것이 없다는 군대 정신을 익혀 어떤 극한상황에서도 대체하는 힘을 길렀다. 훈련 중에 배는 왜 그리 고픈지. 우선 배식량이 적었다. 자갈이라도 삭어버릴 것 같은 왕성한 식욕에 훈련으로 소모된 영양분을 충당할 배식량은 터무니없이 적었다. 정량 급식이 되는데도 훈련소 밥은 늘 배고팠다.

용산역에서 한 시간여 달려 미군 전용 버스는 영어 간판이 크게 매달린 미군 캠프로 들어갔다. 애스컴, 38 미군 보충대에 도착한 것이다. 미군 초병이 문을 열어 우릴 환영하였다. 수목이 울창한 아름다운 캠프에 아스팔트 길이 잘 닦여진 포장도로를 지나 넓은 병영에 도착하였다. 곧이어서 병영 내 버스로 옮겨 타고 대대본부로 들어갔다. 이제야 촌스러운 훈련병 모습은 사라지고 사람 취급을 받는 것 같았다.

영내엔 부산하게 미군 복장을 한 카투사가 왔다 갔다 했고, 검은 피부, 하얀 피부, 황색 피부 병사들이 부산하게 움직였다. 버스는 보충 대 마당에 멎었다. 우린 버스에서 내려 더플 백을 메고 부동자세로 서 있었다. 카투사 병사가 막사 안으로 안내하였다. 따뜻했다. 실내는 스팀 열이 확확 훈기를 내뿜어 천국 같았다. 조개탄으로 토치카를 피워 막사를 난방하던 한국군 부대에 비하면 별천지였다. 중앙난방 기름보일러로 덥힌 스팀이 막사 구석까지 훈훈하게 덥혀주고 있었다. 이게 군인 막사야. 마치 호텔 같았다. 한국은 기름 한 방울 만들지 못하는데 미군은 기름을 연료로 때고 있었다. 카투사 인솔자가 다시 알렸다.

"제군들은 보급대로 가서 의복을 배급받을 것이다."

카투사 인솔 병이 우릴 서프라이 샵(공급점)으로 안내하였다. 그곳에 개인 지급품을 모아 보급대에 올려놓았다.

"여러분은 한국군에서 입고 온 옷을 다 벗고 미8군에서 지급하는 GI 복장으로 갈아입어라."

카투사 병사가 의복을 지급하면서 말했다.

"몸에 맞는 크기를 골라라."

"옷 크기를 어떻게 압니까?" 내가 물었다.

"이 새끼들이 한국말도 몰라. 몸에 맞는 옷을 고르란 말이다."

우리는 한국군에서 입고 온 모든 의복을 벗고 미군 복장으로 갈아입었다. 그때였다. 다른 카투사 병사가 앞으로 나와 일렀다.

"몸에 맞는 옷으로 갈아 입어라."

모두 몸에 옷을 맞추고 있었다. 감히 한국군에서 엄두도 낼 수 없는 선택이다. '옷에 몸을 맞추란 말이다.' 말같지 않은 소리만 들어왔다.

"여러분은 지금부터 미8군 병사다. 국격을 손상하거나 망신 사는 일은 하지 마라. 모든 군기는 미 육군 군율에 따라 움직이고 모든 군 생활은 미군의 방식대로 한다."

카투사 병장과 미군 병장은 우리들에게 지급한 옷 크기를 살펴 주었다. 큰 것은 작은 것으로 작은 것은 큰 것으로 바꾸어 주었다. 한국군 같으며 의복이 작으면 몸을 의복에 맞추어 입으라고 할 텐데, 그런 식은 아니었다. 새 옷으로 갈아입으니 검은 구릿빛 얼굴이 하얗고 말끔한 모습으로 바뀌었다. 의복이 날개였다.

"프라이 벤(이등병), 당장 샤워장으로 가서 찌든 때를 말끔히 벗거라. 그다음에 입소식을 할 것이다."

카투사 병장은 우릴 샤워장이 달린 막사로 안내하였다. 미군과 카투사가 같이 생활하는 막사였다. 추운 겨울인데 막사 안에서 병사들이 러닝셔츠 바람으로 왔다 갔다 하였다. 이 추운 겨울에 팬티 바람으로 실내에서 활동하는 미군의 생활이 낯설었다. 군인 막사라기보다는 호텔 같았다. 한국에서 이만한 호텔도 없을 것이다.

샤워장으로 가서 수도꼭지를 틀었다. 더운물이 쏴 하고 쏟아져 내렸다. 더운물에 몸을 담그고 때를 불켜 비비니 어느새 시커먼 땟물이 죽죽 밀렸다. 국숫발 같은 때를 벗기고 나와 새 옷으로 말끔히 갈아입고 우린 식당으로 갔다. 식당 앞엔 병사들이 줄로 서서 차례를 기다리고 있었다.

'촌스런 신병들 봐라.' 미군 병사들이 우릴 마치 원숭이처럼 바라보며 웃었다. 병사의 안내를 받으며 식당 안으로 들어갔다. 고기 굽는 냄새가 물씬 풍겨 출출한 배를 뒤집히게 하였다. 카투사 병사가 식사 배급 법을 알려주는데도 양식을 먹는 예법을 몰라 당황하였다. 난 미군 병사들이 하는 대로 따라 했다. 먼저 트레이를 왼팔에 끼우고 포크와 스푼, 나이프를 왼손에 잡았다. 그리고 오른팔에 물컵을 들었다. 주식은 배급이고 부식은 뷔페였다. 맛있는 비프스테이크로 실컷 배불리 먹을 수가 있었다.

배급받을 쟁반을 들고 부식대 앞에 섰다. 부식은 취향대로 선택할 수 있었다. 식판 가득히 담을 수 있는 대로 담았다. 버터, 치즈, 우유 2컵, 쥬스 2컵, 과일 등 푸짐하게 날라다 놓았다. 나뿐 아니라 다른 신병들도 마찬가지였다. 주식은 비프스테이크였다. 한판을

다 먹어도 배가 부르지 않아 두 판을 날라다 먹었다. 그때서야 배가 불렀다.

'하마처럼 먹네.' 미군들이 우릴 보고 막 웃어대는 것이었다. 허천병 들린 사람처럼 먹어대는 모습이 우스웠다. 나도 그들을 보고 웃었다. 식사량이 엄청난 것에 나도 놀랐다. 미 육군 정량이 한 끼에 10불인데 우린 세 배의 30불 정도를 먹은 셈이다. 30불이며 현재 우리 돈으로 환산하면 4만 원 정도의 식사였다. 그 당시 우리 한국군 식단은 고작 1,800원이 한 끼 식사인 데 비해 20배의 값이다.

식사를 마치고 미 육군 카투사의 첫발을 딛는 입소식을 가졌다. 물론 모든 의식은 미군 군율대로였다. 통역 없이 식은 끝나고 이곳에서 2주간의 신병 교육을 다시 받은 후 다른 부대로 파견된다는 것이었다.

보충대의 첫날밤, 침상을 보고 다시 한번 놀랐다. 우린 이층 침대를 배정받았다. 야, 침대다. 하얀 시트가 말끔하게 깔린 침대. 호텔 같았다. 생전 처음 침대에서 잠을 자는 난 왕자가 된 듯했다. 침대의 시트에 파고들자마자 그동안 겹친 피로가 쏟아져 깊은 숙면에 빠지고 말았다. 그런데 갑자기 복통이 시작되었다. 배가 아프더니 금방 설사를 하기 시작하였다. 줄줄줄 10분에 한 번씩 화장실을 드나들었다. 화장실을 드나들다 설친 잠이 쏟아졌다.

"야, 김이병 일어나 봐." 동료 병사의 소리에 잠을 깼다.

"왜, 그래?"

"곰퉁이 새끼, 이층 침대에서 떨어져도 잠을 자네."

아, 이럴 수가 분명히 이층 침대에서 자던 내가 바닥에 떨어져서 엎어져 자고 있었다. 이층 침대에서 떨어져서 코피를 흘리면서 곤하게 잠을 자는 나를 보고 곰퉁이라고 놀렸다. 너무나 피곤했다.

다음날 교육이 시작되었다. 이곳 신병 교육이란 먼저 미군 생활 영어를 익히는 것이었다. 미군 생활에 절대 필요한 기본 과정이었다. 그다음은 군인 생활 용어를 배운다고 하였다. 막상 미군을 대하니 영어 한마디도 말을 할 수 없었다. 16년간 대학까지 영어를 배웠는데도 왜 이런 현상이 나올까. 난 자신을 문책하고 있었다. 영어교육은 미군 병영 생활에 필요한 수칙, 법규 그리고 미국의 풍습과 예절, 전문 군사용어와 공동생활에 대한 교육이었다. 미 육군 군율은 차츰 익히면 되지만 언어가 소통되지 않으면 병영 생활의 애로가 생긴다. '대화가 안 되면 손발 짓으로 하라.' 선배들의 말을 기억하며 열심히 교육에 임했다. 교육 이틀째부터 GI 병영 생활이 시작되었다.

교육대 캠프엔 편의 시설이 잘되어 있었다. 도서실, 영화관, 클럽 바, 휴게실, 운동 시설 등 최첨단 미국의 유수 기관 수준이었다. 식단이 바뀌면서 고깃덩어리만 먹어서인지 배가 더부룩하고 설사가 잦았고. 염분 부족으로 코피가 계속 흐르는 것이었다. 선배들은 염분 보충으로 알소금을 주머니에 넣고 다니며 사탕 먹듯이 빼먹곤 하였다. 예정된 프로그램대로 카투사 소양 교육을 14일 만에 무사히 마쳤다. 이제 비로소 GI(미연방 선택받은 군인)에 소속된 카투사(KATUSA)로 출발한 것이다. 교육이 끝나자 우리들은 각기 다른 근무지로 배속받았다.

570 캠프 메이져로 배속받다

"SFC KIM. Y. M(이등병 김영민)?" 카투사 병장이 내 이름을 불렀다.

"옛써, 아임 이등병 김영민 여기 있습니다."

"신병은 570부교 중대로 배속을 받았다."

난 3명의 동료와 김포의 캠프 메이져로 배속 명령을 받았다. 더플 백을 메고 미군 지프에 옮겨 탔다. 캠프 570부대는 한국전 때 혁혁한 공을 세운 도강부교 부대인데 본부는 김포공항 옆 캠프 메이져에 있었다. 우리를 태운 쌕버스가 아카시아 숲이 우거진 궁전 같은 부대로 들어섰다. GI 캠프는 어느 곳을 가든 아름다운 숲의 경관을 가지고 있었다. 넓은 캠프 연병장엔 대형 트럭들이 즐비하게 서 있고 트럭 위엔 부교 다릿발이 가득 얹혀 있었다. 차량을 고치는 모터풀엔 많은 차량이 해체되어 정비를 받고 있었다. 부교 중대란 도강을 위해 인공 다리를 놓는 부대였다.

강물에 배를 띄우고 배 위에 다릿발을 얹어 전차와 트럭이 달릴 수 있게 설치하는 부대인 만큼 장비가 마치 거대한 토목공사장 같았다. 이곳의 미군 장병은 전문 기술학교를 나온 병사들로 이루어져 있었고, 장교들은 공과대학을 나온 엔진니어들이었다. 570부대 헤드 쿼터엔 퍼스트, 세컨, 차리 중대가 있었고 난 차리 캄파니, 차리 프래툼(3중대 3소대)에 소속 명을 받았다. 소대원은 40명, 미군이 30명 카투사가 10명이었다. 미군 중대장은 막사까지 따라와서 침대와 월락커, 풀락커를 새것으로 바꾸어 주었다. 난 교육대에서 배운 대로 짐을 정돈하고 풀락카에 앉아 있었다. 미병사들이 킥킥 웃으며 카투사 신병이 촌스럽다고 웃었다. 그때 막사를 청소하던 한국인 청년이 다가왔다. 하우스 보이였다.

"헤이, 프라벳 킴(김이병), 축하한다. 나 이곳 하우스 보이 김태호라고 해."

"그런가요. 앞으로 많이 도와주세요."

"야, 인마 말놔라. 우린 같은 또래야. 앞으로 내가 잘 부탁한다. 불편한 일 있으면 언제나 말해. 특히 깔보는 미군 있으면 내가 혼내줄 테니 말을 하라고."

"고맙다. 헌데 하우스 보이가 뭐야?"

"미군의 생활 매니저란다." 녀석은 빙긋이 웃으면 말했다.

"매니저?"

"그러니까, 엄격하게 말하면 개인 비서지."

"응, 일하는 시종이구나."

"자식, 시종이 뭐니 사설 비서라니까."

그는 유급으로 미군의 생활용품을 관리하고 미군 막사(militray

barrakes) 청소와 미군 빨래를 맡아서 하는 고용인이었다. 그는 군인들의 라운드리 백(빨래 주머니)을 모아들고 나갔다. 하우스 보이란 미군들의 뒷바라지를 해주는 영내 유급 가사도우미 같은 청소원이었다. 막사 청소를 하고 미군들의 짐을 챙겨주고 구두를 닦고 빨래를 하고 심부름을 하면서 돈을 받는다. 하우스 보이가 청소를 하고 난 막사의 풀락카에 우두커니 앉아 있는데 일과가 끝나고 병사들이 돌아왔다.

마침 점심시간이었다. 식사를 마친 병사들이 막사 안에서 팬티 바람으로 뛰어다니며 장난을 치고 놀았다. 나는 멍하니 풀락카 위에 앉아 그들의 분위길 살폈다. 그런데 끼리끼리였다. 백인 병사는 백인끼리 흑인 병사는 흑인끼리 놀았다. 미군 병사 한 명이 다가와서 물었다. '컨츄리 보이, 만나서 반갑다. 너 앞으로 나하고 친구하자.' 나는 고개만 끄덕였다

이제야 긴장을 풀고 샤워를 하러 갔다. 사워 장엔 미군들이 발가벗은 몸으로 털래털래 물건을 흔들고 다녔다. 옆에서 샤워하던 병사의 몸에서 역한 냄새가 풍겨왔다. 고약한 몸 냄새였다. 서양인들은 거의 암내란 몸 냄새를 풍기고 있었다. 냄새가 지독했다. 녀석들은 냄새를 캄푸라지 하기 위하여 독한 보디로션과 향수를 바르는데 그 냄새가 더 역겨웠다. 그런데 깜짝 놀란 것은 양놈들의 물건이었다. 같이 샤워하던 백인 친구가 날 불렀다.

"헤이 킴, 그게 물건이라고 달고 다녀. 내 것 봐라. 잘 생겼지."

녀석은 성기를 잡고 휘둘러 보이며 말했다. 난 내 물건을 내려 다보았다. 정말 창피하였다. 저게 고추야, 말좆이지. 녀석들은 큰 고추를 자랑스럽게 흔들어 댔다.

카투사 입단 환영을 받다

저녁 식사를 마치고 카투사 고참병들이 내 풀락카와 월락카에 김영민의 영문 머리글자 SFC KIM. Y. M 이니셜을 찍어 주었다. 저 녁에 카투사 스낵바에서 나를 위한 막걸리 파티를 열어주었다. 카 투사 스낵바는 한국 식사를 파는 곳이다. 부대 내에선 한식이란 상 상할 수가 없다. 양식에 거부감을 느끼는 병사들은 이곳 스낵바에 서 한식을 사 먹었다. 한식이라야 백반과 라면뿐이다. 미군들은 고 약한 막걸리와 김치 냄새가 역겹다고 아우성이지만 한미 협정 때 문에 스낵바를 없앨 수는 없었다.

같이 근무하면서 느낀 것은 빈부 차였다. 미군과 한국군의 빈부 차는 상상을 초월했다. 일과 중간에 블랙 타임 휴식 시간이 있는 데 양놈들은 스낵바에서 비싼 커피와 도넛을 즐겨 사 먹었다. 그런 데 카투사들은 냉수를 마시며 보낸다. 오직 우리에겐 세끼 밥이었 다. 이등병 봉급이 미군은 300불, 우리 돈으로 21만 원, 우리는 고 작 700원이다. 카투사 스낵바에선 한식 식사 150원, 막걸리 한 통 에 100원, 라면 50원을 주고 사 먹는다. 이등병 월급이 고작 700원 인 우리들에게는 비싼 값이었다. 그래도 700원이라면 막걸리 일곱 주전자는 마실 수 있는 거금이었다. 스낵바엔 된장찌개(똥국)도 있었다. 그중에서 꿀꿀이 죽이 최고였다.

미군 식당에서 먹고 남은 쏘시지, 햄, 스테이크, 베이컨 등이 트래시 캔에 버려진 것을 한국인이 돼지 먹이로 쓰려고 짬밥 통을 거두어 간다. 그런데 돼지 먹이가 아니고 그 속에 버린 고깃덩어리와 소시지를 건져 식재로 쓴다. 그렇게 끓인 것이 꿀꿀이 죽인데 일명 부대찌개라고 한다. 부대에서 나온 자료로 만든 국물인데 한끼 식사와 술안주론 최고였다. 주로 의정부 기지에서 많이 먹어서 의정부 부대찌개라고 한다.

선배들은 나의 입소를 축하하면서 술잔을 권했다. 의무적으로 막걸리 세 주전자를 마셔야 한다는 것이다. 고역스러웠다. 술잔은 냉면 사발이었다. 한 주전자의 막걸릴 두 사발에 나누어 마셨다. 오랜만에 마셔보는 막걸리다. 두 사발을 마시고 나니 정신이 핑 돌았다. 그러나 신병이기에 흐트러지면 안 된다는 생각을 굳게 하고 죽을힘을 다하여 버티었다. 선임 병장이 내게로 다가왔다.

"이 자식 술 잘하네. 술 잘하는 놈이 힘도 세지. 미군하고 싸우려면 힘이 좋아야 한단 말이야."

"저 힘이 없습니다."

"이리 와. 나와 술 마시기를 겨뤄보자."

"술이 약합니다."

"염려 마라, 취한 후의 일은 내가 책임진다."

고참 병장이 막걸리 세 주전자를 더 내놨다. 내 반달 봉급이다. 아, 죽는구나. 마시지 못하면 어떤 봉변을 당할지 모르는 생각으로 사력을 다하여 막걸리 세 주전자를 비워냈다. 모두 손뼉을 쳤다. 그 후론 아무것도 기억이 없었다. 역시 군대였다.

다음날이다. 6시에 기상하여 술이 깨지 않은 상태에서 눈을 떴고 습관적으로 재빠르게 정장하고 연병장으로 뛰어나갔다. 일조점호가 끝나고 폴리스쿨(쓰레기 휴지 줍기)이 시작되었다. 죽을 지경이었다. 식사를 마치며 각기 배속된 직책으로 옮겨갔다. 9시부터 오후 5시까지의 일과는 일목요연하게 파트 별로 착착 이루어졌다. 일과 중에도 오전, 오후 블랙타임(도너스 타임)이 있어서 도너스와 커피, 간식을 먹으며 30분의 휴식을 취한다. 미군들은 스낵바에서 커다란 종이컵에 커피를 사서 들고 도너스와 같이 먹으며 자랑하는 모습을 보였다.

일과는 정각 17시에 끝나고 식사를 마치면 자유시간이다. 일과 후엔 1/3 병력은 남고 외출을 할 수 있었다. 기지촌 밤의 환락이 시작된다. 미군은 거의 외출을 나가고 카투사만 남는다. 남는 병사는 영내 잘 갖추어진 유락 시설에서 즐길 수 있었다. 각기 오락실 체육관 영화관 도서실 휴게실에서 자기 시간을 보낸다.

카투사들은 식사 시간이 마냥 즐겁다. 아침 식사는 간단하게 토스트 두 쪽에 계란 후라이 한 개, 사과나 바나나 한 개, 베이컨 두 조각, 소시지 한 개, 커피, 우유, 쥬스로 식사를 한다. 아침은 간단

식단이지만 고급스러웠다. 미군의 점심은 정찬이다. 이때는 각종 고기가 나온다. 비프스테이크 등 다양한 메뉴가 제공된다. 장교들은 5불씩 주고 식사를 사 먹는다. 하지만 카투사는 공짜다. 이런 고급 요리에도 역시 한국 사람은 김치를 먹어야 즐거웠다.

미국은 부자 나라라서 군인들의 대우를 잘해주고 식사도 고급으로 먹여 준다고 생각했는데, 감자나 옥수수 빵이 주식인 그들 사회의 일상 식사보다는 약간 나은 편이었다. 미군은 징집병보다 지원병이나 직업 병사가 많은 만큼 가난한 카리브해 나라의 의용군이 대부분이었다. 양식을 먹다보니까 까맣게 그을은 얼굴이 뽀얗게 바래지면서 기름기가 얼굴에 쌓이고 피부에 윤기가 났다. 미군은 5일 근무로 금요일 오후까지만 근무하고 토요일과 일요일은 휴일이었다. 병력의 25%는 외출을 나간다. 미군이 외출을 나가며 카투사는 막사에 죽치고 따분한 시간을 장기나 두면서 보낸다. 병영 생활은 바쁘게 빵빵이를 돌려야 세월이 잘 간다는데 GI 병영은 쉬는 공휴일이 많아서 지루하다. 난 휴식 시간은 도서실에서 보냈다.

날이 갈수록 미군을 이해하게 되었고 미군에 대한 좋은 감정을 갖게 되었다. 그들의 문화와 인간성을 보고 안 이후부턴 나 자신을 비호하고 냉대하던 선입견이 사라지고 나도 그들과 동등한 입장에서 그들보다 우수하다는 의식을 갖게 되었다. 개인적인 면에서 그들보다 카투사 지적 수준이 훨씬 높다는 것을 알게 되었다. 미군중엔 문맹자가 많아서 편지 한 장 제대로 쓰지 못하고 영어를 제대로 읽거나 해독하지 못하는 자가 많았다. 그런 미군의 무지한 행동에 회의를 느끼면서 그에 대한 저항 의식이 싹트기 시작하였다. 미군들은 한국인을 가난한 나라의 미개인이라고 무시한다. 대단한 선진국이라서 후진국을 무시하는 행위를 노골적으로 드러냈다. 그렇게 그들은 물질적 사고에 물들여져서 정신적인 빈곤체가 드러났다. 같이 생활하면서 물질적 사고에 젖어 문화적으로나 인간적으로 민도가 낮았다. 물론 문화의 차이에서 오는 편견일 수 있었다. 동양과 서양이라는 문화와 관습이 달라서 일어나는 양상도 있겠지만 고급전통 문화의 개념이 없는 양상을 보게 되었다. 그런 문화적 차이로 인하여 카투사와 미군의 사적인 충돌이 잦았다. 단순한 문화적 차이가 아닌 선진국이 후진국을 무시하고 깔보는 인식으로 드러났다.

늘 카투사를 분노케 하는 것은 미군이 한국인을 전적으로 무시하고 얕보는 태도였다. 나 같은 지식인이 보는 그들의 태도는 정말 못마땅하였다. 따라서 병영에선 GI와 카투사의 다툼이 잦았다. 언어 소통이 원인이지만 그보다 그들이 우릴 얕잡아 보는 언행이었다. 물론 개인적인 무시라면 그런저런 어떤 수모도 참을 수 있지만, 국가를 무시하고 민족을 싸잡아 도둑놈 취급하는 덴 도저히 참을 수가 없었다.

'슬래키 보이, 한국인들은 모두 도둑놈이야. 눈만 돌리며 없어지니 조심해. 훔치는 일을 밥 먹듯 하는 민족이야.'

사병이 오면 가르치는 GI들의 소릴 들으면 난 목숨 걸고 싸웠다. 가난한 나라를 무시하는 소리였다. 그런 이유로 걸핏하면 GI와 카투사가 다툰다. 물론 언어 불통으로 의사소통이 잘 안 되어 일어나는 일도 있지만 대부분 자존심 대결에서 일어나는 울분이었다. 어디서나 이질 문화는 갈등과 충돌을 낳는다. 식당에서 식사예절 때문에, 샤워장에서 목욕 습관 때문에, 카페에서 술 문화 때문에 다투었다. 풍요로운 물질문화에 물들여진 자유분방한 사고가 규범과 예를 존중하고 상식과 체면을 존중하는 우리와는 확연히 달랐다. 서로 문화를 이해하지 못하는 현상에서 충돌은 언제나 일어났고 일어날 수밖에 없었다.

미군들은 PX에서 돈만 있으면 얼마든지 물건을 살 수 있고 극장과 이발소, 양복점 세탁소에서 돈만 주면 좋은 서비스를 받을 수 있었다. 클럽에선 맥주 한잔에 50센트면 마실 수가 있었지만, 카투사들은 엄두도 못 냈다. 한국인들 생활에 비하면 그들은 감히 비교가 안 된다. 한국의 국민 소득은 700불, 미국은 1만 불($)이다.

카투사들의 서툰 언어 소통은 한국인 종업원들이 중개해 줘서 그런대로 소통할 수 있었다. 미군 병영엔 KSC란 한국 민간인 종업원이 미군의 업무를 관리하고 있었다. 이들도 도둑놈 소릴 늘 들으며 산다. 솔직히 고백하면 바로 이 종업원들이 미군과 합작하는 경향이 있었다. 이들은 유창한 영어로 미군과 의사소통을 불편 없이 하기에 업무 면에선 오히려 전문가다. 나는 날로 카투사 생활이 익숙해가면서 미군과의 대화 소통도 웬만하게 이루어지고 있었다.

어느 날이었다. 저녁을 마치고 막사 베드에 누워있는데 모터풀 써전 김이 날 찾아왔다.

"김이병 내 밑에서 일을 좀 배워 볼래. 내가 조수를 구하거든."

김병장이 제대가 2개월 남아서 빨리 후계자를 길러내야 한단 것이었다.

"무슨 일인데요?"

"이런, 맹추 같으니, 아직도 뭐가 뭔지 모르는군. 모터풀에 한번 내려와 봐, 디스패처(배차계)지. 차량 운행 관리와 출입증 떼 주는 일이야."

"영어가 부족한데요."

"그건 배우면 돼."

"그럼, 해보겠습니다."

배차계로 보직을 받다

난 새로운 보직을 얻게 되었다. 배차계 (dispatcher)의 조수였다. 570 공병단엔 중장비를 포함해서 차량이 300대가 넘었다. 이 차량을 관리하는 업무였다. 김병장은 일에 관한 한 유능한 실력자로 미군과 카투사들이 인정하는 일꾼이었다. 유창한 영어로 미군을 설득하고 명령하고 때론 꾸짖곤 하였다. 난 배차계 조수로 명령받고 모터풀(정비공작소)에서 차분히 업무를 배우고 있었다. 모터풀엔 5명의 한국인 종업원과 미군하사관 책임자와 김병장, 조수인 내가 근무하고 있었다. 2개월 이내에 모든 배차업무를 배워둬야기에 정신없이 바빴다.

디스패처는 300대의 차량 출입과 명부를 관리하는 업무였다. 정비, 주유, 운행일지, 등을 일목요연하게 관리하고 차량의 움직임 상태를 파악하여 차량을 배치하고 운행하는 모든 관리 책임을 맡은 요직이었다. 한달 동안 배차업무를 충실히 배웠다. 김병장은 제대 말년이라서 내게 모든 업무를 맡기고 막사에서 빌빌대며 놀았다.

그런데 어느 날 큰 문제가 발생하였다. 대대본부에서 부대장으로부터 긴급 차량 운행증을 떼어 보내라는 전달을 받은 것이다. 미군 대령이 움직일 차였다. 행선지는 김포공항, 시간은 30분 후라 말하였다. 난 대대장 차량의 출입증을 떼어놓았다. 1시간 후에 나는 엄청난 실수를 저지르고 말았다. 한 시간이 지나도 운전사가 나타나지 않자 대령이 직접 모터풀로 내려와서 배차실로 들어선 것이다.

"후이즈 디스패처(배차계)?"라고 성난 얼굴로 물었다.

"엣써 퍼스트 푸라이 벧 김 와이 엠." 그만 얼어붙고 말았다

"갓뎀 프라이 벧, 김이병은 도대체 내 말을 뭘로 아는가? 운전자를 찾아 30분 후에 대대본부에 차를 대기시키라고 했잖아. 헌데 왜 지시를 안 듣는 거야. 무식하게 영어를 할 줄 모르면서 이런 자리

에 왜 앉아 있는 거야?"라고 호통을 치는 것이었다. 대령의 명령을 잘못 해독하고 실수를 범했으니 이를 어떻게 수습하나. 얼굴을 둘 수가 없었다. 영어 미숙으로 받는 첫 번째 시련이었다.

"대령님. 김이병이 영어를 못해서 일어난 일이니 용서해 주십시오."

KSC 아저씨들의 변명으로 위기는 모면했으나 체면이 말이 아니었다.

"스트피드 솔져."

"파던 코널, 절 바보 병사라니 그런 모독이 어디에 있습니까?"

"유아 미스테이크. 돈 츄."

"저도 대학물을 먹었습니다. 너무 지나친 인격 모독입니다."

자존심이 상해서 나도 모르게 대들었다. 대령의 얼굴이 붉어졌다.

"그 점은 나도 미안합니다."

대령의 사과로 일은 마무리됐지만 수모는 견딜 수가 없었다. 창피도 창피지만 자존심에 깊은 상처를 입었다. 영어를 잘하지 못해서 일어난 내 실수지만 그래도 한국에선 지성인이라고 자부하고 대학을 나온 내가 이런 수모와 창피를 당했으니 기분이 잡쳐서 종일 울적하였다. 그래, 영어 공부를 하자. 그날 밤부터 영어 공부로 밤을 새웠다. 막사에서 GI를 불러놓고 되든 안 되든 맞닥뜨려 회화를 구사했다. 한 달쯤 지나자 웬만한 대화는 할 수 있었다.

오늘도 일에 바빠 울적한 기분으로 일과를 마치고 막사로 돌아왔다. 샤워하려고 화장실로 가려는데 왁자지껄 떠드는 소리가 났다. 기세등등한 영어 말투와 비명 같은 울분을 토하는 한국말로 다투는 소리였다. GI와 카투사가 싸우고 있었다. 그런데 들리는 소리가 심각했다. 한국말로 욕설이 난무하고 영어의 톤이 높아지는 것이었다. 난 화장실로 뛰어갔다. 그곳엔 카투사 박병장과 GI 일병이 뒤엉켜 맞붙어 치고받고 싸우는 것이었다. 생각 같아선 약자를 짓누르는 GI 녀석을 때려눕히고 싶었으나 그럴 수는 없었다. GI들은 그들의 싸움을 지켜보면서 어느 쪽도 편들지 않고 손뼉을 치며 구경을 하였다. 그때 카투사 제대 말년인 김병장이 달려와서 싸움을 말렸다.

그는 유창한 영어 실력으로 서로에게 싸우게 된 이유를 물어 전달하였다. GI의 말을 들으니 웃음이 나왔다. 박병장이 샤워하는데 백인 병사가 박병장을 보고 웃었다.

"히히히, 그게 고추니, 물건은 내 정도는 되어야지."

녀석은 큰 물건을 드러내 보이며 말했다. 내가 한때 그런 일을 당한 일도 있었다. 신체적으로 몸 구조가 그런 것을 탓할 순 없었다. 그런데 녀석들은 늘 카투사를 놀렸다.

"그건 히이잉 하는 호스 물건이지." 박병장이 응수했다. 그리고 멸시를 당한 것에 화가 나 샤워장을 나오면서 스위치를 내려버렸다. 갑자기 찬물이 나왔다. 그때 다른 흑인 병사가 소리쳤다.

"도대체 어떤 놈이 스위치를 내렸어."

"내가 내렸다."

박병장이 백인 GI 앞으로 가서 큰 소리로 말했다. 그때 샤워하던 흑인 병사가 뛰어나와 박병장 얼굴에 펀칠 놓았다. 애먼 놈이 피해를 본 것이다. 그래서 싸움이 벌어진 것이다. 이렇게 미군과 카투사의 공동생활에서 벌어지는 싸움은 사소한 것에서 시작하였다. 고참 김병장이 또 GI에게 사건의 내막을 자세히 설명하였다. 문화의 차이와 말이 통하지 않아서 일어나는 일상이었다. 그때서야 미군들은 이해하고 껄껄 웃어버렸다.

문화적인 충돌은 의사소통이 잘 안 되어 빈번하게 일어난다지만 문제는 미군에게 많았다. 솔직히 말해서 GI들의 행동이 거칠었다. 학력차에서 오는 갈등도 있었다. 카투사들은 대부분 고학력자인데 GI는 낮은 학력을 가진 자들이 많았다. 그러니까 문화적 갈등보다는 인격적 갈등이 컸다. 생업을 위해서 군대에 나온 직업군인들이 많았고 카리브해 약소국에서 용병으로 온 군인에다가 학력이 없는 흑인 중엔 전혀 글자를 읽지 못하는 녀석들도 있었다. 부모님께 편지 한 통도 못 써서 카투사에게 부탁하는 친구도 있었다. 난 자주 그들로부터 편지를 써달라는 부탁을 받곤 했었다.

하루가 다르게 GI 병영 생활은 익숙해 가는데 뭔가 손해 본 듯한 감정이 언제나 들었다. 미군이건 한국군이건 군대 생활은 역시 힘겨웠다. 그들은 물질의 풍요 속에 자라서 궁핍한 것을 모른다.

머리는 텅 빈 놈들이 물질의 풍요를 자랑하며 우리를 깔보는 것이 아니꼽고 치사했다. 우린 분명히 미군에 배속된 군이란 동등한 지위를 가졌는데 그들은 우릴 용병으로 생각하고 있었다.

빨간 스카프의 女人

제대 후에 장롱 속에 오랜 세월 깊이 감춰 두었던 아버지의 비망록과 소설 원고 뭉치를 찾았다. 한국전쟁 이야기와 GI 병영 이야길 적은 초고 소설 원고가 먼지 구덩이 속에 박혀 있었다. 원고 뭉치를 찾아들고 미소를 지었다. 먼질 털고 원고를 읽어보니 내용이 훌륭하고 구성이 탄탄하며 신선하고 순수했다. 예리한 지성이 번득거리는 문장이었다. 이것으로 절필의 오랜 침묵을 깨뜨리고 승부를 걸자.

소설의 내용을 따라 현장 여행을 하면서 리메이크 하기로 하였다. 아버지가 근무한 캠프는 전장이지만 내가 근무했던 미8군 캠프는 서울 근처에 있는 기지였다. 기지촌 카페에서 커피를 마시며 지난 카투사 시절의 추억을 회상할 수 있었으나 그때의 병영 생활을 되살리기가 쉽지 않았다.

오랜만에 찾은 '캠프잭슨'은 예전 같지 않았다. 방대하던 기지촌의 캠프는 스키장으로 변해 있었고, 스키장 한쪽에 축소된 캠프가 남아 있었다. 모텔에 짐을 풀고 추억의 기지촌을 돌며 소설의 현장을 찾아 나섰다. 기지촌 주변에 맥주를 파는 초라한 옛 카페가 몇 군데 남아 있었다. 추억의 카페에서 GI를 상대로 술을 파는 양색시는 없었다. 진정 그때의 이야길 주고받을 늙은 양색시를 만나 소설을 리메이크 하고 싶었는데 그런 기회가 올 것 같지 않았다.

캠프잭슨의 GI 병영은 화려한 스키장으로 변해 있었다. 미군 병영이 이주한 텅빈 캠프엔 잡초만 무성하게 자라고 있었다. 그러나 스키장으로 변신한 기지촌은 겨울 스포츠를 즐기는 인파로 불야성을 이루고 있었다. 나는 스키장이 보이는 언덕의 모텔을 잡고 짐을 풀었다. 다행스러운 것은 스키장 한쪽에 아직 GI 병영이 남아 있다는 것이다. 그곳을 무대로 추억의 카투사를 리메이킹 할 것이다. 옛 기지촌 카페에 나가서 위스킬 주문하면서 주인마담에게 물었다.

"이곳 카페에 양색씨가 있나요?" 그녀는 나를 힐끔 쳐다보았다.

"옛날 얘기죠. 지금은 동남아 아가씨들이 미군 손님을 맞고 있어요."

"주변에 늙은 양색시가 사는 곳이 있나요?"

마담은 나를 이상항 눈빛으로 바라보았다. 밤이 되었다. 야간 스키를 즐기려는 인파가 불야성을 이루는데 한편으론 남은 기지촌의 밤은 고즈넉할 정도로 쓸쓸했다. 그렇게 흥청대던 바에서 요염한 자태를 뽐내던 양색시들은 온데간데 없고 그나마 간혹 동남아 여인들이 흑인 병사를 끼고 걷는 모습이 보였다. 삭막한 기지촌을 돌다가 호텔로 돌아와서 창을 열고 멀리 스키장에서 흘러나오는 불빛을 바라보고 있었다. 야간 스키를 즐기는 스키어들이 하얀 눈밭을 헤치며 활강하는 모습이 보인다. 어느새 간편복으로 갈아입고 스키장으로 향하고 있는데 주변 나이트클럽에서 반짝이는 불빛이 나를 유혹하였다. 순간 스키장으로 가려던 발길이 기지촌의 나이트클럽으로 돌려지고 있었다.

보기와 다르게 나이트클럽엔 밤의 환상을 즐기는 사람들이 북적거렸다. GI들은 거의 없고 스키를 즐기는 젊은 남녀들이 얼음 바지를 입은 채 섹시한 몸짓으로 광란의 춤을 추며 차가운 겨울밤을 훈훈히 녹이고 있었다. 클럽 안은 내국인과 외국인이 세대를 초월하여 즐거운 리듬을 밟고 있었다. 남쪽나라 열도에서 눈의 나라를 찾아온 스키어들도 있었다.

그들은 겨울의 환상에 젖어 반짝이는 사이키 조명 아래서 춤을 추고 있었다. 발랄한 댄서들의 율동과 리듬이 경쾌했다. 점점 무대는 인파로 붐비고 젊음을 불태우는 열기는 더욱 절정에 달했다. 강렬한 음악이 장내를 휘감고 벽을 넘어 설원으로 퍼지고 있었다. 무대 밖으로 흘러나오는 음악에 맞추어 스키어들도 노상에서 흔들어대고 있었다. 위스키에 취하고 음악과 춤에 취한 스키어들이 하얀

게 밤을 새우고 있었다.

클럽 안은 더욱 환상의 무드에 젖어 들었고 난 그들 광란의 열기 속에 끼어 흔들거렸다. 한참 춤판이 열기를 더해 가는데 음악은 끝나고 손님이 내려온 무대는 잠시 한적해졌다. 그때 무대에서 발랄한 춤을 추는 한 여인의 몸동작이 나의 시선에 꽂혔다. 빨간 스카프를 목에 드리운 중년의 여인이 관능적인 몸매를 자랑하며 요염하게 흔들어 대고 있었다. 숏커트 머리에 미니스커트가 잘 어울리는 중년 부인이 아름다운 S라인 몸매를 자랑하듯 섹시하게 광란의 율동을 벌이고 있었다. 싸이키 조명이 쏟아지는 무대에 큰 키의 아름다운 미모의 그녀는 누구도 의식하지 않고 춤을 추었다. 50대 여인이었다. 그녀는 비로소 자신에게 쏠리는 시선을 의식하고 보란 듯이 더 생기발랄한 율동으로 춤을 추었다.

나는 맥주를 마시며 그녀의 흔들리는 몸동작을 주시하고 있었다. 시선은 손끝에서 발끝까지 온몸을 훑어 내리고 있었다. 춤동작에 따라 빨간 스카프가 휘날리고 탭댄스, 탱고에 플라밍고까지 너무나 매력적인 율동이었다. 모두 그녀의 정열적인 춤에 매료되어 있었다. 저 여자다. 저 여인을 내 소설의 주인공으로 맞을 것이다.

그때였다. 한 여인이 비명 같은 소리를 질렀다. "갓뎀, 선어머비치 GI," 술에 취한 양색시였다. 동행한 미군 병사가 술에 취한 여인을 후려갈겼다. 얻어맞은 여인이 큰 소리로 대들었다. "더러운 새끼, 외상으로 한 몸값을 내란 말이야. 세상에 공짜 씹하는 놈은 너

밖에 없어." "뭐, 내가 준 돈이 얼마인데 그딴 소릴 하는 거야?" 흑인 병사의 목소린 거칠었다. 모두의 시선은 무대에서 떠드는 그들에게 돌려지고 흑인 병사는 술에 취한 여인을 개 끌듯이 데리고 나갔다.

저런 몰상식한 놈, 기지촌에서 흔히 보는 추한 모습이었다. 옛부터 외인부대 기지촌 위안부들은 그렇게 유린당하고 있었다. 먹고살기 위해서 양심과 자존심을 다 버리고 외상으로 몸을 팔지만 못 받는 돈이 많았다. 오로지 돈을 찾아 불나비처럼 흐늘거리며 이 꽃 저 꽃으로 배회하다가 그냥 외상 놀음을 하는데 이같은 사기 수모는 다반사였다. 미군들은 직업 여성들을 잔인하게 짓밟았다. 여인들은 온몸에 관능적인 향수를 뿌리고 육체의 치부를 드러내고 남자를 꼬드긴다. 돈만 주면 오케이다. 이놈 저놈 다 건드려 보지만 맞아 주는 사람이 없으면 늘 허탕이다. 훨훨 다른 거리를 방황한다. 술에 찌들고 사랑에 굶주려 갈기갈기 찢겨 만신창이가 되어 버린 육체를 끌고 다니는 그녀들의 모습이 너무나 안타깝다. 세상 사람들은 이들을 양갈보라고 부른다. 기지촌의 여인들이었다. 그때의 영상들이 어른거린다.

클럽에서 흑인 병사가 술 취한 여인을 클럽 밖으로 끌고 나간 후 무대는 다시 광란의 무드에 젖었다. 그 시절의 추억에 젖어 있었다. 카투사 KIM. Y. M. 너, 군인 주제에 말도 안 되는 개똥철학을 지껄이며 개폼을 잡고 기지촌을 방황하고 다니는 거야? 그때 그랬다. 무엇이 문제였던가를 나 자신에게 캐물어 본다.

양공주들은 겁 없이 불 속으로 뛰어드는 불나비 같았다. 밤의 환상 속에서 불빛을 찾아 유혹의 날갯짓으로 허우적거리는 불나방의 애탄 몸부림은 계속된다. 가냘픈 날갯짓은 자정에야 접고서 임자를 못 만난 여인들은 목노 카페에 앉아 슬픈 노래를 부르며 술을 마신다. 오늘도 허탕이다. 돈과 섹스로 갈기갈기 찢긴 상처 난 육체를 끌고 다니며 내일 없는 오늘을 즐긴다. 내일 걱정은 왜 해, 오늘이 즐거우면 그만이지.

환상의 여인이었다

나는 나이트클럽의 구석진 자리에 앉아 맥주를 마시며 한참 무대에서 춤추는 중년 부인의 모습을 바라보고 있었다. 손님들이 하나둘씩 짝을 이루어 클럽을 나가고 발랄한 댄스 뮤직만 계속 흐르는데 빨간 스카프의 여인은 혼자 춤을 추고 있었다. 술에 취해 춤추는 그녀를 바라보는데 젊은 날 클럽에서 춤추던 그녀가 떠오르는 것이다. 그녀는 지금 무대에서 춤추는 그녀만큼 아름답고 매력 있는 여인이었다. 갑자기 그녀가 그리워진다. 그녀를 닮은 저 여인을 내 소설 속의 여자 주인공으로 만들고 싶었다.

나도 모르게 무대로 올라갔다. 눈앞에 반짝거리는 불빛에 비치는 그녀의 예쁘고 맑은 미소가 너무 아름다웠다. 혼신을 다하여 그녀 앞으로 나가서 서툰 몸짓으로 춤을 추었다. 그녀는 아무 반응

없이 나를 맞아 춤을 추었다. 더 가까이 다가서서 그녀를 바라보았다. 그런데 환상이 깨지는 것이었다. 그녀는 백보 미인, 가까이에서 본 그녀의 얼굴은 너무나 늙은 60대의 여인이었다. 그러나 몸매는 20대였다. 얼굴과 몸은 따로 놀았다.

"춤을 잘 추시네요?"

"춤을 추는 것이 아니고 운동을 하는 중입니다." 그녀가 말했다.

"운동하는 중이라고요?"

"네, 춤은 최고의 운동이죠."

그녀는 나를 비켜 저쪽으로 돌아서서 춤을 추었다. 생기 발랄한 모습을 기대했는데 너무 늙은 백보 미인에 실망하고 말았다. 좋던 환상이 깨지자 은근히 화가 났다. 그 자리에 더 머물 수가 없었다. 무대에서 내려와 클럽을 나와 곧장 모텔로 돌아왔다. 혼란스러웠다. 그런데 그녀의 잔잔한 주름 속에 그려지는 모습이 지워지지 않았다.

모텔로 돌아와서 낡은 원고 뭉치를 풀었다. 'GI 병영의 슬픈 카투사'란 제목을 잡았다. 40년 전 이야길 현대 소설로 리메이크하는 작업은 스토리 전환과 문체 전환이 쉽지 않았다. 애인을 미군에게 빼앗기고 울분하고 방황하는 한 카투사의 일그러진 모습과 슬픈 사랑의 갈등이 인간의 원초적인 본능으로 이어지는 것이다. 미군 기지촌의 풍경, 광대들의 놀이판, 저주와 갈등과 분노와 슬픔이 겹쌓여오는 폭풍의 거리, 그 거리가 싫었다. 사랑하던 그녀가 미군 장교와 사랑에 빠져 나를 버리고 외국으로 사라져 버렸다. 바로 그 이야기였다. 소설 스토리를 살리는 데는 주인공의 이미지가 중요했다. 그런 이미지의 주인공을 만나면 소설은 현실적 감각을 불러일으킬 수 있다는 생각이었다. 무대의 그녀가 생각났다.

GI와 한국 여대생 간의 비극적인 사랑 이야기를 미군 캠프가 아닌 스키장을 배경으로 재구성하여 아름답고 슬픈 연가로 그리고 싶었다. 그러나 막상 이곳에 와서 소설을 리메이크 하려고 했지만, 주인공을 닮은 이미지를 찾지 못해 잠시 혼란 상태였다. 주인공이 캐스팅되면 소설은 감미롭게 그려질 것 같은데도 잡힐 듯하면서 캐스팅되지 않은 안타까움에 젖어 있었다. 나는 클럽에서 만난 여인을 상상하였다. 40년 전의 그녀를 닮긴 했다. 자꾸 세월의 환으로 되돌림 하였다. 아무튼, 정열에 불타던 그때의 상황에 맞는 여주인공을 찾아 현대적 감각과 무드로 엮어 가려는데 과거와 현실의 상황이 큰 괴리감으로 작용하였다.

추억 속의 외인촌은 항상 가상에서 머물고 있었다. 40년 전 미군 캠프에서 GI와 카투사가 엄청난 문화 충돌로 갈등을 일으켰다. 미군은 카투사 개인을 무시하기보다 한국을 무시하였다. 도움과 원조를 받는 나라, 우리가 너의 나라를 지켜주니까 우릴 대우하라, 그런 우쭐한 생각을 하는 병사들의 위압적인 태도가 카투사들에게 상처를 주었다. 한국군이 미군에 배속된 카투사는 이질 문화의 열등을 억누르며 지냈다. 미군과 카투사 사이의 갈등은 흑인과 백인 같은 인종차별의 난투극은 없었으나 무시와 괄시는 늘 일상에 상주하고 있었다.

미8군에서도 GI와 카투사 간의 이런 사소한 문제로 인한 충돌을 염려하고 있었다. 미군은 군율이 엄격한 군대지만 병영을 벗어나거나 업무시간을 벗어나면 상황이 달라져 한없이 자유로운 인간이 된다. 군대라고 하여도 개인의 프라이버시를 건드리지 않는다. 기지촌은 한국이지만 독특한 미국의 이질 문화를 갖고 있었다. 술에 취해 비틀거리는 주객과 거의 발가벗은 모습으로 유혹의 추파를 던지는 양색시들의 작태가 혼란스러웠다. 섹스와 돈의 즐거움을 누리는 군상들이다. 그러나 쓰레기통에서 장미가 피듯이 미군 병사와 양공주 간에 섹스를 초월한 애틋한 사랑이 감동을 주곤 하였다. 때론 지나칠 정도로 노골적인 성정이 슬프지만 그 속에서도 순애보는 있었다. 색시들은 미군 병사가 좋아서가 아니고 물질적인 편향으로 미군을 사로잡았다. 기지촌 카페에 간혹 양색시가 아닌 여성들이 미군과 이성적인 교제를 원하지만 그들은 오직 성적인 욕정을 갈구할 뿐이었다.

나의 그녀도 그랬다. 그녀는 나를 버리고 미군 장교를 택했다. 그리고 상처만 가득 안고 어디론가 사라져 버렸다. 상상하기조차 싫은 추억이었다. 그런데 지금 난 그녀를 주인공으로 소설을 쓰면서 그녀와 아름다운 시간을 회상하고 있었다. 기지촌 스키장에 머물며 그녀를 닮은 소설의 주인공을 찾고 있었다. 독일에서 보낸 이로니카의 편지 속 그런 여인을 찾아 작품을 쓰라는 말이 생각났다. 그래서 그녀와 같은 감성과 정서를 가진 모델을 찾고 있었다.

나이트클럽 무대에서 춤추던 빨간 스카프의 여인을 내 소설의 주인공으로 모시기로 작정하고 그녀를 찾아 나섰다. 클럽에 가서 맥주잔을 기울이며 그녀를 기다렸다. 그러나 그녀는 나타나지 않았다. 멀리 창밖 스키장의 긴 산등성이 눈밭을 따라 이어지는 찬란한 불빛이 야간 스키어 행렬을 비추었다. 가히 장관이었다. 자정이 넘었는데도 야간 스키를 즐기는 사람들이 북적대고 있었다. 횃불을 들고 눈보라를 일으키며 스키를 타고 내리는 멋진 동작이 아름다운 곡예로 이어지고 있었다. 난 스키를 즐기는 사람들의 낭만에 빠져들었다. 특히 야간 스키를 즐기는 마니아들은 인생의 진미를 아는 최고의 낭만주의자였다. 야간 스키를 탄다는 것은 고난도의 스키 실력을 갖춘 자들이다.

나는 클럽의 창가에 붙박이로 앉아 야광 깃발을 높이 들고 계곡을 미끄러져 내리는 스키어들의 다이나믹한 움직임을 지켜보고 있었다. 역시 젊음은 아름다웠다. 불야성의 설원에서 사랑과 낭만을 불태우는 젊은 그들이 부러웠다.

모텔로 돌아와서 노트북을 열었다. GI 병영 콘센트 막사에서 벌어지는 상황들이 생각나서 정신없이 키보드를 두들기고 있었다. 일과 중엔 엄격한 자세로 업무에 열중하는 미군들이 일과 후엔 흐트러지기 시작한다. 제복을 벗어 던지고 민간인처럼 술에 취해 흔들거리는 자유가 있었다. 그러나 무서운 것은 흑백 인종차별의 공포가 벌어질 때다. 술에 취한 사나운 얼굴들이다. 같은 군인이지만 흑백 갈등은 잔인하다. GI와 양색시 간의 애정 갈등 역시 냉혹하다. 사랑하고 저주하고 질투하는 차가운 시선들이 기지촌에서 격돌하면 폭력으로 나타난다. 거리마다 골목마다 벌어지는 욕정에 사로잡힌 추태가 공포였다.

갑자기 무도장에서 춤추는 빨간 스카프의 여인이 젊은 날의 그녀로 그려지는 것이었다. 큰 키에 군살이 없는 날씬한 몸매를 자랑하며 해맑은 미소로 남성을 매료시키는 빨간 스카프의 여인이 어느새 나와 GI와 여대생의 사랑 이야기 속 여인으로 끼어들고 있었다.

다음 날 아침 스키복으로 갈아입고 설원으로 나갔다. 젊은 스키어들이 몰려들고 있었다. 난 그들 사이에 끼어들었다. 곧장 산상으로 이동하는 리프트에 몸을 실었다. 찬바람을 맞으니 금세 온몸이 동태처럼 얼어붙었다. 그때 내 앞에 앉은 그린 파카에 빨간 스키바지를 입고 노란 모자를 쓴 여인의 패션이 확연히 눈에 튀었다. 내 시선이 그녀에게 꽂혔다. 참 예쁘고 아름답다. 그녀가 뒤돌아보았다. 그녀는 나이트클럽에서 춤을 추던 바로 그녀였다. 리프트는 경사각을 높였다. 마침내 리프트는 정상으로 올라가서 멎었다. 리프트에서 내린 스키어들은 각기 스키 끈을 조이고 복장을 정비하였다.

"안녕하세요. 또 만나는군요." 그녀에게 말을 걸었다.

"저를 아세요?"

"우리 나이트클럽에서 만났잖아요."

"전 클럽에 간 적이 없어요." 그녀는 시치미를 떼고 있었다.

무한해서 더는 말을 걸지 않았다. 초보가 막상 스키를 타려고 올라왔으나 걱정이 태산 같았다. 잘 타지도 못하면서 객기를 부린 것이 불안했다. 어제는 급강하 속도를 내다가 경계 보드에 처박혀 고생했는데 오늘도 그렇지 않을까 하는 걱정이 앞섰다. 정말 운이 좋았다. 몇 번이나 발을 헛디뎌 접지를 뻔했고 빙벽에 부딪혔지만 큰 사고는 없었다.

오늘은 좀 더 고난도 코스를 타 볼 생각이었다. 내 나이와 실력에 고난도 코스에 도전한다는 것은 무리였다. 그러나 해보겠다는 성취욕에 불타 조심스럽게 출발점에 올라섰다. 출발, 젊은 쌍쌍의 남녀들이 힘찬 출발을 하였다. 45도로 허리를 굽혀 스키 날을 안쪽 75도 방향으로 놓고 천천히 미끄러져 나갔다. 이 코스는 대개 전문가나 젊고 패기에 찬 스키어들이 도전하는 곳이었다. 난 속도를 내면서 주변을 둘러보았다. 그런데 바로 내 앞에 그 예쁜 미모의 그녀가 달리는 것이었다. 그녀는 보란 듯이 힘차게 미끄러져 내려가고 있었다. 난 빨간 바지에 초록 파카를 입고 목에 빨간 스카프를 드리운 그녀를 뒤따라갔다.

그녀의 아름다운 몸매를 요리조리 훑어보면서 천천히 따라가고 있었다. 그녀의 빨간 스카프가 바람에 휘날렸다. 한참 따라가는데 그녀는 속도를 내었다. 숨이 가빠지는 것이었다. 스키어들이 속도에서 묘기를 부린다. 어느새 그녀는 멀리 뻗어나가고 있었다. 나는 더 속도를 냈다. 아, 이게 웬일인가? 난 브레이크가 파열된 자동차처럼 궤도를 탈선하여 질주하는 스키 속에 얹혀 날고 있었다. 아찔한 전율, 눈을 딱 감아버렸다. 살인적인 속도였다.

질주하는 내 스키는 어느새 앞에 가던 그녀의 스키를 들이박고 말았다. 그녀는 눈밭에 내동댕이쳐졌고 나는 스키장 울타리 벽을 들이박고 멈췄다. 가까스로 의식을 차리고 울타리 밖으로 빠진 발을 빼냈다. 그리고 주위를 둘러보았다. 앞에 가던 그녀가 나자빠져 있었다. 그녀는 일어나지 못하고 신음을 하고 있었다. 사고였다. 그때서야 내가 그녀를 내리박아 나뒹굴게 했다는 것을 알았다.

"괜찮으세요?"

"스키도 탈 줄 모르면서 고난도 코스를 타는 건 살인 행위라고요. 나이도 있는 분이 그런 모험을 하면 안 되죠." 그녀는 매섭게 쏘아붙였다.

"다친 데는 없어요? 병원에 갑시다." 미안해서 물었다.

"병원도 병원이지만 부서진 스키를 보상받고 싶어요."

"죄송해요. 보상해드리죠."

"아저씨, 충고인데요. 이런 코스는 아저씨에겐 무리예요. 초보이고 나이 든 아저씨라서 용서를 하는 거예요."

그녀는 일어나서 한마디 쏘아붙이고 미끄러져 갔다. 더 시비를 걸고 싶지 않다는 뜻이었다. 엄청난 실수에 얼굴이 화끈거려 들 수가 없었다. 초보가 고난도 코스에 와서 괜히 타인에게 방해가 된 것이다. 그러나 발목이 삐어 한 발자국도 옮길 수 없었다. 어렵사리 스키장을 내려와 휴게실에 앉아 그녀가 돌아오길 기다렸다. 정식으로 미안하다는 사과를 하고 싶었다. 그러나 한참을 기다려도 그녀는 나타나지 않았다.

스키장을 나와 곧장 사우나실로 가서 더운물과 찬물을 드나들며 몸을 풀고 찜질방에 들러 침과 마사지를 받고 모텔로 돌아왔다. 정말 그녀에게 미안했다. 다음 날 아침 일찍 휴게실에 앉아 그녀를 기다렸다. 정식으로 사과하고 망가진 스키를 변상할 생각이었다. 그녀는 나타나지 않았다. 그러나 그녀를 내 소설의 주인공으로 점지한 이상 한번 꼭 만나고 싶었다. 다음날 다시 스키장으로 나가서 그녀를 찾았으나 없었다. 어쨌건 기다리면 나타날 것이라는 생각으로 이곳저곳, 식당, 카페, 호프집, 찻집을 기웃거리고 시간을 보냈다. 날씨가 추워지고 있었다. 기상대에선 올겨울 들어 가장 추운 혹한이 온다는 예고였다.

무료한 시간을 보내려고 승마장으로 발길을 옮겼다. 승마장은 스키장에서 그리 멀지 않은 곳에 있었다. 승마장에서 2시간 이용 마권을 샀다. 눈바람이 세차게 불기 시작했다. 승마장은 주로 승마를 배우려는 사람이 찾기 때문에 관객들이 그리 많지 않았는데 오늘은 유난히 승마를 즐기는 손님들이 많았다. 회원들은 전문 기수들이 가르치는 승마장으로 가서 즐기는데 비회원이나 일반 승객은 연습 마장에서 승마를 할 수 있었다. 마장 밖에서 마냥 대기하며 승마 시간을 기다렸다.

겨울방학이라 부모들이 아이들을 많이 데리고 왔다. 승마장의 말들은 거세 퇴역 마들이었다. 제1 마장은 초보자들과 교육생들이 타는 곳이고, 제2 마장은 승마를 즐기는 마니아들이 타는 곳이며, 제3 마장은 고수들이 타는 곳이었다. 제1 마장의 말들은 키가 작고 힘이 약한 연습용 말이고, 제2 마장의 말들은 젊고 훤칠한 키에 윤기 나는 품위를 지녔고, 제3 마장의 말은 세련되고 민첩한 재기를 가진 말들로 전문 승마 선수나 프로기사들이 타는 말이었다.

제1 마장은 승마를 배우려는 사람들로 붐비고, 제2 마장은 연습 과정을 마친 초보들이 주 고객이었고, 제3 마장은 전문 기수나 선수들이 사용하였다. 승마는 정식 복장과 장비와 장신구를 갖추어야 탈 수 있었다. 언제나 조련사의 안내를 받고 승마를 할 수 있었다.

승마의 묘미는 바람을 가르며 질주하는 말들의 멋진 갈기와 땅에서 발이 보이지 않는 신비로운 비상에서 쾌감을 느낀다. 잘빠진 말들의 체격은 위풍당당하다. 말처럼 사람과 교감을 잘하는 짐승은 없을 것이다. 페치카 난로 앞에 앉아 커피를 마시며 창밖으로 달리는 말들을 구경하고 있었다.

제3 승마장에서 훤칠한 키에 늘씬한 몸매의 젊은 기수들이 멋진 승마복을 입고 윤기 나는 말 등에 앉아 신나게 말고삐를 당기는 모습은 장관이었다. 승마기수들은 경주마의 기수들과는 달랐다. 경주마는 속도를 내지만 승마는 묘기를 보이는 재기라서 말부터 품위가 다르다. 움직이는 말의 반동에 따라 부양하는 몸짓으로 끄덕끄덕 몸을 움직이는 것은 충격과 낙마를 방지하는 시술이었다. 시선이 계속 제3 마장의 멋진 기수에게 쏠렸다. 주행로를 돌아 달리는 말들의 세련된 묘기는 장관이었다. 떨어질 듯 말듯 몸을 비틀어 방향을 잡고 다시 자유스럽게 몸을 움직이면서 말을 타고 있었다.

달리는 말 중에서 유난히 내 시선에 꽂히는 말이 있었다. 말 등에서 허릴 굽혀 고삐를 잡고 질주하는 기수의 모습도 아름다웠다. 여자인지 남자인지 모르는 기수가 바짝 말 등에 엎드려 숨 가쁘게 마장을 빙빙 돌았다. 그리고 속도를 줄여 천천히 마장으로 들어서는 기수는 바로 어제 스키장에서 나와 충돌했던 중년 부인이었다. 얼굴에 만연한 화색의 미소를 띠고 천천히 말을 몰고 나와 반납하고 대기실로 들어왔다.

"안녕하세요. 저를 아시죠?"

갑자기 던지는 내 말에 그녀는 힐끔 바라보더니 미소를 띠었다. 다시 그녀를 만나게 될 줄이야. 우연치고는 너무 필연 같았다.

"스키장에서 사고 친 초보 아저씨군요. 다리는 어때요?"

"멀쩡합니다. 어제 정말 미안했어요. 스키값을 지급하려고 찾아다녔어요."

"어제 일이라면 너무 상심하지 말아요. 스키장에선 흔히 일어나는 일이에요." 그녀는 아주 초연하게 말했다.

"사과도 할 겸 제가 저녁이라도 사겠어요. 3번째 만났으니 보통 인연은 아니죠?"

"3번째라고요?"

"네. 나이트클럽과 스키장에서 그리고 이곳 승마장에서 만났잖아요."

"혹시 절 미행하는 스토커는 아니겠지요?"

"스토커는 아닙니다. 3번이나 만났으니 보통 인연은 아니죠. 그런 의미에서 제가 저녁을 사겠습니다."

"한심해요. 할 일 없이 여자들 꽁무니만 쫓아다니는 철부지 건달 같아요."

"건달이라고요…?"

"아무 여인들이나 집적거리고 다니는 게 건달이 아니고 뭐예요. 상판 모르는 사람에게 밥을 사겠다는 것은 무례지요." 그녀의 말투는 사뭇 거칠었다.

"절대 난 그런 사람이 아닙니다."

"제발 할 일 없이 떠도는 화백이나 건달 같은 짓 말아요."

"건달 백수 같은 짓이라니, 너무 가혹한 표현이군요. 전 소설 쓰는 작가입니다.”

“소설을 쓴다고요? 그럼 소설가란 말씀인가요?”

“네 그렇습니다.”

난 그녀에게 협회 신분증을 보여 주었다. 그녀는 확인하고 미소를 지어 보였다.

“죄송해요. 오해했네요. 외모가 소설가답지 않았어요.”

“사실 부인은 내 소설 속의 주인공을 닮았어요. 모델를 찾고 있는데 제 소설의 주인공이 되어주세요.”

“소설의 주인공으로 생각했다고요? 기분이 좋네요.”

“허락해 주십시오. 말을 타고 달리는 멋진 여인, 그 모습으로 그릴 것입니다.”

“호호호, 재미있겠군요. 애마 부인은 싫어요.”

그때였다. 미군 지프가 달려와서 승마장 대기실 앞에 멎었다. 차에서 내린 젊고 패기에 찬 미군 장교가 휴게실로 들어섰다. 미8군 팔랑개비 마크를 단 제복을 입은 핸섬하고 건장한 체구의 육군 소령이었다. 그녀는 자리에서 일어섰다.

“마이 썬, 여기다.”

“마마…”

부인은 미군 소령이 가지고 온 지프에 올랐다.

“선생님, 전 바빠요. 인연이 있으면 만나겠죠. 저 용산 미8군 나이트클럽에 자주 가요.

"나이트클럽요?"

그녀는 미군 장교가 운전하는 지프를 타고 승마장을 빠져나갔다. 대체 뭐하는 여자인가? 미 육군 소령 계급장을 단 GI와 그녀는 어떤 사인가? 양색시와 연인관계… 나이로 봐서 그런 것은 아니었다. 난 그들이 떠난 곳을 바라보며 유령에 홀린 듯 서 있었다. 그녀와 미육군 장교는 어떤 사인지 점점 궁금해지는 것이었다.

'나이트클럽에 자주 가요'라는 그녀의 말이 떠올라 다음 날 밤 나이트클럽으로 갔다. 클럽 안엔 벌써 광란의 춤이 벌어지고 있었다. 자릴 잡고 앉아 주위를 두리번거렸다. 그때 무대에서 춤추는 전속 무희가 있었다. 그녀였다. 날 알아본 듯 미소로 화답했다. 잠시 광란의 음악이 멎고 탱고 음악이 흘렀다. 춤꾼들이 모두 자리로 돌아가고 빈 무대엔 그녀가 탱고 음악에 맞추어 리듬을 밟고 있었다.

그때 한 백인 청년이 무대로 올라와서 그녀에게 정중히 인사를 하였다. 백인 청년의 리드에 따라 멋진 탱고 춤을 추었다. 환상적인 춤이었다. 모든 시선이 그들에게 쏠렸다. 감히 상상조차 할 수 없는 춤이었다. 그녀의 탱고 춤 실력은 대단했다. 열정적인 탱고 춤을 지켜보던 관객들의 입에선 함성이 터져 나왔다. 춤이 끝나자 박수갈채가 터졌다. 그녀는 춤을 끝내고 무대에서 내려와서 내 앞으로 걸어왔다.

"선생님, 오셨군요."

"저녁 식사라도 같이 합시다."

"어쩌죠? 좀 바빠서… 먹은 것으로 하겠습니다."

"연락처라도 주시면 한번 자리를 마련하겠습니다."

"글쎄요. 정 그렇다면 이태원 '실버그린 하우스'로 오세요."

"실버그린 하우스는 외국 노인들의 휴양지 아닌가요?"

"맞아요, 그곳 외인부대 내 문화 스포츠 교습장에서 춤을 지도하고 있어요"

"네 찾아뵙고 식사 자릴 한번 만들겠습니다."

같이 춤추던 미군 소령이 와서 그녀를 태우고 나이트클럽을 떠났다.

1주간의 픽션 주인공 로컬사냥은 끝났다. GI 병영에서 카투사와 미군 사이에서 일어나는 이야길 사랑과 갈등으로 구성하였다.

스키타운이 있는 캠프잭슨의 밤은 깊어가고 있었다. 스키장 밖 모텔과 호텔마다 젊은 남녀들이 진을 치고 아름다운 젊음의 향연을 벌이고 있었다. 사랑은 아름다운 것, 사랑을 모르는 젊음은 무미건조한 인생이다. 미치도록 사랑하고 사랑받으며 사랑에 울고 사랑에 눈이 먼 바보 같은 모습들이 아름다운 감동으로 채색되었다. 사랑을 만끽하지 못한 사람은 인생의 아름다움을 논하지 말라, 그렇게 써 내려가고 있었다. 춤추는 그녀의 미모에서 흘러간 먼 기억 속의 그녀를 떠올리고 있었다. 난 그녀를 찾아 이태원 실버그린 하우로 찾아가고 있었다.

실버그린 하우스

그녀를 만나려고 미8군 캠프에서 운영하는 이태원 '실버그린 하우스'로 찾아갔다. 요양시설과 병원시설이 완벽하게 갖춘 그린하우스는 내외국인이 자주 이용하는 시설이었다. 돈 많은 노인이 고액의 위탁료를 내고 편안하게 노후를 보내는 양로원이기도 하였다. 젊은 날 오로지 나라를 위하여 열심히 살아온 군인들이 나이가 들면서 자신도 모르게 무력하게 된 존재가 되지만 이 요양원에서 위로를 받고 생의 활기를 찾고 있었다. 요양소이지만 의식주 시설과 다양한 문화 스포츠 시설을 갖추고 있어서 아무 걱정 없이 소일할 수 있었다.

외국인 노인들을 위한 시설인데 내국인도 고가의 사용료를 내고 출입할 수 있어서 사회적으로 출세한 사람들이나 돈 많은 사업가가 나름의 인생을 풍요롭게 즐기는 곳이었다. 특히 미국 제대 군

인과 한국의 퇴임 공직자와 예술가들이었다. 실버그린 하우스는
생각보다 호사스러운 생활을 하는 파라다이스였다. 고급 편의시
설과 오락시설, 체육시설이 잘 갖추어져 있어서 노인들은 생기발
랄하고 활기차게 운동을 하고 있었다. 그들의 표정엔 다른 요양소
에서 볼 수 없는 힐링의 프로그램이 있어서 마냥 즐겁고 행복한 화
색이었다. 실버그린 하우스 안내실로 들어갔다.

"이곳 문화 교실에서 스포츠 춤을 교습하는 선생님을 찾는데
요."

"강미연 선생님 말씀이군요. 지금 스포츠 댄스 교습 중입니다.
끝나려면 한 시간 정도 기다려야 합니다." 아가씨가 상냥하게 알
려주었다.

나는 그녀가 교습하는 스포츠 댄스 교습장으로 들어섰다. 하얀
운동복을 입은 노인들이 넓은 홀에서 즐겁게 춤을 추고 있었다. 아
름다운 실버들이었다. 빨강 무희복을 입은 중년의 여류 강사가 단
상에서 근사하게 춤동작을 보였다. 강사가 기본 댄스 동작을 보이
자 젊은 조교가 유연한 몸동작으로 재연해 주었다. 노인들은 남녀
가 쌍쌍을 이루어 조교의 몸동작을 따라 열심히 탱고 춤을 배우고
있었다. 젊은이들도 힘든 탱고 춤을 쉽게 익히는 모습으로 건강하
고 지적 수준이 높은 노인들임을 알 수 있었다. 정말 멋지고 아름
다운 인생을 사는 노인들이었다.

"오늘은 여기까지입니다. 조교가 재연하는 대로 연습하여 몸에

익히십시오."

강사는 동작을 마무리하고 단상에서 내려와서 땀에 젖은 무도복을 벗어들고 나오다가 날 보고 놀란 표정을 지었다.

"선생님, 용케 찾아오셨군요."

"교습이 끝났는가요?"

"선생님과 식사를 같이 하지 못할 것 같아요. 이어서 골프 교습이 있어요."

"그렇다면 할 수 없죠. 강미연 선생님."

"제 이름을 어떻게 아세요?"

"데스크 아가씨가 알려 주던데요."

"그랬군요. 저 강미연이에요. 선생님 오늘은 그만 돌아가십시오."

나는 그녀의 다음 교습소인 실내 골프장으로 따라갔다. 골프장역시 VIP 손님만 맞는 최고급 시설이었다. 실버 청춘들이 활달하게 스크린 골프를 즐기고 있었다. 그녀는 몸에 찰싹 달라붙는 백바지를 갈아입고 멋진 포즈로 드라이브 샷을 날렸다. 그리고 멋진 어드레스 자세와 백스윙과 임팩트와 팔로우 스윙까지 완벽한 풀 샷을 보여 주었다. 젊은 여류 골퍼 같았다. 샷을 날리는 아름다운 몸매의 각선미가 관능미를 표출하자 교습생들은 그녀의 멋진 포즈에매료되었다. 실버들은 그녀의 몸동작 하나하나를 익히고 있었다. 게다가 원포인트 교습으로 한 사람씩 친절하게 동작을 교정시켜주었다.

골반을 바로 세워 중추에 중심을 잡은 어드레스로 왼손으론 골프채 잡고 오른손으로 감싸 잡으면서 공을 똑바로 보고 어깨너비만큼 평행 스윙을 하고 어깨 위로 올려 약간 정지상태에서 몸에 오른팔을 붙이고 몸통 회전을 하면서 풀스윙하여 골프채를 던지듯 아웃에서 인으로 인팩트해 팔로우 스윙을 하면 공은 18도 각도로 날아가는 것이다. 공은 팔로 치지 말고 몸통으로 치면 비거릴 높일 수 있다. 탑 볼이나 땅볼을 안치려면 중심추를 무너뜨리지 않고 회전을 하면 된다고 설명을 하고 시험 샷을 날렸다. 공이 똑바로 날아가는 원사였다. 골프공이 포물선을 그리며 날아 그물망에 꽂혀 떨어졌다. 200야드나 되는 거리의 엄청난 파워였다.

원포인트 교습을 받는 노인들이 드라이브를 날렸다. 모두 장타였다. 젊은 날 골프깨나 치던 사람들이었다. 나이가 들어서도 비거리와 기본자세가 흐트러지지 않은 것을 보고 왕년의 골프 실력을 짐작할 수 있었다. 5볼 경기인데 세컨 볼을 그린에 올리는 장타였다.

시간을 보내기 위해 난 교습실 경비원과 대화를 나누었다. 60대 경비원은 이야기를 잘했다. 실버그린 하우스에 입주하는 까다로운 조건을 이야기해 주었다. 이곳 회원 자격은 외국인인데 경영상 내국인도 받았고 요즈음은 내국인이 더 많다는 것이다. 모두가 일정한 재력을 갖춘 퇴역 장군과 공무원과 돈 많은 퇴직 사장님과 사회적 지도급 인사라서 비싼 입회비를 척척 낸다는 것이다. 그들은 높은 교양과 학식을 갖추어서 절제된 매너로 서로 배려하고 예의 범절을 지키며 노익장을 과시하였다. 실버그린 하우스의 노인들은 상주하여 주식을 하는데 일주일에 한 번 집에 다녀오는 정도이고 모든 시간을 이곳에서 보낸다. 각종 오락시설이 훌륭하게 갖추어져 있어서 가족들도 와서 즐기고 간다는 것이었다.

강미연은 운동에는 만능인이었다. 춤이면 춤 골프면 골프 스포츠라면 못하는 운동이 없을 만큼 다재다능한 재기를 가졌다. 실내 골프장에서 한참 그녀의 움직이는 모습을 지켜보고 있었는데 갑자기 그녀가 사라졌다.

골프장을 나와 식당에 들러 혼자 식사를 시켰다. 방문한 손님들은 기숙 손님의 연고만 밝혀주면 누구나 고급 식당과 편의시설을 이용할 수 있었다. 그녀의 이름을 대고 식사를 주문했다. 식당의 이곳저곳에선 할머니 할아버지들이 자연스럽게 어울려 담소를 나누며 즐겁게 식사를 하였다. 한국에 이런 실버 인생을 사는 사람들이 있다는 것이 놀라울 뿐이었다.

그때였다. 그녀가 노인들과 어울려 식당으로 들어왔다. 한 노인이 그녀의 식판을 만들어 와선 그녀 앞에 놓았다. 그리고 마주 앉아 담소를 나누며 즐겁게 식사를 하였다. 난 그녀의 옆으로 다가섰다.

"아, 선생님 아직도 안 가셨어요?"

"네, 식사나 같이하려고 교습이 끝날 때까지 기다리고 있어요."

"아유, 그런다고 이 시간까지, 어쩌나요. 미안해서…"

"선생님과 식사를 같이 하고 싶습니다."

"오늘은 안 되고요. 정 그렇다면 저녁에 미8군 메인 클럽에서 만나요."

"미8군 클럽이라고요."

"제가 예약해두겠습니다. 정문에서 기다리면 제가 안내를 하겠어요."

그녀가 미8군 클럽에서 만나자는 말이 어찌나 반갑던지. 옛날 카투사 시절에 즐겨 다니던 클럽이었다.

미8군 메인 클럽

저녁에 8군 메인 클럽 정문 앞에서 그녀를 기다렸다. 오랜만에 찾아온 클럽은 낯섦보다는 고향 같은 편안함이 있었다. 8군 클럽은 영내 최고 사교 오락장이었다. 정문 휴게실에 앉아 그녀를 기다리며 오가는 미군 병사들과 손님들의 모습에서 옛날의 기억을 떠올렸다.

일과 후 제1 정문 휴게실은 미군의 자유로운 환락장이었다. 그때와 다름없이 이태원 기지촌 양색시들이 죽치고 앉아 있었다. 양색시들의 교태스런 몸동작을 응시하고 있는데 갑자기 우울해졌다. 지금은 어느 곳에서 뭘 하는지 모르는 한 여인이 떠올랐다. 외모에는 고고한 척 세련미를 풍기면서 내부에는 저질스러운 음탕한

끼를 뿌리고 다니는 여인이다. 이 게이트를 오가며 유혹 작전을 펼치는 양색시와 별다른 것이 없는 여인이었다.

마주 앉은 양색시가 지나는 GI에게 윙크한다. 한 놈이라도 걸리면 즐겁겠지만 거르는 날엔 술로 한을 풀겠지. 옛날에도 그랬다. 나는 그런 양색시들에게 미군을 맺어주는 일을 많이 하였다.

'김병장, 내 굶어 죽겠어. 검은 놈이건 흰 놈이건 한 놈 맺어줘. 해주면 뭘 해, 맨날 차이면서. 그리고 너 말이야, 미군이 그러는데 몸에서 냄새가 많이 난다더라. 다 치료했어, 임질이 걸렸었지. 잘 닦고 병 없이 만나라…' 난 뚜쟁이처럼 벌걸 다 간섭하고 나섰다. 그러나 그녀들에게 유익한 역할을 해주기 때문에 양색시들이 나를 좋아했다. 옛날엔 이 게이트에서 가장 많은 양색시들이 진을 치며 GI를 후렸다. 사랑에 웃고 사랑에 울던 양색시들을 울리고 슬프게 했던 GI들의 작태를 보고 분노했던 사나이였다.

GI 캠프의 외인촌은 우리의 문화와는 전혀 다른 풍류를 가지고 있었다. 근무 시간이 끝나면 게이트마다 해괴한 치장의 여인들이 요상한 향수를 바르고 미군 병사를 유혹한다. 정문지기(GP)는 열심히 입출객들의 신분을 점검하느냐고 부산을 떤다. GP 허락없인 절대 입장이 안 된다. 신분증을 담보로 입·출입을 시킨다. 시장통이 되어버린 게이트에서 희로애락이 수없이 일어난다. 그렇게 게이트에 앉아 죽치는 양공주의 모습에서 슬픈 생존 전쟁을 의식한다. 지금도 그때와 별로 다른 것이 없었다. 다른 것이 있다면 그전

보다 엄격하게 체크를 하기에 방문 손님의 수가 줄어들었다.

그때도 퇴근 시간이면 정문에 밀려드는 양색시들 때문에 정문 지기는 죽을 지경이었다. 변한 것이 있다면 그때 양색시들은 모두가 한국인이었는데 지금은 거의 필리핀인이거나 베트남인과 러시아 아가씨들이었다. 세상이 많이 변하였다. 기지가 평택으로 옮겨 가면서 용산은 한물 죽었다. 세월 따라 양색시의 인식도 달라졌다.

미 8군사령부 K1 게이트는 사랑의 추억과 사연이 많은 곳이었다. 그곳에 죽치고 앉아 그녀가 오길 기다리며 GI들의 움직임과 양색시들의 풍경을 지켜보면 인간의 본성과 가식의 양면성을 느낄 수 있었다. 그때였다. 근무 병사가 벌떡 일어나서 큰 소리로 '어탠핫'이란 구령을 지르며 경례를 올려붙였다. 그리고 다른 근무병 모두 차렷 부동자세로 섰다. 게이트에 미군 장교가 나타났다. 언뜻 보니 그 장교는 베에스 타운 승마장에서 봤던 미 육군 소령이었다. 장교가 내 앞으로 다가서며 정중히 물었다.

"김영민 선생님이십니까?"

"네 그런데요."

"어머님이 모시고 오라고 해서죠."

"어머님이…?"

"네, 강미연 씨가 저의 어머니입니다." 우리말로 전했다.

"강미연 씨가 어머니라고요?"

"네, 가시죠. 지금 클럽에 계십니다."

정문 게이트에서 미 병사에게 신분증을 보이자 출입 체크를 하고 들여보냈다. 그는 몰고 온 지프에 타고 영내로 들어갔다. 기분이 이상했다. 옛 카투사 시절에 보면 중대장을 보는 기분이었다. 미8군 캠프는 내게 잊을 수 없는 젊은 날의 좌절을 안겨 준 곳이었다. 카투사를 선망의 대상으로 바라보던 시절이었다. 미8군 팔랑개비 마크를 달고 마치 외인 병사처럼 으스대며 뭇 여성들을 꾀었다. 아무튼, 미8군 GI 병영 카투사 병장 KIM. Y. M은 잘 나가던 병사였다. 지프는 8군 영내에서 가장 큰 클럽 앞에 멎었다. 소령이 지프에서 내려 문을 열어주었다.

"내리십시오. 바로 저 클럽 안에 어머님이 기다리고 계실 겁니다."

"대체 어머니는 한국인인데 양모인가요?"

"한국인 생모입니다. 제가 장교 빌라에서 어머닐 모시고 삽니다."

"군인 가족이군요."

"어머니가 한국에 온 지 얼마 안 되어 외롭습니다. 좋은 친구가 되어 주십시오." 클럽 안은 식당과 술집을 겸하고 있었다. 일과 후라서 정통 양식과 술을 즐기는 사람들이 즐겁게 식사를 하고 있었다. 그녀가 자릴 잡고 있다가 나를 맞았다.

"어서 오십시오. 김영민 작가님."

"초대해줘서 고맙습니다."

그녀 옆에 앉았다.

"편하게 이야길 할 수 있을 것 같아서 이곳으로 모셨습니다."

"제겐 이곳이 낯설지 않습니다. 오랜만에 고향에 온 기분이에요."

"선생님이 이곳 8군 캠프에 와 보신 적이 있다고요?"

"네. 이곳에서 3년 동안 카투사로 군대 생활을 했습니다."

"카투사였군요. 이곳 클럽의 비프스테이크가 아주 맛있어요."

"제가 이런 대접을 받을 줄은 상상도 못 했습니다."

웨이터가 준비된 음식을 가지고 나왔다. 잘 익은 포도주가 곁들여 있었다. 그녀는 내게 술잔을 따르고 자기 잔을 채웠다. 조용히 실내 음악이 흐르고 있었다. 서로 잔을 비워냈다.

"어떻게 이곳에 살게 되었나요?"

"군인 가족이죠. 데이비스 소령이 저의 아들이고요. 전 미국에서 온 지 두 달 되었어요. 적적해서 실버그린에 나가요."

"국제결혼을 했군요."

"네, 남편도 미국 군인이었어요."

남편이 미군 병사란 말에 이상한 선입견이 들었다. 양공주?

"아드님이 멋진 장교더군요."

"그렇죠. 잘 났지요? 아주 똑똑한 아이예요."

데이비스 소령은 32살인데 미국 웨스트포인트를 나와 독일에서 초급장교 시절을 보냈고 소령이 되어 어머니를 위해 한국 근무를 지원했다는 것이다. 한국에서 2년 만기 근무를 마치고 다시 연장 지원을 했다.

"어머니가 원해서 한국 근무를 했다고요?"

"네, 그런데 전 한국에 더 살고 싶은데 만기가 되면 떠나야 해요."

"한국인이라면서요, 친인척은 없나요?"

"왕래를 안 했어요. 아무튼, 반가워요. 저도 편히 식사를 할 수 있을 것 같아요."

와인을 한잔 마셨더니 속이 화끈하게 달아올랐다. 오랜만에 먹어보는 전통양식 스테이크에 어우러지는 와인 맛이 너무 좋았다. 포도주와 먹는 스테이크 맛이 최고였다. 식사는 장소와 같이하는 상대가 누구냐에 따라서 맛이 다르다. 실내 분위기와 그녀의 미모가 매치되어 맛을 더했다. 맛있는 식사를 마치자 여급은 따끈한 커피를 내놓았다. 커피를 마시며 그녀의 얼굴을 똑똑히 바라보았다. 약간 주름이 지긴 했지만 곱게 늙은 미인이었다.

"스포츠 댄스 실력이 대단하던데요?"

"네, 미국에 유학하면서 무용을 전공했답니다. 처음엔 발레를 공부했지요. 그래서 웬만한 무도는 다 익히게 되었어요."

"골프 실력도 대단하던데요."

"약간 치죠."

"전 그날 그 무대에서 추던 탱고 춤에 반한걸요. 빨간 스카프를 두르고 춤추는 모습이 너무 아름다웠어요."

"그래요? 다른 춤도 보여드러야겠네요."

"기회를 만들어 보여주세요. 그리고 언제까지 한국에 계실 건가요?"

"아들이 전출할 때까지요. 그런데 전 한국에 계속 머물고 싶어요."

실버그린 하우스에 자리를 잡은 후 그곳에서 많은 친구를 사귀어서 외롭지 않다는 것이었다. 한국에 살고 싶어도 아들이 전출하면 따라가야 하는 안타까움이 있었다.

"한국엔 친구가 없나요?"

"있는데 만나지 못하고 있어요."

"그들을 불러 즐겁게 지내세요."

"글쎄요. 만났다가 떠나면 또 상처예요. 전 아들의 전출지를 따라가야 한답니다."

"부인의 미국 생활 이야길 듣고 싶군요."

"무슨 자랑이라고…"

사실 누군가에게 속 시원히 가슴에 맺힌 이야길 말해 버리고 싶었지만 그런 이야기를 할 상대가 없다는 것이다. 그만큼 부끄러운 인생을 살았다는 것이다.

"내가 선생님의 친구가 되어주겠어요."

"글쎄요…"

술이 들어가니까 그녀는 속마음을 하나씩 털어놓았다. 한국에서 명문대학을 나온 엘리트였다. 첫사랑과 이별하고 미군 장교를 만났으나 결혼에 실패하고 두 번째 남자를 만나서 지금의 아이를 낳았다는 이야기, 남편의 미국 집에서 아이를 키우며 혼자 살았다는 것이다. 스스로 양색시였다고 고백하였다.

"이야기가 참 슬프군요."

"먹고 살기 위하여 양색시가 되었던 더러운 팔자지요."

하소연 하듯이 자신의 과거를 털어놓고 우울한 표정을 지었다. 그녀의 이야긴 가슴을 아리게 하였다. 나는 턱을 괴고 그녀를 보며 묘한 감정에 젖었다. 어쩜 그녀의 모습이 잊혀진 자연의 모습 같았다. 그녀의 주름진 얼굴 위에 슬픈 형상이 그려지고 있었다. 비슷한 미색의 그녀였다. 세상에 닮은 사람도 많다지만 똑같은 모습은 없다는데 어쩜 그녀는 자연의 모습과 너무나 흡사하였다.

"죄송해요. 초면에 너무 깊은 내 사생활을 이야기했군요. 술이란 역시 좋은가 봐요, 먼 사람을 가깝게 끌어들이는 마력이 있어요. 우린 벌써 오래된 친구 같이 이야기를 나누고 있군요."

"맞아요, 저 역시 부인이 오랜 친구로 느껴져요."

남편이 죽고 얼마나 외로웠던지, 그 고독 때문에 하루에도 수십 번 죽고만 싶었다는 것이다. 그때마다 조국이 미치도록 그리웠고, 사실은 첫사랑의 그 남자가 그리워서 한국으로 나왔는데 역시 혼자였고 갈 곳이 없어서 실버그린 하우스에서 일을 하게 되었다는 것이다. 언젠가는 그 사람을 한번 만나 볼 수 있다는 희망 때문에 산다는 솔직한 심정을 털어놓았다.

"그래요. 언젠가는 그분을 만날 수 있을 겁니다."

"그런데 그 사람이 나를 용서하지 않을 겁니다. 내가 지은 죄가 너무 컸거든요. 누가 양색시였던 나를 좋아하겠어요."

"글쎄요…"

"그런데, 여기서도 오래 살지 못해요. 아들이 전출 가면 같이 갈 수밖에 없어요. 선생님은 작가니까 나 같은 여인의 인생을 이해하 겠죠?"

"작가가 꾸미는 인생과 현실의 인생은 다르답니다."

"작가는 상대의 표정 하나로 내면을 꿰뚫어 보는 통찰력이 있잖 아요. 선생님은 나를 보면서 어떤 생각이 들어요?"

"영혼이 맑고 건강하고 젊다는 느낌이 들었어요."

"내 나이 60대 초반이에요. 그런데 아직도 철이 안 들어서 소녀 적 감상에 젖어 있거든요."

"건강하게 사는 좋은 방법입니다."

그녀는 이야길 계속하였다. 미국에서 홀로된 어려운 환경이지 만 누리고 싶은 영화는 그런대로 다 누렸다. 나이가 들면서 고향과 조국이 그리워 향수병에 걸려 찾아왔는데 역시 노후가 허전하고 외로웠다. 짐승도 태어난 고장을 잊지 못해 수구초심 한다는데 인 간에게 향수는 누구나 느껴지는 인지상정이다. 그래서 돌아가고 싶지 않다는 것이었다.

"친인척은 없나요?"

"부모님은 돌아가시고 가까운 친척은 남동생 가족뿐이에요."

"제가 그동안이라도 선생님의 친구가 되어줄 수 있습니다."

그녀의 취중 사설을 경청하고 있노라니 측은한 생각이 들었다. 그것은 그녀의 말에 진실이 느껴졌기 때문이었다. 그녀는 다시 술을 시켰다. 그리고 연거푸 술잔을 비워냈다. 그녀의 취한 모습에서 그녀의 지난 과거의 고달팠던 미국 생활 단면을 짐작할 수 있었다. 솔직하고 순수한 성격은 좋지만 어떻게 처음 보는 남자에게 그런 심중의 이야기를 자연스럽게 할 수 있는가. 그녀 가슴에 오랫동안 억압된 곪은 종기가 터진 것 같았다. 그러나 내가 음미하는 것은 그녀의 심기와는 달랐다. 어디까지나 그녀를 내 소설의 주인공으로 등장시키고 싶은 마음 하나였다.

"부인을 내 소설의 주인공으로 모시고 싶습니다. 허락해 주시겠어요?"

"소설에 나 같은 여인이 등장하나요? 드라마 주인공 같은 역인가요?"

"내 소설의 스토리가 부인의 인생과 닮은 것 같아요. 그래서 실감 나는 주인공이 될 것 같아요."

"나 같은 여자 이야기라고요?"

"네, 그녀와 너무 닮았어요."

"제가요?"

"전 젊은 날 이 캠프에서 카투사로 근무를 했거든요. 그런데 이 캠프에서 애인을 잃었어요."

"우연치곤 너무 필연적인 인연이군요. 어떻게 내가 그녀와 닮았을까요?"

"꼭 닮았어요."

"그 애인 이야길 듣고 싶군요." 그녀는 눈을 지그시 감으며 말했다.

"나쁜 추억이 있었어요. 카투사 시절, 미군 장교에게 애인을 빼앗겼어요."

"애인을 빼앗기다뇨?"

"허영에 들뜬 그녀가 미군 장교를 사랑하게 된 거죠."

"그래서 그 이야길 소설로 쓰려는 것인가요?"

차마 그 미군 장교가 그녀에게 임신을 시키고 도망을 갔다는 말은 할 수가 없었다. 배신과 증오, 처참한 굴욕이었다. 그런데 난 그녀의 아이 아버지로 보증하고 그녀의 미군 아이를 지웠다. 그리고 그녀는 나를 떠나버렸다.

"저런, 슬퍼요. 그래서 어떻게 되었나요?"

"독일로 도망간 미군 장교를 찾아갔답니다. 그리곤 몰라요. 아마 미군 장교와 결혼해서 잘살고 있겠지요."

"어머, 선생님께 그런 아픈 추억이 있었군요."

그 후 그녀는 내 앞에 나타나지 않았다. 세월이 흐르면서 그녀는 내 인식에서 사라졌다.

"지금도 그녀를 사랑하나요?"

"잊혀진 여인인데도 가끔 생각이 나요."

"정말 순애보예요. 슬픈 이야기군요."

"그녀와의 아름다운 이야길 쓰려고요."

"아마 그녀도 선생님을 사랑하고 있을 거예요."

그녀는 술잔을 따라 내밀었다. 나도 그녀의 잔을 채웠다. 마치 연인처럼 러브 샷으로 잔을 비웠다. 어쩐지 오늘은 취하고 싶었다. 잔을 주고받는 사이에 그녀는 묵시의 시선을 허공에 꽂고 있었다. 잠시 두 사람 사이에 무거운 침묵이 흘렀다. 나는 그녀를 바라보았다. 술에 취하면 상대방을 뚫어지게 보는 습관이 있었다.

"선생님의 이야긴 소설 같은 사랑이에요. 아직도 떠난 여인을 그리워하고 있다니 정말 전설 같은 러브 스토리예요."

"누구나 다 그런 추억은 있잖아요."

"나 같으면 용서 못 해요."

그녀의 표정에서 어떤 떨림을 의식할 수 있었다. 내 이야길 소설로 쓰려고 했던 것은 내 소설의 애독자인 독일의 이로니카란 아가씨가 일깨워 줬다.

'선생님, 근래에 선생님 작품을 읽을 수가 없어요. 왜 작품을 안 써요. 소재가 빈약한가요. 그렇다면 선생님 이야길 쓰세요. 아마 베스트 셀러가 될 겁니다.'

"정체불명의 독자인 이로니카란 아가씨가 일깨워 줬어요."

"이로니카란 아가씨가…"

그녀는 얼굴을 붉히고 있었다.

"자기 어머니를 통하여 나를 알았답니다."

"참, 묘한 인연이군요. 그렇다면 제가 선생님 소설의 주인공이 되어줄게요."

"고마워요. 강미연 씨 그 자태를 그릴 것입니다."

그리고 그녀는 언제까지 한국에 있을지 모르지만 내 소설이 끝날 때까지 머물겠다고 약속을 하였다. 우린 커피를 마시고 일어났다. 미8군 장교 클럽에서 그녀와 즐겼던 식사는 잊지 못할 시작이었다. 클럽을 나와선 우린 영내를 걷고 있었다. 그녀는 내 팔에 매달리듯 기대어 게이트까지 마중해 주었다.

"강미연 씨, 오늘 대접을 잘 받았으니 다음은 제가 대접을 하겠습니다."

그녀는 헤어지고 싶지 않은 표정을 지었다. 위병소에서 패스와 신분증을 교환 받고 게이트를 빠져나왔다. 그녀는 내가 사라질 때까지 그곳에 서 있었다.

밤새워 옛 추억의 흔적들을 기억하려고 애썼다. 환생인가, 어떻게 그녀가 강자연의 모습으로 나타났을까. 틀림없이 그녀는 40년 전의 강자연의 모습이었다.

카투사 시절, 그녀는 나를 비참하게 했던 여인이다. 미군 병영에 끌어들여 보면 대위에게 소개해 준 것이 화근이었다. 보면 대위는 물질 공세로 그녀를 유혹하였다. 배반의 얼굴, 그녀는 아픈 추억을 남겨두고 떠났다.

"보면 대위를 만나지 마. 그는 직업 군인이야. 떠나면 너만 괴로워."

"오빠, 이제 내 일에 참견 마, 난 보면 대위를 사랑해. 우린 결혼할 거야."

청천벽력 같은 소리였다. 그때부터 장교와 병사 간의 사랑싸움이 시작되었다. 미 육군 대위와 한국 육군 병장의 싸움이었다. 그녀는 나를 버리고 보면 대위를 택했고 마침내 그와 동거를 하였고 아이를 임신하였다. 그런데 예고한 불행은 닥쳤다. 그가 임신 4개월의 그녀를 두고 아무 말도 없이 홀연히 독일로 전출을 가버렸다. 뒤늦게 알고 그녀는 나를 찾아와서 통곡했다. 그러나 이미 때는 늦었다. 녀석은 결혼을 빙자하여 그녀를 농락하고 도망가듯 외국으로 날아가 버렸다.

"내가 뭐랬어? 미군을 사랑하지 말라고 했지."

"어쩌면 좋아. 배 속에 아이를…"

"지워버려."

"안돼. 그를 찾아갈 거야."

"병신같은 소리 마. 어딘 줄 알고 찾아가…"

그녀와 같이 산부인과로 찾아갔고 내가 아버지로 보증하고 그의 아이를 지워버렸다. 1960년대 한국에선 남자(아버지) 허락 없이는 아일 지울 수가 없었다. 내가 그 애를 지우게 하였다. 그리고 그녀는 아무 말 없이 서울을 떠났고, 그 후 그녀의 소식은 알 수 없었다.

강미연은 강자연의 모습으로 나의 아픈 상처를 건드리고 말았다. 오랜만에 실버그린 하우스로 그녀를 만나러 갔더니 그녀는 나를 피하였다. 미8군 장교 숙소 앞 K1 게이트에서 그녀를 기다렸다. 그러나 그녀는 만날 수가 없었다. 다음날 그녀를 만나려고 실버그린 하우스 스포츠 댄스 바로 갔다. 그녀는 강단에서 환상적인 춤을 지도하고 있었고 교습생들은 그녀의 화려한 댄스를 따라 추고 있었다. 60대의 여인이 어떻게 저런 아름다운 몸매로 춤을 출 수 있을까, 수업이 끝나고 어렵게 그녀를 만날 수가 있었다.

"참 뵙기가 힘드네요."

"선생님, 인제 그만 오세요. 선생님이 날 쫓아다닌다고 소문이 났어요. 저 이러다가 직장을 잃게 돼요."

"친구가 되어 달랬잖아요."

"안 돼요."

"강미연이란 이름 본명이 아니죠?" 직설적으로 물었다.

"선생님, 소설 속의 나를 그녀로 착각하는 것은 자유지만 내가 그녀는 아니지요. 왜 이상한 감정으로 나를 몰고 가요?"

"그렇다면 죄송해요. 아무튼, 오늘은 제가 저녁을 살 기회를 주세요."

"좋습니다. 수업이 끝나면 같이 가요."

그녀와 명동으로 나갔다. 옛 추억이 생생한 무랑루주 레스토랑으로 들어갔다. 50년 전통을 자랑하는 술집인데 레스토랑으로 변해 있었다.

"지금은 레스토랑이지만 옛날에 즐겨 찾던 술집이었어요."

"분위기가 젊군요. 저도 한번 와 봤어요." 그녀가 말했다.

"낭만과 젊음, 그리고 사랑이 느껴지는 곳이었어요."

"네, 알아요. 사랑하는 연인들이 많이 모였던 곳이죠."

음악을 들으며 식사와 와인을 즐겨 마셨다. 착각은 다시 시작되었다. 그녀의 모습에서 강자연의 모습이 강하게 어필되는 것이었다.

"선생님의 소설 속 그 여인 말이에요. 참 멋있어 보여요."

"맞아요. 강미연 씨가 그녀의 대역이 된 거죠."

"대역이라니, 슬퍼지네요."

"감정 없이 그냥 만나주면 돼요."

"저 곧 한국을 떠날 것 같아요. 아들이 전출을 하나 봐요."

"작업이 끝날 때까지 같이 있기로 했잖아요."

"그게 쉽지가 않을 것 같아요. 거처할 곳도 없고요."

"제가 거처를 마련하겠습니다."

"그건 아닙니다."

명동을 거닐다가 그녀는 저녁 늦게 8군 캠프로 돌아갔다. 한국을 떠나겠다는 그녀의 말을 나를 피하는 것으로 생각했다. 그날 밤 이로니카에게서 전화가 왔다.

　'김영민 작가님, 저 독일의 이로니카에요, 소설은 잘 쓰고 있나요? 아가씨 말대로 추억 속의 여인을 쓰기로 했어요. 잘했습니다. 기다려지네요. 그런데 추억 속의 그 여인을 대역하는 주인공이 누구예요? 비슷한 이미지의 여인을 만나긴 했습니다. 미군에게 빼앗긴 첫사랑의 여인을 닮았나요? 네. 미군에게 빼앗긴 첫사랑의 여인을 닮았어요. 잘했어요. 연애 감정을 가져보세요. 그녀도 나에 대하여 좋은 감정을 가지려고 해요. 운명인가봐요, 그 여인을 닮은 여인을 만난 것 축하해요. 아무튼, 소설 속의 주인공을 닮은 여인을 만났으니 강하게 대시하고 섬세하게 소설을 쓰세요. 연애하는 기분으로 말입니다. 옛날 선생님의 애인 같은 모습으로 그려보면 저의 어머니가 선생님의 소설을 빛낼 것입니다. 그녀는 이상한 말을 하였다. 이로니카씨, 대체 당신은 누굽니까? 저는 강미연 씨 딸입니다. 뭐라고요 강미연의 딸? 전 어머니를 만나러 왔다가 내일 독일로 돌아가요. 어머니를 사랑해 주세요. 미연씨 딸이라고요? 네. 아버지는 독일인이고요. 그녀가 강미연 씨 독일 남편 사이에 난 딸이란다. 이로니카씨, 독일로 가기 전에 우리 만나서 이야기 좀 합시다. 제가 시간이 없어요. 독일로 가야 합니다.' 이로니카는 전화를 끊었다.

　이로니카가 강미연의 딸이었다. 난 이상한 혼돈에 휘말렸다. 모녀가 나를 혼란시키고 있었다. 그녀를 만난 후부터 이상한 착각에 빠지는 버릇이 생겼다. 뭔가 찾아 허둥대고 있었다. 멘붕과 환각 상태에 빠지곤 하였다. 안개 속에 흐르는 어떤 형상의 실체를 찾고 있었다. 그녀는 현실인데 과거로 가는 타임머신을 타고 있는 것 같았다.

달밤에 체조하다

미군 병영에서 야간 단체기합이 웬말인가?

이제 미군과 생활하는데 손색이 없는 병사가 되었다. 작전에 나갈 만큼 성숙한 카투사가 되었고 GI 병영생활도 익숙해졌다. 해마다 실시하던 팀 스피리트 한·미 연합작전이 요 몇년 중단되었는데 다시 시작한다는 소문이 퍼지자 병사들의 걱정이 이만저만이 아니었다. 팀 스피리트 훈련은 전쟁을 방불케 하는 전투 훈련이었다. 소문인 줄 알았는데 작전 명령이 하달되어 미군들은 초긴장 상태에 돌입하였다. 미군들은 정전 상태에서 전쟁도 아닌데 웬 작전을 자주 하느냐고 불만이었다. 한 해에 한 번씩 정규적으로 실시하는 팀유알티 작전이 끝난 지 한 달도 채 안 되어 다시 작전이라니 병사들의 불만이 컸다. 왜 중단되었던 팀 스피리트 훈련을 다시 시행하느냐고 지휘관들까지 의아한 생각을 하였다.

'북한의 도발이 있었던 건가. 대체, 뭘 하자는거야, 북한은 잠자코 있는데 왜 우리가 들쑤시고 야단법석을 떠는지 모르겠어.' GI들의 불만이었다. 어떤 녀석들은 왜 대한민국 국방을 지키는데 미국이 막대한 비용과 인력을 소모하느냐고 불평을 하였다. 주한미군은 대한민국을 북한 공산주의 침략으로부터 방어하는 목적도 있지만, 세계 경찰국으로 국력을 과시하는 의중도 있었다.

570부대원들이 가장 두려워하는 것은 도강 설치 작전의 노역이었다. 강에 배를 띄워 부교를 놓는다는 것은 거의 수작업이라서 힘든 것이다. 이번 도강작전은 유독 570부대가 주 업무를 맡아서 하는 작전이었다. 570부대는 부교 중장비를 취급하는 부대라서 다른 어떤 공병단보다 힘이 들었다. 강 위에 배로 도강부교를 설치하여 전투병력과 탱크 등 화기를 이동시키는 작전이다. 무거운 철판을 이동하는데 막중한 대업으로 고통이 따랐다. 강에 길을 만들어 전차와 병사를 도강시키는 역할은 전문 토목 공법이 아니면 불가능했다.

그런데 괴상한 소문이 떠돌았다. 이번 작전은 장군 진급에서 탈락한 하킨스 코널(대령)이 장군 승급을 위한 과잉 충성으로 상부에 스스로 요청하여 실시하는 작전이라는 것이다.

마침내 소문은 실전을 방불케 하는 훈련으로 이행되었다. 팀 스피리트 작전은 미 본토에서 공수된 병사들이 한국 주둔 미군과 한국군의 합동으로 펼치는 작전인 만큼 막대한 훈련 비용이 들어가는데 그 비용을 미 중앙정부와 한국 정부에서 같이 분담했었다. 그런데 이번 작전은 본토군 지원 없이 한국 주둔 미군과 한국군이 자체 비용으로 실시하는 것이었다.

작전 명령이 내려졌다. 모든 병력은 외출 없이 부대 정지 명령이 내려지고 주어진 시간에 준비를 강행하였다. 570부대의 공병 장교들은 각기 임무 수행에 들어갔다. 디호벤 중사는 도강부교 설치의 전문기술 사관이었다. 그는 도강 다릿발 장비와 보트를 연병장에 늘어놓고 전 부대원에게 부교 설치 핀 박는 기술을 전수하였다.

"도강부교 설치 작업 중에 제일 중요한 것은 핀을 박는 것이다."

부교 설치는 다릿발과 다릿발을 연결하여 보트에 부착하는 것인데 그만큼 민첩한 동작으로 연결 핀을 정확히 박아 고착시켜야 했다.

"둘째로 중요한 것은 차량에서 하역한 보트를 일정 간격으로 매는 작업이다."

보트를 일정 간격으로 배치하여야 다릿발을 정확히 맞출 수 있었다. 그가 섬세하게 작업 하나하나를 주지하는 교육이 끝나고 병사들은 각기 자기가 맡은 업무수행에 땀을 뻘뻘 흘리며 작업을 시행하였다. 디호벤 중사는 마치 성난 사자처럼 뛰어다니며 늘어놓은 장비를 점검하였다. 병사들이 농땡이를 치거나 게으름을 피우면 가차 없이 징벌을 가하였다. 게다가 보면 대위 역시 독수리 같은 눈을 부릅뜨고 감찰 점검을 하였다. 부교를 강으로 이동하기 전에 맨땅에 늘어놓고 부속을 점검하였다.

미8군 570캠프 메이저 부교공병단은 한국전쟁 때 한강 부교, 낙동강 부교 설치로 용맹을 떨쳤던 공병단이었다. 8군 본부에서 직접 지원을 받고 측량 기술자와 선박 부교 설치 기술자가 파견되었다. 부교 공병대원은 거의 공과대학을 나온 고학력자들이 많았다. GI 장교들은 장비를 이동할 때 카투사들을 마구 부려먹었다. 다릿발과 장비를 강변까지 이동하는 어려움이 있었다.

중대장 M.S 보먼 역시 캘리포니아 공과대학 토목공학과를 나온 ROTC 장교인데 부교 설치엔 일가견이 있는 전문가였다. 그는 명석한 두뇌와 작전 통솔력을 가진 장교로 평판을 받고 있었다. 175cm 키에 잘 빠진 몸매를 가진 건강한 장교였다. 미군 장교 중에서 흔치 않은 흑황색 피부를 가진 동양계 미군 장교였다. 그는 스스로 중국계 혼혈이라고 하는데 일본계 혼혈 GI란 소문이 파다했다. 그는 무슨 영문인지 카투사들을 싫어했다. 작전 참모 디호벤 중사 역시 그와 비슷한 피부를 가졌는데 그는 스스로 일본계라고 말하고 있었으나 소문은 한국계 혼혈이라는 것이다. 아무튼 중대장과 작전 참모가 동양계 혼혈 GI였다. 같은 동양계라서인지 중대장과 부관은 아주 뜻이 잘 맞았다. 디호벤은 유별나게 카투사들을 못살게 구는 하사관이었다.

독사 같은 디호벤 중사는 월남전 참전 용사였다. 그는 하사관이지만 570 부교 중대의 차기 소대장이었다. 나약한 병사들을 볼 때마다 월남전에서 정글을 헤치며 베트콩을 잡던 용맹스러운 무용담을 늘어놓고 기백을 가르치며 인정사정없이 부려 먹었다. 태양이 작열하는 연병장에 부교 다릿발을 늘어놓고 연결 핀 꼽는 시범을 보이고 다시 핀을 뽑아 거두고 민첩하게 꼽는 실습을 시켰다.

"카투사는 느려 빠졌어. 게으르고 몸을 사려서 능률이 안 오른단 말이야." 지적하며 중대장 못지않게 한국 종업원과 카투사들을 혹사하는 악질 부사관이었다. 미군들이야 체력이 크고 강해서 웬만한 물건은 쉽게 들어 올리거나 이동시킬 수 있지만, 카투사는 그렇지 못했다. 그럴 때마다 카투사에게 게으른 농땡이라고 욕설을 퍼붓고 게을러서 가난하다고 비아냥거렸다.

사전 장비 점검을 마치고 보면 대위는 중대원의 사기를 높여주는 의미에서 맥주파티를 열어주었다. 훈련을 잘하라는 격려였다. 힘들게 일을 시키지만 이런 재량으로 병사들의 피로를 풀어주는 도량도 있었다. 아무리 힘든 훈련 준비에도 GI들은 일과 후엔 외출 준비에 바쁘다.

이태원 기지촌은 다른 기지촌보다 사뭇 다른 이국 풍치를 자아내었다. 미국 유행문화가 가장 먼저 전래하여 신 패션 문화가 범람하는 곳이다. 그리고 기지촌엔 미제 물품이 깔려 있었다. 모두가 밀수거나 밀 매출 된 물건들이다. 따라서 밀매 조직이 상거래와 매춘업소를 장악하고 있어서 범죄가 거의 일어나지 않았다. 전국적으로 미군 부대가 있는 기지촌에서 유락과 생업을 위한 경쟁으로 온갖 비리와 범죄가 빈번했지만 이태원은 달랐다. 다만 한국인인지 미국인인지 구별 못 할 만큼 국적 불명의 패션이 물결쳐서 한국 속의 미국 같은 분위기를 자아냈다. 이태원 기지촌에선 양색시들은 격이 다른 귀한 대접을 받았다. 그녀들은 최신 패션으로 치장하고 온몸에 보석을 휘감고 거릴 활보하며 미군을 유혹하였다.

이태원 기지촌은 이국적인 문화와 다양하고 화려한 패션을 선도하고 있었다. 거리에 나서면 지구촌 여행을 하는 것처럼 다국적 문화와 상품이 범람하고, 양색시들은 미군을 상대로 하기에 미국인처럼 의상을 걸치고 거리를 활보하고 다녔다. 거리에 범람하는 미제 물품들은 정상 무역 상품이 아니고 미군 PX에서 흘러나온 것이다. 더 큰 규모는 동대문 시장이나 남대문 시장에서 볼 수 있었다. 미군 부대에서 흘러나온 물건이 시장에 가득했다. 60년대 후반 풍경이다. 오죽했으면 두 시장엔 탱크만 빼고 모두 있다고 할 정도였다. 그만큼 미제 물품들이 입체 여지없이 범람하였다. 이것은 미군과 기지촌 양색시들이 업자들과 결탁하여 빼돌린 물건들이다.

양공주들은 전문 매니저를 앞세우고 온갖 상술을 동원하여 미군들의 호주머닐 노렸다. 그러나 GI들은 쉽게 주머닐 열지 않는다. GI들 내부엔 불문율처럼 돈 쓰는 방법과 규모가 서로 암약 되어 있었다. 8군 본부에서 모든 병사에게 봉급의 70%를 본국으로 송치하고 30%만 한국에서 쓰게 하였다. 그래서 외출조차 못 하는 사병이 많았다.

사실 1960년대에 한국의 기지촌은 우리 경제를 살렸던 최대 외화 수입처였다. 이태원을 비롯하여 전국의 기지촌엔 섹스 산업과 패션 의류, 서비스 주점 산업이 발달하여 시장경제를 활성화하였다. 2사단과 7사단이 있는 용주골과 동두천은 더했다. 용주골엔 가장 활달한 기지촌의 원초적 본색을 체험할 수 있었다. 양주집과 미군 전용 음식점, 여관, 양복점과 양장점, 모텔 등에서 나오는 달러가 한국 경제를 움직였다. 그만큼 한국은 산업기반이 빈약하여 기지촌에서 쏟아져 나오는 물품들이 시장을 형성하고 부를 창출하였다. 기지촌에 사는 포주와 양색시들은 물질적 풍요를 누리고 있었다. 기지촌에선 양색시를 양공주라고 불렀다.

기지촌의 문화는 섹스 사업이었다. 업주들은 각기 나름의 밤 문화를 형성하였고 양색시들은 불나비처럼 날아다니며 미군의 호주머닐 노리고 있었다. 술과 섹스의 환락은 늘 범죄를 낳았다. 기지촌의 밤은 허황한 욕망과 원색적 본능이 판치는 동물의 정글이었다. 낯선 이국에서 외로움을 달래는 군인들이 환락과 오로지 섹스를 갈구하였다.

특히 이태원 기지촌은 다른 기지촌과 달리 섹스와 춤의 환락이 밤 문화를 주도하였다. 전국적으로 가난한 집안 아가씨들이 그렇게 미군을 상대로 돈을 벌 수 있다는 꿈을 가지고 무작정 벌떼처럼 상경하여 기지촌을 맴돌며 일자릴 찾았다. 포주들은 그런 아가씨들을 이용하여 돈을 벌었다. 때문에 이태원을 비롯하여 전국의 기지촌은 흥청거렸다. 그러나 양색시들의 생활은 생각만큼이나 호화롭고 황홀한 것은 아니었다. 빌붙어 먹고 먹히는 먹이 사슬로 엮인 혼돈 속에서 몸값마저도 받지 못했다. GI 병영에선 흑백 싸움이 잦았다. 그들은 거리에 나가서도 흑백 인종 갈등으로 싸움이 잦았고 범죄는 끝이 없었다.

백인 GI들은 흑인과 한국인을 무시했다. 가난하기 때문에 무시당하고 가난하기 때문에 슬펐던 사람들끼리 좋아했다. 그러나 카투사들은 그런대로 잘 적응하였다. GI들은 오로지 물질적인 풍요를 절대시하는 자본주의 사고가 만연해 있어서 모든 것을 돈으로 해결하려는 경향이 있었다. 그래서 차원 높은 우리 문화나 역사적인 유산은 거들떠보지 않고 오로지 경제적인 비교만 하였다. 그들은 스스로 GI란 말을 즐겨 쓴다. GI는 '거번먼트 이슈'란 말로 미국 연방 정부에서 선택해 준 것이라는 뜻이다. 그들은 GI를 자랑스럽게 생각하고 미국이란 내셔널리즘에 빠져 있었다. 그러나 깊이 들어가 보면 미군이라고 다 넉넉한 편은 아니었다. 카리브해의 작은 섬나라에서 용병으로 온 가난한 병사가 많았다.

아무튼 GI들은 같은 병영에 근무하면서도 가난한 나라라서 카투사를 무시하였다. 그들은 입버릇처럼 카투사는 도둑놈들이라고 말하였다. 미군들은 신병들이 들어오면 첫 대면 교육을 한다. '카투사는 슬래끼 보이'라고 가르친다. 정말 자존심 상하는 말이었다.

사실 부대 내에선 도난 사건이 자주 발생한다. 범인을 잡고 보면 미군인데 선입견으로 한국 사람에게 씌운다. 그렇게 미군이 훔쳐서 내다 판 물건이 시장에 유통하고 있었다.

미국이란 나라는 오로지 자본주의 사고로 일관하여 전통문화나 역사엔 관심이 없었다. 그들의 조상은 영국의 청교도와 범죄 해적 단들이 만든 나라인데도 자각하지 못한다. 영국인들의 종교 이단 자나 범법자들의 피신처가 미국이며 그들 유랑인들이 총과 칼로 인디언을 정복한 나라였다. 그런 나라가 5,000년 문화민족을 감히 무시하는 난센스에 나는 분노하면서 GI들과 다투곤 하였다.

일과가 끝나면 미군들은 하우스 보이가 준비해 준 깨끗한 자유 복장으로 치장하고 외출을 나간다. 카투사는 엄격한 군율로 출입이 통제되었다. 일과 후 미군은 자유 복장으로 놀지만, 카투사는 오로지 군복을 입고 생활한다.

오늘은 일과 후 늦게 모터풀 배차실에 남아 도착하는 차량을 정돈하다가 식사 시간이 늦었다. 부랴사랴 식사 종료 시간 전에 식당에 도착했는데 식사 병이 나를 보고 '식사 시간 종료'란 팻말을 내렸다. 늦게 온 이유를 댔지만 서비스를 할 수 없다고 말하는 녀석의 표정이 아주 기분 나빴다. 난 두말없이 식당을 나와 카투사 스낵바로 가서 라면을 시켜 먹었다.

라면을 시켜 먹고 있는데 한쪽에서 카투사 선임병들이 막걸리를 마시고 있었다. 모두 취해 있었다. 정병장이 나를 보고 말했다.

"야, 김일병, 너 식충이니, 밥 먹고도 라면을 또 먹어?"

"작업이 늦어서 저녁을 못 먹었어요. 정병장님, 얼굴빛이 참 좋습니다."

그냥 인사말을 하였다. 정병장의 화색이 홍조 빛이 되었다. 옆에 있던 다른 병장이 내게 이상한 눈짓을 했다. 아니나 다를까 정병장이 날 불렀다.

"너. 지금 뭐라고 했어? 겁대가리 없이 일등병 새끼가 나를 놀려. 그러잖아도 양놈들에게 수모를 당해 화가 나 있는데 너까지 나를 갈구냐고?" 그는 발길로 내 가슴을 내질렀다. 그냥 나가떨어졌다.

"왜 이러세요?"

"너, 나를 놀렸잖아. 곰보라고…"

"그런 말 안 했어요."

구타당하는 나를 본 모터풀에서 같이 근무하던 제이슨 일병이 뛰어와서 정병장의 얼굴에 주먹을 날렸다.

"왜, 내 친구를 구타하는 거야. 너 깡패야?"

"GI는 저리 비켜." 정병장이 제이슨을 치려고 하였다.

"아임 GI, 써전 정, 너를 고발하여 락아미(한국군)로 보낼거야."

GI 근성이 나왔다. 카투사에게 자주 쓰는 말이었다. 난 제이슨을 나무랐다.

"우이 아 락아미. 돈 워리 제이슨."

우리 카투사 간의 일이니 상관 말라고 하였다.

"계급으로 폭행하는 것은 용서 못 해." 제이슨이 덧붙였다.

"제이슨, 네가 나서면 내가 더 힘들어. 그만해."

나의 만류로 싸움은 끝났지만 제이슨은 카투사 졸병들이 상급자에게 폭행당하는 것을 자주 보아왔다. 미군들은 지극히 합리적이고 보편적인 상식을 가지고 있었다. 막사로 돌아와서 베드에 누워있는데 하우스 보이 태호가 뛰어와서 내 침상을 발로 툭툭 찼다.

"야, 김일병, 너 표정이 왜 그러냐? 안 좋은 일 있었어?"

"말 시키지 마. 저녁을 못 먹어서 그래. 모터풀 일이 늦어서 저녁 식사를 못 했다."

"이리 와. 내가 맛있는 것 줄게."

그는 햄버거를 가져다주었다. 녀석이 준 햄버거를 먹고 베드에 누웠는데 정병장에게 당한 일이 생각나서 분이 풀리지 않았다. 그러다가 가까스로 잠이 들었다. 밤이 깊었다. 유령의 달빛 점호 명령이 떨어졌다. '카투사 차리 중대원은 B중대(브라보), 막사 밖으로 집합'이라는 명령이 하달되었다. 예감이 적중했다. 컴컴한 밤에 카투사들이 팬티 바람으로 막사 밖으로 집합하였다. 내가 제대 말년인 정병장의 비위를 거슬러서 밤중에 줄 빠따를 친다는 것이다. 나 때문에 전체 카투사가 벌을 받게 되었다. 가끔 선임자들은 미군 몰래 밤중에 막사 뒤로 집합시켜 줄 매를 치곤 하였다. 낮에 정병장이 스낵바에서 GI와 싸웠던 화풀이였다. 정병장은 마마를 앓은

흔적이 얼굴에 역력했다. GI 들이 미개인이나 걸리는 마마 병에 걸린 그와 같이 근무하는 게 불쾌하다고 노골적으로 모욕을 주곤 했었다.

모두 팬티 바람으로 막사 밖에서 벌벌 떨고 있었다. 줄 매를 맞을 생각을 하니 화가 났다. 선후배들은 원망의 눈빛으로 나를 응시하였다. 정병장은 씩씩대고 있었다. 식모가 강아질 차면 암탉을 문다더니 미군에게 뺨 맞고 졸병들에게 화풀이하는 것이었다. 만약에 이번 건으로 빠따를 친다면 참지 않을 생각이었다. 영내에서 소란을 피우는 카투사는 곧장 한국군으로 이첩되는 조항이 있었다. 대원을 집합시켜 놓고 정병장이 내게 말하였다.

"김일병, 낮에 구타한 것 미안하다. 기분 나쁜 일이 있어서 분풀이를 한거야."

사과였다. 묘한 분위기가 감돌았다. 평소 같으면 계급순으로 줄빠따가 이어지는 시간이었다. 미군이 낌새를 알아챈 것이다. 역시나 그때 주번사관의 순찰 지프가 헤드라이트를 강하게 켜며 다가왔다.

"이 밤중에 그곳에서 뭘 하는 거야?"

"중대원 정훈교육 시간입니다."

"웬 야밤에 정훈교육? 모두 막사로 돌아가라."

주번사관의 말에 모두 막사로 돌아왔다. 옆에 있던 원일병이 투덜거렸다.

"빠다를 안 맞으니 잠이 안 올거야."

"오늘은 운수 좋은 날이지 뭐야?" 내가 말했다.

"아니야. 다시 또 집합 시킬거야."

주번사관이 눈치를 챘는지 자주 막사 주변을 맴돌았다.

"어떻게 그걸 주번사관이 알았을까?"

"글쎄. 누가 고자질한거야."

아침에 출근한 하우스 보이 태호가 내게로 달려왔다.

"어젯밤에 매잔치 치뤘니?"

"아니야. 아무 일도 없었어."

"다행이구나. 실은 내가 주번사관에게 일렀어. 저녁에 카투사 병장들의 집단 졸병폭행이 있을 거라고 전화를 했어."

"군대 일에 네가 왜 참견해, 다신 그런 짓 하지마라." 그가 불편한 표정을 지었다.

"야, 김일병, 난 의리의 사나이야. 불의를 보고 가만히 있으라고…"

"병영 일에 관심 끊으라는 이야기지."

"난 그럴수 없어. 그건 그렇고 너 저녁에 시간 있니? 기분도 쿨쿨한데 기분 전환 시켜줄게. 아주 죽여주는 자리가 있는데 같이 갈래?"

"뭔데?"

"쭉쭉 빵빵 잘빠진 미인이 춤추는 곳이야. 우리 춤추러 가자. 그런데 조건이 있어. GI 한 명을 데리고 가야 해. 어리버리 한 모터풀 흑인 '영' 중사를 꼬셔봐."

"이 자식이 나더러 뚜쟁이가 되란 말이냐? 내게 사기 칠 생각 마라."

"예쁜 아가씨를 소개시켜 주려고 하는데 싫으면 관둬 인마."

"아가씬 웬. 국물 빠진 양색시를 소개해 주겠다는 거지?"

"아니야. 아주 예쁘고 잘빠진 여대생이거든."

"웃기지 마. 네가 무슨 여대생… 너와 노는 여자들이 양색시 밖에 더 있어?"

"무식한 하우스 보이라고 깔보는 거야?" 녀석은 화를 불끈 냈다.

태호는 나와 23세 동갑나기 하우스 보이였다. 그래서 친하게 지냈다. 딴은 내게 호감을 사려는 말인데, 거친 답변에 실망하는 눈빛이었다. 평소에도 녀석은 라운드리(빨래)를 수령해 오는 날이면 내게 가장 좋은 침대 시트를 깔아주었고, 양말과 러닝셔츠도 신삥으로 바꾸어 주곤 하였다. 카투사는 무료로 봉사해 주지만 미군들은 한 달에 10달러를 받고 하우스 보이 일을 하였다.

녀석이 화를 내고 떠나고 난 극장으로 나갔다. 영내 극장은 시설이 너무 좋고 명화만 상영하는 곳이다. 입장료는 25센트인데 카투사는 공짜, 좌석이 남아 있을 때만 입장이 가능했다. 마침 자리가 있어서 입장 할 수 있었다. 자주 극장을 찾는데 아직 한국 시장에 안 나온 신작 미국 영화를 감상할 수 있었다. '해바라기'란 명화를 진지하게 보고 10시에 막사로 돌아왔다. 난 곧장 시트 속으로 몸을 묻었다. 자정이 지났을까 누군가 깨우는 사람이 있었다. 박 이병이었다.

"달밤의 무도가 시작되었다. 빨리 팬티 바람으로 집합하란다."

염려한 폭풍의 야간 점호가 시작된 것이다. 팬티만 입고 막사 뒤로 나갔다. 20명의 B중대 카투사 병들이 집합해 있었다. 정병장과 고참병들이 5해머 곡괭이 자루를 들고 서 있었다. 적막한 밤중에 공동묘지에서 발가벗은 유령들이 춤을 추는 것 같았다. 달밤의 무도는 매를 맞는 잔치였다. 최 고참인 정병장이 일장 연설을 하였다.

"다음 주에 팀 스피리트 훈련이 있다. 실전 같은 훈련인 만큼 모두 긴장해야 한다. 사고를 방지하기 위해서 정신 훈련을 하겠다."

달밤의 무도는 부교 설치 작전을 앞두고 사고를 방지하는 정신 훈련이란다. 개뿔 같은 소리다. 훈련하는데 무슨 달밤의 체조가 필요한가.

"훈련 중에 사고를 방지하기 위한 정신 훈련인 것을 명심하라. 일종의 군기 훈련이다." 한국군의 전통은 줄 빠따로 위계질서를 세우는 것이었다.

"뭘 잘못해서 줄 빠따를 칩니까?" 내가 따졌다.

"김일병, 요즈음 고참을 대하는 태도가 엉망이다. 몰라서 그래.

너 하늘 같은 고참 정병장에게 곰보라고 놀렸다며." 다른 병장이 찍어 물었다.

"그런 말 한 적이 없습니다. 그리고 그일은 그때 풀고 끝난 일입니다."

"이 새끼가 말이 많아, 모두 일렬 정돈. 줄 빠따는 계급순으로 내리친다." 정병장의 명령이었다. 막무가내로 고참이 빠따를 들고 칠 자세를 하였다. 늘 하는 말이 한국 군에선 밤마다 빠따를 안 맞으면 잠을 못 이룬다는 것이다. 빠따는 군기 확립과 정신 훈련을 위한 교련이란다.

"그건 군율에 없는 조항입니다."

"뭐라, 입 닥쳐. 너 때문에 줄 빠따를 치는거야."

"잘못한 나만 치십시오."

정병장이 곡괭이 자루를 들자 병장들이 일제히 엎드렸다. 박병장부터 빠따 5대를 쳤다. 박병장이 쓰러졌다. 그리고 박병장이 아랫 병장에게 5대씩 치고 아랫 계급으로 연계하였다.

"사력을 다해 처라. 그렇잖으면 10대를 더 맞을 것이다." 정병장이 사납게 말했다. 모두 긴장한 채 숨을 죽이고 줄 빠따를 맞았다. 계급순으로 마침내 내 차례였다.

"전 못 맞겠습니다." 벌떡 일어나서 말했다.

"야, 이 새끼 봐라. 못 맞겠다고…?" 정병장이 소리쳤다.

"난 부당한 매는 맞을 수가 없습니다. 이 야만적인 매질을 왜 하는 겁니까, 잘못도 없는데 군기를 잡는다는 명목으로 미군 몰래 야밤에 팬티 바람으로 불러내서 매를 치는 것은 부당한 인권 유린입니다."

"너 고참 말에 불복하는거야?" 정병장이 한마디 하자 다른 고참들의 발길과 주먹이 날아왔다.

"그렇다면 나도 참을 수가 없습니다."

"이 새끼 뒈지고 싶어서 환장했군." 정병장이 내 얼굴에 주먹을 날렸다. 난 정병장의 팔을 꺾어버렸다. 그는 저만큼 쓰러졌다.

"너 하극상이야."

"정당방위입니다. 나를 때릴 자 나와봐요." 라고 소리쳤다. 그는 성격장애처럼 졸병을 괴롭혔다. 미군에게 당하고 카투사를 괴롭히고 있었다. 아무리 군대는 계급이라도 부당한 처사는 용납할 수가 없었다.

"이 새끼 봐라. 대학 나온 새끼들은 다 저렇단 말이야."

"잘못이 없는데 폭행은 중죄입니다. 더군다나 집단 폭행은 맞을 수 없습니다."

그때 고참병들이 한꺼번에 덤벼 날 구타하였다. 난 참을 수가 없어서 박병장을 걷어차 버렸다. 태권도 5단에 유도 3단의 실력을 발휘했다. 세 놈을 때려눕혔다.

"저놈을 가만둘 거야. 죽여버려." 정병장이 소리쳤다.

난 날아가서 녀석을 걷어차고 짓밟고 말했다.

"당신은 용돈이 궁하면 번번이 이런 짓을 했어요."

정병장은 대우를 시원찮게 해주면 정신 교육이란 명목으로 빠따를 치곤 하였다.

"이 새끼가 사람 잡네."

"도둑질 안 하면 어떻게 용돈을 댑니까. 당신을 영창에 보낼 수 있어요."

나의 광분에 다른 선임자들은 아무 말도 못 했다.

"무슨 개소리 하는 거야. 누가 도둑질하랬어?"

"매의 효력 발휘죠. 미군이 우릴 슬래키 보이라고 하잖아요. 아무리 선임자라도 부정한 강요는 용서 못 합니다."

고참들의 표정이 파래졌다. 한참 실랑이를 벌이고 있는데 갑자기 순찰차가 우리에게 플래시를 켜고 달려왔다. 주번사관이었다.

"폭행 주동자가 누구냐?"

"구타는 없었습니다. 팀 스피리트 훈련 준비 정신교육을 했을 뿐입니다." 정병장이 변명을 하였다.

주번사관은 플래시로 피투성이가 된 나를 보았다.

"누가 이렇게 만들었어."

"사소한 다툼이 있었습니다."

"집합 매질을 했구먼, 모두 막사로 돌아가라. 내일 조사하여 주동자는 헌병대에 이첩할 것이야."

모두 막사로 돌아왔다. 다음날 미군 주번사관은 당장 한국군 파견 장교에 연락했다. 한국군 파견 대장은 진위를 조사하였다. 나와 정병장을 불렀다. 조사 끝에 답변하였다.

"정병장은 한국군으로 이첩하고 김일병은 하극상으로 샌드백 100개를 만들고 방공호 2개를 파는 벌을 내린다."

다음날 한국군 헌병대가 와서 정병장을 체포하여 갔다. 제대 말년이라 휴식차 보내는 것 같았다. 더풀 백을 메고 지프에 오르는 정병장을 보니 측은한 생각이 들었다. 제대 말년에 무슨 꼴인가. 미군은 군율 앞에선 엄격했다.

양공주가 된 여대생

세월의 환으로 묻혀버린 지난 외인부대 생활을 소설로 쓰려는데 자꾸만 장애가 생겼다. 시대가 바뀐 탓에 병영 문화가 많이 달라진 것이다. 그리고 기지촌 문화도 옛 모습을 찾아볼 수가 없어서 어쩌면 박물관 같은 기분이 든다는 것이다. 강미연의 모습이 강자연으로 비치는 것은 어떤 운명적인 만남을 예고하는 것이었다. 그러나 내 앞에 나타난 그녀는 분명히 강자연은 아니었다.

모텔에서 소설을 쓰다가 휴식을 취하고 있는데 전화가 걸려왔다.

"여보세요, 그곳에 김영민 선생님 계신가요?"

"네, 제가 소설가 김영민인데요."

"전 민해경입니다. 절 기억하시겠어요?"

"기억하고 말고요. S대학을 나온 강자연의 친구 민해경 씨 잖아요."

"기억하시는군요."

"우리가 만난지 40년이 넘었어요. 잘 계셨지요? 선생님, 소설 잘 읽고 있습니다. 뵙고 싶어요."

"그래요, 시간 내도록 하죠."

"선생님, 강자연이 한국에 나타난 것 알아요."

"뭐라고요? 강자연이 한국에 왔어요?"

"네."

그녀가 강자연 소식을 전했다. 그녀가 한국에 왔다고 전하는 이유가 뭘까, 복수라도 하라는 뜻인가, 기분이 혼란스러웠다. 민해경은 나와 강자연의 관계를 너무나 잘 알고 있었다.

"그런데 왜 그녀의 소식을 전하는 겁니까? 오래전에 잊혀진 여인입니다."

"아무래도 자연이 영민 씨를 잊지 못해서 온 것 같아요."

"떠올리기조차 싫은 여인입니다."

"한번 만나보세요. 서울 이태원의 실버그린 하우스에 있답니다."

"이태원 실버그린 하우스에 강자연이 있다고요?"

"네, 춤 강사 일을 한답니다."

"춤 강사요?"

순간 머리를 꽝 때리는 전율, 그렇다면 그 강미연이 강자연이 맞다. 불현듯 나타난 민해경이 전하는 소식에 그만 뒤통수를 얻어

맞은 것 같았다. 강미연의 실체가 확인된 것이다. 난 몽롱한 의식 속을 허우적거렸다. 그런데 그녀가 철저히 나를 외면하고 위장하는 것은 죄의식 때문일 것이다. 아무튼, 그런 그녀의 태도가 마음에 걸렸다. 나를 알면서도 모른 척하는 것, 그러면서도 가까이 대하는 것은 죄의식 때문인가. 저녁에 또 한 통의 전화를 받았다.

"선생님, 저 데이비스 소령입니다."

"데이비스 소령. 무슨 일이 있나요?"

"저, 어머님의 공연에 초대하고 싶어서 전화했습니다. 미8군 영내 극장에서 남태평양 댄스 공연을 한답니다. 미국 군인 가족을 위한 공연이예요. 오셔서 축하해주세요. 오시면 제가 모시겠습니다."

"남태평양 댄스 공연을 한다고요?"

"네. 어머니 미국 대학에서 무도를 가르쳤어요. 벨리댄스 전문가랍니다."

"그렇군요. 꼭 가겠습니다."

그는 어머니 몰래 내게 전화를 하였다. 간다고 승낙했지만, 본인 입으로 초대한 것이 아니어서 찜찜하였다. 어쩌면 내가 나타나는 것을 싫어할지도 모른다는 생각이 들었다. 평소에도 데이비스 소령은 외로운 어머니의 친구가 되어 주라고 하였다. 그녀가 아들에게 내 이야길 하면서 좋은 친구로 사귀고 싶다고 말했다는 것이다. 아무튼, 초대를 받았으니 가보기로 하였다. '금요일 저녁, 용산

8군 클럽 댄스 무대'였다.

곧장 민해경 씨께 전화를 하였다.

"민해경 씨, 저와 벨리댄스 공연 구경가요. 훌륭한 벨리댄스공연이 있어요."

"벨리댄스 공연, 좋지요. 어디서 하는데요?"

"미8군 클럽에서 전문 무희가 벨리댄스를 공연한대요. 초대받았어요. 미국에서 온 훌륭한 댄서가 멋진 공연을 보인대요. 같이 가요."

"좋아요, 같이 갑시다."

민해경과 그녀의 공연을 보러 가기로 하였다. 금요일 저녁 데이비스 소령은 승용차를 가지고 모텔로 찾아왔다.

"저 미군 장교를 어떻게 아세요?" 민해경이 물었다.

"오늘 공연하는 실버 벨리 댄서의 아들입니다."

"어머니가 댄서군요."

"데이비스 소령, 이분은 옛날 내 여자 친구의 친구 민해경 씨라고 해요."

"김 작가는 저의 오랜 친구입니다."

"환영합니다. 선생님의 친구라면 어머니도 좋아할 겁니다."

데이비스 소령은 민해경이 나를 자기 남자 친구라고 말하자 어두운 표정을 지었다.

"영민 씨, 어떻게 댄서를 알아요? 애인…?" 해경이 물었다.

"어쩌다가 알게 된 친구예요."

"두 분 연인 사인가요?" 데이비스 소령이 물었다.

"옛날 친구예요. 오랜만에 만났어요." 민해경이 말했다. 우린 데이비스 소령의 승용차를 타고 8군 대극장으로 갔다. 그는 지극한 효자였다. 외로운 어머니를 위한 마음이 갸륵했다. 일가친척 하나 없고 친구조차 만나지 않은 어머니의 안타까운 모습이 마음에 걸렸다. 그런 중에 어렵게 생긴 친구인 나를 고맙게 생각하였다. 그는 신경쇠약 우울증에 걸린 어머닐 위하여 최선을 다하고 있었다. 그는 내가 진정한 어머니의 친구가 되어주길 바랐다.

벨리댄스를 추는 여인

극장 정문에 강미연의 '남태평양 댄스 공연'이란 플래카드가 크게 걸려 있었다. 우린 공연 30분을 남겨두고 미8군 영내 대극장으로 들어섰다. 화려한 무대가 펼쳐졌다. 주한 미군의 가족들이 입추여지없이 차 있었다. 우린 로열석에 앉았다. 막이 열리자 쭉쭉 뻗은 미녀 댄서들이 서막을 열었다. 한바탕 신나는 춤이 끝나고 본격적인 그녀의 무대가 시작되었다. 사회자가 강미연 씨를 소개하였다.

"오늘 무대는 강미연 씨 자선 바자 무도회입니다. 강미연 씨는 미국 대학강단에서 벨리댄스를 연구한 교수이며 무희였습니다. 오늘 한국 공연은 과거 미8군 기지촌에서 미군을 상대로 살아온 여인들을 위한 자선 바자 공연입니다. 그럼 강미연 댄서의 벨리댄스를 관람하시겠습니다."

발랄한 무도복을 입은 강자연이 무대로 올라왔다.

"안녕하십니까. 전 양공주였던 강미연입니다. 오늘 이 자린 과거 기지촌에서 양공주로 살던 동료 여인들이 늙어 병든 모습으로 오갈 데 없이 고통을 받는 것을 보았습니다. 그들을 위한 자선 자금을 마련하려고 무도회를 갖게 되었습니다." 서막을 인사말로 하였다.

그녀는 웃옷을 벗고 몸에 꼭 붙은 빨강 아르헨티나 무도복을 입은 모습으로 등장하였다. 우레와 같은 박수가 터졌다. 그녀는 발랄하게 빠른 템포의 벨리 춤을 추었다. 허리와 히프를 휘감는 무도는 젊은 댄서를 무색케 하였다. 한바탕 힘차게 벨리댄스로 강렬하게 무대를 돌며 춤을 추었다. 빨강 스카프를 나부끼며 강하고 약하게, 천천히 빠르기를 교차하며 격한 춤을 유도하였다. 그러다가 점점 템포를 빨리하고 있었다. 입에 장미꽃을 물고 춤을 추는 그녀는 정열의 남미 여인 같았다. 남자 파트너가 등장하였다. 젊고 발랄한 남자 댄서가 그녀의 손을 잡았다. 그리고 환상적인 탱고 춤을 선보였다. 관객들은 숨을 몰아쉬며 춤동작에 취해 버렸다. 한 곡, 두 곡, 세 곡으로 이어지는 리듬에 맞추어 그녀의 춤은 관중을 사로잡고 말았다. 정열적인 춤이 끝날 때마다 우레 같은 기립 박수를 보냈다. 땀을 쥐는 공연이었다.

30분 동안 그녀의 독무대로 이어졌다. 어떻게 60대의 여인이 저렇게 발랄한 춤을 빠르게 출 수 있을까. 민해경이 감탄을 연발하였다. 공연을 마치고 그녀가 무대에서 내려와서 손님들에게 인사를 하였다. 그리고 내게로 다가왔다.

"김 작가님, 오셨군요. 고마워요."

"강자연이네. 강자연 나야, 민해경."

민해경이 놀란 표정으로 손을 내밀어 악수를 청했다. 무희는 당황하며 민해경을 바라보았다.

"누구세요?"

"나 민해경이라고? 나를 모르겠어?"

"미안해요. 전 강자연이 아니고 강미연인데요." 그녀가 정색하고 말했다.

"미안해요, 이분이 뭔가 잘못 알고 실례한 거예요."

난 해경의 오해를 변호하였다.

"강자연, 나라고, 나 민해경이야." 그녀는 고집스럽게 강자연을 불렀다.

"왜, 이러세요. 난 당신을 몰라요."

"계집애, 정말 날 몰라. 민해경이라니까, 너 춤 잘 추더라. 감동했어."

"실례하겠습니다."

그녀는 돌아서 갔다. 무대에선 다른 무희가 나와서 춤을 추었다. 치리박, 블루스로 무대는 다시 열기를 가했다. 무회들이 다양한 장르의 춤사위를 보여 주었다. 공연이 끝나고 데이비스 소령은 우릴 부대 안 클럽으로 초대하였다. 우리가 클럽 안으로 들어서자 그녀가 먼저 와서 앉아 있었다.

"강미연 씨. 오늘 공연 최고였습니다." 내 말에 그녀는 밝게 웃었다.

"그런데 어떻게 오셨어요?"

"제가 모셨어요. 어머니의 춤 예술을 선생님께 보여 주고 싶었잖아요." 데이비스 소령이 실토하였다.

"넌 왜 시키지 않는 일을 해."

"난 어머니 마음을 알아요. 선생님이 오셔주길 바랐잖아요."

"내가 온 걸 후회하세요?"

"아닙니다…"

"강자연, 못 볼 줄 알았는데 만나보는구나. 네가 한국에 나타날 줄, 누가 상상이나 했겠어." 민해경이 다시 말했다.

그녀는 강자연이 서울에 왔다는 소식을 듣고 반신반의했었는데 실제 그녀를 만나서 반가웠다. 그런데 그녀는 자신을 철저하게 위장하고 숨겼다. 민해경은 나를 의심하였다. 내가 강자연인 줄 알면서 모른 척한다는 것이다. 진짜 모르는 건지, 의문스럽다는 표정이었다.

"강자연 너, 정말 친구 나, 민해경을 몰라?" 그녀는 다시 물었다.

"글쎄. 김영민 선생님, 이분은 누굽니까?" 끝까지 시치미를 떼고 있었다.

"강자연, 정말 나를 몰라?" 해경은 소릴 쳤다.

"전 강미연이라고요. 나를 어떻게 안다고 무례하십니까?"

"뭐라고? 나쁜 계집애. 한국에 왜 온 건데. 양갈보, 사기꾼 같은 년, 영민 씰 헌신짝처럼 차 버리더니 인제 와서 김영민 씰 찾는 이유가 뭐야?" 거칠게 쏘아붙였다.

"무슨, 그런 험한 말을 하세요?"

"너 양갈보잖아. 넌 애인을 차버리고 양놈 장교와 붙어먹은 년이잖아." 듣기 거북한 표현으로 쏘아붙였다.

"불쾌해요. 선생님, 어떻게 이런 분을 데리고 왔어요?"

"그만하고, 식사나 하시죠."

데이비스 소령은 민망한 듯 일어나서 사태를 진정시켰다. 분위기 조용해졌고 서먹한 감정으로 말없이 식사를 하였다. 난 그녀의 잔을 채워주었다.

"축하해요, 강미연 씨. 오늘 공연 최고였어요. 국제적인 댄서로도 손색이 없었어요."

"과찬의 말씀입니다."

민해경은 아직도 분이 안 풀려 씩씩거리고 있었다. 자연의 끼는 여전했다. 해경은 옛날 그녀가 미8군 보면 대위와 파문을 일으킨 것을 다시 들추어내고 있었다. 민해경은 자연과 나의 관계를 누구보다 잘 아는 친구였다. 그녀는 강자연이 미군 스텝판 보면 대위와 염문을 뿌리고 다니며 나를 어지럽혔던 아픈 추억을 가슴 아파했었다. 그러나 자연의 철저한 위장에 모욕감과 비애를 느끼고 있었다. 해경은 아무 말 없이 굳어 있었다. 강미연 씨는 아무렇지도 않은 표정으로 술을 마셨다.

"너 정말 강자연이 아니란 말이지?" 해경은 또 화가 난 목소리로 물었다.

"손님, 왜 이러세요? 몇 번을 말해야 알겠어요? 보셨잖아요. 전 미국인입니다. 데이비스 소령이 내 아들이고요. 국적이 미국인데 내가 당신을 어떻게 알아요?"

강미연은 당당한 태도를 보였다.

"정말 나쁜 년이구먼, 그럼 우리 앞에 왜 나타났어?"

민해경은 오랜만에 자연이 서울에 왔다기에 반가워서 만나보려고 했고 막상 만났는데 철저히 거부하고 위장하는 태도에 화가 났다. 물론 과거의 허물이 창피했겠지. 그런데 당당하게 영민 앞에 나타나 수작을 떠는 그녀의 태도에 화가 났다.

"난 김영민 선생님도 몰랐는데 여기에 와서 우연히 알게 되었어요."

"그래, 모른 척했겠지. 잘 살았구먼, 그런다고 양공주 짓 했던 허물이 사라질까. 절대 너 같은 년 하고는 다신 상면할 일이 없을 거야."

해경은 화를 참지 못해 파르르 떨었다. 그러나 강미연은 아무렇지도 않은 표정으로 미소를 짓고 있었다.

"김 선생님, 이런 분을 왜 모시고 왔어요? 이런 식이라면 다시는 선생님을 안 만나겠어요. 왜 괜한 사람을 잡아요?"

"양갈보 강자연! 제발 불쌍한 김영민 씨에게 다시 상처 주지 말아라." 민해경은 분노를 삭이지 못하고 빈정댔다.

"불쾌해서 못 견디겠어요." 미연은 자리에서 일어났다.

떠나는 그녀를 멍하니 바라보았다. 철저하게 부정하는 거부의 몸짓은 일종의 자학이었다. 어쩜 나에 대한 죄의식인지도 모른다. 난 한참 그 자리에 앉아 모욕감에 젖어 있는데 데이비스 소령이 들어왔다.

"죄송합니다. 어머님의 신경이 좀 날카로워졌어요. 우울증에 시달려요. 선생님, 저의 엄마를 이해해 주세요. 사실은 선생님을 보겠다고 한국에 왔어요."

"뭐라고요? 날 보려고…? 그럼 어머니 성함이 강자연인가?"

"맞아요. 강미연이 아니고 강자연이랍니다." 그는 작심한 듯 고백하고 말았다.

"데이비스 소령, 지금 그 말이 맞아요? 어머니 성함이 강자연이라고?"

"네. 그렇게 선생님을 뵙고 싶어 하더니 막상 선생님 앞에서 자신이 없나 봐요? 어머님은 선생님을 사랑하고 있어요."

"그렇다고 이름까지 바꾸면서 위장을 해요?" 해경이 말했다.

"어머닌 많이 아파요. 심한 우울증과 신경쇠약증 환자예요."

데이비스 소령의 말을 듣고 가슴이 떨려왔다. 그녀의 심사를 어떻게 이해해야 할지 몰랐다. 분노보다 동정심이 일었다. 해경은 깊은 침묵에 잠겨 버렸다.

"어머니가 살아온 길을 듣고 싶군요." 민해경이 조용히 물었다.

데이비드 소령은 결심한 듯 이야길 시작했다.

"외국 병사들을 사랑한 파란만장한 인생이었죠."

"자세히 듣고 싶군요."

"그럼 저의 아파트로 가죠. 보여드릴 게 있답니다."

데이비스 소령은 우릴 자기 아파트로 모시고 갔다. 우리가 소령의 집으로 갔을 때 미연은 아직 집에 돌아오질 않았다. 그녀의 거처는 미8군 장교 가족이 사는 아파트였다. 전망이 좋은 50여 평의 고급 아파트였다. 용산 기지 내 양지쪽에 있는 아파트는 한강과 남산이 앞뒤로 내려다보이는 명당으로 사방 어디를 보나 경관이 아름다웠다. 데이비스 소령은 그녀의 침실로 우릴 안내했다.

"이곳이 어머니 방입니다."

그런데 방안 정면 벽에 건장한 사나이 사진이 걸려 있었다. 카투사 복장을 한 젊은 군인의 사진이었다. 사진을 보는 순간 공포 같은 떨림이 전율 되어 오는 것을 느꼈다. 그 사진은 바로 내 얼굴이었다. 강자연이 날 잊지 않고 있었다. 데이비스 소령은 어머니에 관한 추억을 이야기했다.

어머닌 평생 늘 한 남자를 가슴에 두고 살았다는 것이다. 대학 때 만난 사랑하는 남자를 배반하고 미군 장교를 사귀게 되었고 결혼까지 약속하고 동거를 했는데, 그 미군 장교가 어머니 몰래 한국을 떠나버렸다는 것. 실의에 찬 나날을 보내다가 복수를 하겠다고 독일로 갔고 독일에서 그 장교를 만났으나 그는 단호히 그녀를 거절하였다. 그녀는 미 육군성에 비인간적인 작태를 고발하여 그 장교를 불명예 제대로 파면시켰다. 그리고 먹고살기 위하여 독일의 미군 부대에서 양공주가 되었다. 한 하사관을 만나 결혼을 했다. 그분이 바로 데이비스 소령의 아버지란 것이다.

"그런 이야길 어머니가 했어요?"

"네, 저의 아버진 필리핀계 미국인이었습니다."

동양인이란 이유로 동정하게 되었고 결국은 결혼까지 해서 2명의 아이를 갖게 되었다는 것이다.

"그럼, 이로니카가 동생인가요?"

"저의 누나입니다. 어머니를 보러 왔다가 다시 독일로 갔어요."

"이로니카가 누나라고요?"

"아버진 알제리 내전에 파병되었다가 우리 남매를 두고 돌아가셨어요."

"저런, 그런 아픔이 있었군요."

그녀는 아들과 딸을 데리고 미국의 할머니 댁에서 살았고 데이

비스는 웨스트포인트 사관학교를 나왔고 딸 이로니카는 결혼해서
남편을 따라 독일에 살고 있었다. 자연은 남편의 유산으로 대학에
서 박사학위를 받았고 대학교수가 되어 강의하다가 3년 전에 명퇴
하였다는 것이다. 명퇴 후 하는 일 없이 소일하는 것이 힘들었던지
갑자기 한국에 가서 살고 싶다고 해서 그는 한국 근무를 지원했고
어머닐 모시고 왔다.

"그러니까 어머닌 오랜 세월 홀로 사셨다는 거죠?"

"두 번 결혼을 했어요. 아버지가 죽자 어머닌 독일 남자와 결혼
했다가 이혼하고 누나는 새 아버지 집에서 살고 있어요."

"정말 힘든 인생을 사셨군요."

"네. 너무나 힘든 인생을 사신 분입니다."

"이로니카가 내게 전화를 했었어요."

"누나가 전화를 했어요?"

비로소 데이비스 소령과 이로니카의 관계를 알았다. 그녀가 내
게 전화한 이유도 알 것 같았다.

"소령님, 어머니와 다툰 것 미안해요, 난 어머니와 대학 동창이
에요."

민해경은 정중히 사과하였다.

"자격지심일 거예요. 어머니를 이해해 주세요. 참 외로운 분입
니다."

"듣고 보니 참 딱하군요."

데이비스는 어느 날 어머니가 방에 걸려 있는 사진을 보고 우는 것을 보았다. 뒤늦게 그 사진의 주인공이 어머니 가슴에 담은 남자라는 것을 알았다. 어머닌 김영민이란 옛 애인을 가슴에 담고 있었다. 한국에 온 후 어머닌, 김영민 선생님 근황을 알아냈고 선생님 주변을 맴돌고 다녔다. 스키장에서 승마장에서 우연히 만난 것 같지만 어머닌 선생님 근황을 알고 항상 선생님 주변을 맴돌며 시선을 끌어당기고 있었다. 막상 선생님을 만나 대하는 어머니의 태도가 왜 그리 차가운지 알 수가 없었다.

"선생님, 저의 어머닐 위로해 주세요. 몹시 방황하고 있어요. 그렇게 밝은 성격이 점점 우울해지고 있답니다."

그녀가 매정하게 내게서 떠나던 그 모습이 생생하게 떠오르자 가슴에 무서운 폭풍이 휘몰아치고 있었다. 해경은 그녀의 태도를 이해할 수 없다고 투덜거렸다.

"그런 년이 왜 쌀쌀맞아요?"

"해경 씨, 자연 씨가 불쌍해요. 친구인 해경 씨가 살갑게 맞아주셔야 안정을 되찾을 것 같아요." 난 자연의 편을 들고 있었다.

"그런데 대체 어디로 가서 안 들어오는 거야?"

"충격을 받았나봐요."

그녀의 아파트를 나오면서 묘한 연민과 슬픔을 느꼈다. 요동치는 감정의 회오리가 휘몰아치고 있었다. 그리고 폭풍이 몰아친 대지 위에 고즈넉하게 서 있는 그녀를 상상하였다. 나를 만나러 왔다는 여자가 나를 피하면서 내 주변을 맴돌고 있는 모습이 너무나 안타까웠다. 지난 세월 다 잊혀진 추억인데 그녀는 내게 죄의식을 갖고 있었다. 그녀는 영원한 보헤미안이었다.

양공주 강자연은 언제나 나의 기억 속에 잠재한 슬픈 앙금이었다. 헤어진 지 40년 만에 돌연히 나타나 기억 속의 슬픈 잔해를 퍼즐처럼 짜 맞추고 있었다. 스탭판 보먼의 아이를 지우고 어디론가 떠난 그녀를 찾아 정처 없이 방황하던 젊은 날의 내 모습이 한없이 초라했다. 제대 후 그녀의 행적을 수소문해 봤지만 찾을 길이 없었다. 그녀의 부모도 거처를 알지 못하고 있었다. 뒤늦게 들은 이야기는 그녀가 보먼을 찾아 독일로 갔다는 것이다.

난 그녀가 자신의 신분을 감추려고 한데는 그런 슬픈 이유 때문이라고 생각하였다. 그러나 해경은 자연의 태도에 불만이 있었다. 다시는 상종하지 말아야 할 년이라고 분개했다. 언젠가는 용서하고 이해해 주겠지. 데이비스 소령은 어머니 마음속의 앙금은 나만이 풀어줄 수 있다고 하였다.

그날 식사 후 서로 연락을 안 했고 난 모텔에 묻혀 소설을 쓰고 있었다. 그때 전화가 왔다.

슬픈 여군장교, 리앙 자보라카

"선생님, 데이비스 소령입니다. 저녁을 같이했으면 해요. 드릴 말씀이 있어요."

"그렇게 합시다."

"롯데 호텔 스카이라운지 레스토랑을 예약하겠습니다."

약속장소인 롯데 스카이라운지로 갔을 때 데이비스 소령이 미리 와서 기다리고 있었다. 그 옆에 예쁜 미국인 아가씨가 있었다. 그녀가 날 보고 일어났다.

"선생님, 저의 애인 리앙 자보라카 입니다. 결혼할 여자입니다."

그는 자랑스럽게 여군 대위를 소개하였다. 황색의 혼혈 미인인 그녀는 공손히 일어나서 목례를 하였다.

"말씀 많이 들었습니다. 데이비스 어머님의 친구라면서요. 전 미8군사령부 정보장교 리앙 자보라카 대위입니다."

"여군 장교군요. 저도 미8군에서 카투사로 근무했어요."

"네, 알아요. 얼마나 데이비스가 선생님을 칭찬하는지, 잘 알아요."

그녀는 또록또록한 영어로 말했다.

"멋진 한 쌍이군요. 같은 미군 장교라서 서로 상황을 잘 이해하겠군요."

"네, 스완 데이비스가 저를 많이 도와줍니다."

"아무튼, 반가워요."

까만 머리에 황색의 피부를 가진 리앙 자보라카는 데이비스와 같은 동양계 혼혈 미군 장교였다. 웨이터가 준비된 식사를 내왔다. 프랑스 새우 요리에 오리 간을 첨부하고 와인도 같이 곁들였다. 그는 내 잔을 채워주었다. 우린 잔을 부딪치며 맛있는 식사를 즐겼다.

"선생님, 어머니가 저희 결혼을 반대하거든요. 설득 좀 해주세요."

"글쎄요. 내가 어떻게…"

"선생님 말씀은 들을 겁니다."

"…"

"선생님, 부탁하겠어요. 전 자보라카와 결혼을 해야 합니다. 그런데 어머니가 허락하지 않습니다."

"반대하는 특별한 이유라도 있나요?"

"리앙 자보라카 어머님이 베트남계거든요."

"알겠군요. 같은 동양인 혼혈 처지라서 그럴 겁니다."

그러나 자보라카를 사랑하고 결혼을 하려고 하는데 어머닌 점지한 한국 아가씨가 있다면서 그녀를 거부한다는 것이다.

"부모가 맞추어 준 아가씨와 결혼을 하라는 강요는 안 되죠. 그래서 선생님이 나서서 우리가 결혼할 수 있도록 설득해 주십시오."

"참 딱하군요."

"자보라카의 아버진 한국인입니다."

"아버지가 한국인?"

"베트남 전쟁 때 한국인 장교와 베트남 여교사 사이에서 난 딸이에요."

"'라이따이한'이군요. 아버진 누군지 알아요?"

"한번 만나 봤는데 딸로 인정을 안 한답니다. 그 후 연락이 안 됩니다."

자보라카가 눈물을 글썽이며 말했다.

"저런, 내가 한번 만나보지요. 아버지는 어떤 분입니까?"

"베트남전에 참전한 한상준 대위랍니다."

그녀는 내가 자기 아버지를 찾아 주길 바라고 있었다. 가엾은 연인들, 난 머리에 피가 솟구치는 짜릿한 울분에 젖고 말았다. 혼혈아의 비극이었다. 데이비스와 자보라카는 비슷한 출생의 아픔을 가슴에 안고 사는 전쟁의 잔해들이다. 한국계 어머니와 미국계 남자 사이에서 태어난 데이비스 소령이나, 베트남 어머니와 한국계 아버질 둔 자보라카 대위는 슬픈 전쟁의 잔해들이었다.

서로의 슬픈 인생을 이해하기에 결혼을 선포한 데이비스의 심정을 충분히 이해할 것 같았고 그런 며느릴 맞을 수 없다는 자연의 생각 또한 이해할 것 같았다. 그녀가 그들의 결혼을 반대하는 것은 자기와 같은 처지에서 태어난 자보라카의 애환을 너무 잘 알기 때문이었다.

그녀는 한국에 와서 2년 동안 아버지를 찾았다. 한상준은 작은 기업체를 운영하는 사장이었다. 한국에 처음 와서 그녀는 한상준 사장을 만났다.

"어머니 이름이 리앙수빈이예요." 자보라카가 자신의 신분을 밝혔다.

"난 수빈이란 베트남 여교사를 모릅니다." 한 사장은 단호하게 거부했다.

그녀는 불탄 학교의 잿더미 속에서 죽어가는 선생님을 구한 분이 한상준 대위였다고 말했다.

"난 베트남전에 참전했지만 그런 일은 없습니다."

"어머니 리앙수빈이 미국에 살아계셔요. 한번 만나보세요."

그러나 한상준 사장은 딸이라고 찾아온 미군 장교의 말을 단칼에 잘라버렸다. 그런 대우를 받고 나온 자보라카는 다시는 아버지를 찾지 않았다.

"선생님, 꼭 저의 아버질 만나게 해주세요." 그녀가 눈물을 머금고 말했다.

"알았어요. 제가 만나 보겠습니다."

"고맙습니다."

그녀는 계속 울먹이고 있었다. 데이비스 소령이 자보라카의 눈물을 닦아주고 가볍게 포옹을 하였다.

"선생님, 우리가 결혼할 수 있도록 어머니를 꼭 설득해 주세요. 자보라카의 아버지도 찾아 주세요."

자보라카는 귀엽고 예쁘고 영리한 여군 장교였다. 그녀는 라이따이한이었다. 월남전이 활발하던 1969년에 파병된 한국군 장교와 월남 여선생님 간의 사랑이 전쟁의 포탄 속에서 무르익었다. 그

155

러나 월남이 망하고 한국군이 철수하는 바람에 애인과 예쁜 딸을 두고 한국군 장교는 퇴각하였고, 그 여인과 딸은 유랑하는 보트 피플이 되어버렸다. 그녀는 조각배를 타고 태평양을 헤매다가 간신히 구조되어 미국인 남편을 맞았고 딸은 양아버지 밑에서 자랐다. 그녀는 혼혈아라는 이유로 학대받으며 슬픈 인생을 잡초처럼 살았다. 비참한 유년기와 청년기를 보낸 그녀는 군인이 되려고 사관학교를 지망했고 졸업 후 장교가 되어서 아버지의 나라를 찾은 것이다. 막상 아버지를 찾긴 했지만, 그 아버진 그런 딸이 없다고 거부하였다.

한상준 대위는 1969년 월남전이 한참 발발하던 시기에 월남에 파병되어 사이곤 외각 나트랑 기지에 급파되었다. 전쟁의 화염은 열도를 녹이고 있었다. 전장은 가는 곳마다 불바다였다. 그 전투의 선봉에서 한 대위는 작전을 지휘하고 있었다. 그는 불타버린 잿더미 학교 속에서 한 여인을 구제하였다. 불꽃 속에서 구사일생으로 살아난 리앙수빈이란 여교사는 한상준 대위에게 보은의 정을 주었다. 두 사람은 전쟁 포화 속에서 운명적인 사랑을 하였다. 미군의 정글 전은 먼저 수억의 포탄을 퍼붓고 진압군을 투입하는 전투였다. 그러나 한국군은 직접 전장에 뛰어들어 생사 결단으로 베트콩을 잡아내는 귀신같은 작전을 수행하였다.

나트랑 전투가 한참 치열한 상황에 달했다. 마을과 학교가 불타버리는 참혹한 일이 벌어지고 있었다. 전투가 끝나고 한상준 대위는 포탄에 불타버린 학교의 잔해 속으로 들어갔다. 폐허가 된 잔해 속에 숨어 있는 베트콩 색출에 나섰다. 연기만 모락모락 피우는 건물의 잔해 속에서 인기척이 났다. 그는 대원을 데리고 불에 탄 잔해 속으로 들어갔다. 총상을 입은 한 여인이 신음하고 있었다. 처음엔 베트콩으로 오인했지만, 그녀는 이 학교 선생님이었다. 대원들은 혹시 베트콩이 위장했을지 모른다는 생각에 그녀를 포박했다. 그녀는 왼팔에 총상을 입었다. 한 대위는 그녀를 한국군 야전병원에서 치료받게 하였다. 그 인연으로 자주 만나게 되었다.

전쟁터에서 맺어진 사랑이었다. 잦은 만남으로 두 사람은 깊은 사랑에 빠져버렸다. 그런데 전쟁 중에 한상준 대위가 한국으로 돌아가고 그녀는 그의 아이를 낳았다. 그녀는 그를 찾아 한국으로 가려고 했지만 갈 길이 없었다. 마침내 월남전이 끝나고 그녀는 한국 장교의 아이를 가졌다는 이유로 베트남에서 숙청당해 선상 난민이 되었다. 보트 피플로 헤매다가 어린 딸 자보라카를 데리고. 미국으로 건너가서 빈민촌을 전전하다가 한 남자를 만나 결혼했다.

강자연과 리앙 수빈은 어쩜 비슷한 운명의 여인들이었다. 민해경과 다툰 후론 그녀는 날 만나길 거부하였다. 그녀를 만나려고 실버그린 하우스로 찾아갔다. 스포츠 현장의 아침은 어느 때보다 활기찼다. 인생의 황혼에서 생존의 활기를 누리는 이들의 생활은 늘 즐거웠다. 젊은 날 오로지 외길만 쫓아온 사람들이다. 그러나 누구보다 성공한 인생을 산 사람들이었고 그런 준비로 행복한 노년을 살고 있었다.

200여 명의 그린하우스 국내외 노인들은 각계각층의 저명인사들로 이루어져 있었다. 미국인은 주로 퇴역군인들이지만 한국인들은 예술가, 정치가, 사장님, 교수, 문필가 등 실버 노년을 그린 청춘으로 사는 사람들이었다. 이곳에 오면 언제나 훈훈한 인간 냄새가 났다.

건강을 위해 아침 산책과 숲길을 조깅하는 사람들이 체육관으로 모인다. 아침 운동을 마친 노인들이 모닝커피를 마시고 있었다. 난 그녀의 강의실로 찾아갔다. 그녀는 마침 댄스 교습을 하고 있었다. 항상 빨간 스카프에 타이트한 댄스복을 입은 환상적인 몸매는 젊은 날의 그녀 모습이었다. 노인들 앞에서 춤을 추고 있는 그녀의 모습을 한참 바라보고 있었다. 강습을 마치고 식당으로 들어갔다. 난 뒤따라 갔다.

"선생님, 웬일이세요?" 반갑게 인사를 하였다.

"뵙기가 쉽지 않군요. 사실은 아드님 부탁을 받고 왔어요."

"우리 아이가 무슨 부탁을…?"

"우선 식사나 하고 이야기합시다."

식사를 마치고 찻집으로 자릴 옮겼다. 찻집엔 벌써 노인들이 쌍쌍이 모여 자릴 틀고 즐겁게 담소하고 있었다. 홀로 된 이들은 이곳에서 마음에 맞는 좋은 말 상대를 만나 이성을 초월하여 말 차를 마시거나 술을 마시며 유희를 즐겼다.

"리앙 자보라카를 받아들이세요. 예쁘고 교양 있는 여군 장교더군요." 단도직입적으로 말했다. 그녀가 놀란 표정으로 물었다.

"그 애를 어떻게 만났나요?"

"데이비스 소령이 곧 결혼할 여자라고 소개해 주더군요."

"참견하지 마세요. 왜 선생님이 우리 집 일에 참견이세요?"

"아드님이 어머닐 설득해 달라고 하더군요. 내가 보기엔 아주 잘 어울리는 한 쌍이었습니다. 리앙 자보라카는 데이비스 소령을 사랑해요."

"그 앤 고아예요. 어머닌 베트남 난빈, 보트 피플이었어요."

"아버질 찾으면 되잖아요. 베트남 파경 한국군 장교더군요."

"그 아버지가 딸로 인정 못 한답니다."

"내가 찾아 만나 설득할거예요."

"상관하지 말아요. 그 앤 내가 싫어요." 정색하고 말했다.

"강자연 씨, 당신은 정말 힘든 여자군요. 40년 전에도 당신은 날 힘들게 했어요. 그런데 지금도…"

"뭐라고요? 난 강자연이 아니고 강미연입니다."

"이젠 솔직해요. 날 힘들게 하지 말아요. 내가 두려운가요? 내가 용서할게요."

나는 용서가 되는데 왜 그러는지 모르겠다. 그녀는 잠시 깊은 침묵에 빠져들었다.

"상관없는 일에 왜 끼어들어요?"

"강자연 씨, 그리고 아로니카가 왜 당신을 싫어하는지 아세요?"

"뭐요? 아로니카가 나를 싫어한다고 말했어요?"

"네, 어머니와 재회할 생각은 없냐고 묻더군요."

"그 애가 그런 소릴 했다고요? 어떻게 선생님을 알고요?"

그녀는 그만 주저앉아 버렸다. 난 가만히 일으켜 세웠다. 그녀는 얼굴을 붉히며 생각에 잠겼다.

이로니카가 한국에 왔다. 그리고 떠나던 날 대판 싸웠다. 모녀 사이가 좋지 않은데는 어머니의 젊은 날 행적 때문이었다. 두 여인이 만나면 원수 대하듯이 상을 찌푸렸고 도통 어머니 말을 들으려고도 하지 않았다. 그녀가 독일에서 한국에 온 것은 어머니의 부름 때문이었다. 그녀는 딸이 보고 싶어서 불렀으나 같이 있는 동안 내내 싸움만 하였다. 정말 다시는 어머닐 보고 싶지 않네요. 나를 미워하는 이유가 뭐니. 그걸 몰라서 묻는 겁니까? 그래 난 너를 이해할 수가 없어, 제발 우리 좋은 모녀가 되자. 싫어요. 난 그런 어머닐 갖고 싶지 않아요. 좋든 싫든 운명이란다. 그래도 싫어요. 이왕 한국에 왔으니 김영민 소설가나 만나보세요. 그리고 과거에 대해 속죄하세요, 라고 퍼부었다. 언제나 딸은 어머닐 냉대했다.

"저 내일 독일로 갈 겁니다."

"어쩌면 이것이 마지막인지도 몰라. 날 보지 못할 것이다."

"보지 않아도, 만나지 못해도 좋아요. 나도 마지막이니까요."

오랜만에 만난 모녀간의 대화는 살벌했다.

"김영민 소설가님을 만나 내 이야길 하세요."

"그분과 넌 상관없는 사람이야."

"그래서 어머닌 나쁜 사람이에요."

그렇게 다투고 그녀는 독일로 돌아갔다. 그런데 이로니카가 영민 씨게 그런 이야길 했다는 것이 몹시 불쾌했다. 그리고 불안하였다. 그녀는 깊은 침묵에 젖었다.

"강자연, 난 당신을 놓지 않을 겁니다. 전 그때부터 지금까지 한 번도 당신을 잊어본 적이 없었습니다. 지금도 당신을 사랑합니다."

그녀는 울먹이고 있었다.

"영민 씨! 더 이상 데이비스를 만나지 말아요. 이로니카와도 전화하지 말아요."

그녀는 갑자기 내 이름을 불렀다. 얼마 만에 들어보는 목소린지 모른다. 난 그녀의 손을 잡았다.

"난 두 사람을 돕고 싶습니다."

"영민 씨, 제발요."

"데이비드와 자보라카가 지금 얼마나 힘든지 알아요?"

데이비스는 평생을 혼자 쓸쓸히 살던 외롭고 불행한 어머니를 보살펴 주라고 하는데 어머닌 그런 아들을 살갑게 받아주지 못했다.

"못난 놈, 에미보다 그녀가 좋아?"

그녀는 자보라카만 보면 화가 났다. 어쩌면 자신과 똑같은 운명의 딸이라는 생각이 들어서였다.

"자보라카는 예쁘고 영리하고 잘난. 아주 멋진 아가씨예요."

"네, 영리한 아이죠. 여자가 웨스트포인트를 나올 수재라니까요."

그리고 그녀는 천천히 이야길 계속했다.

"그때 독일 가서 보먼을 만났어요."

"결국은 독일로 갔군요."

파독 미군사령부에 가서 보먼 대위의 비인간적인 작태를 고발했고 마침내 보먼에게 징계가 내려졌다. 미국 정보국에서 보먼을 불렀다. '당신 같은 비인간적인 장교는 우리 미군에서 퇴출당하여야 합니다.' 그는 비인간적인 저질 장교라는 오명을 받아 장교 직위를 박탈당했고 즉각 불명예 전역을 했다. 불벼락을 맞고 전역한 그는 미국으로 돌아가서 어떻게 되었는지 모른다.

그녀는 먹고살기 위해서 독일의 본 미군 기지촌을 서성이며 미군을 상대로 매춘녀가 되었다. 독일 기지촌에서 우연히 알게 된 병사는 바로 한국에서도 근무한 일등상사 스완 죤 데이비스였는데 그녀의 딱한 사정을 알고 인간적인 동정을 해주었다. 그 동정이 마침내 사랑으로 변해 두 사람은 결혼하였다. 이듬해 딸 이로니카를 낳았고 그다음 해 아들 데이비스를 낳았다. 죤 데이비스가 독일을 떠나 중동 파견 근무를 하였는데 시리아 내전에 참전했다가 전사했다. 그런데 남편의 독일 친구가 딱한 그녀의 사정을 알고 딸 이로니카를 입양시켰고 그녀는 아들 데이비드만 데리고 미국의 남편 집으로 갔다. 이로니카를 독일에 남겨두고 미국에서 아들 데이비스만 키웠다. 다행히 남편이 남긴 퇴직 연금으로 생활을 꾸리면서 외로움을 달래기 위하여 대학에 입학했고 대학에서 석사, 박사 코스를 거쳐 대학교수가 되었다.

"왜 딸을 입양시켰어요?

"늘 딸과 싸웠어요. 이로니카가 나를 엄마로 인정 안 해요."

"그래서 이로니카를 입양을 시켰다고요?"

"남편 친구가 여자 혼자 두 아이를 키울 수 없으니 딸을 달라고 하기에 입양을 시켰답니다."

"아무튼, 딸을 버린 엄마였군요."

"맞아요. 몹쓸 엄마입니다. 나 이렇게 살았어요. 털어놓고 보니 이제 속이 시원해요?"

그녀는 내 눈치를 보며 말했다.

"참 힘든 인생을 사셨군요."

"영민 씨는 아이를 몇이나 뒀나요?"

"남매를 두었지요. 아내는 학교 선생님이에요."

"선생님이군요. 한번 뵙고 싶어요."

그녀는 자보라카가 혼혈이라서 싫다는 것이다. 부모의 사랑도 제대로 받지 못하고 타인의 눈총을 받으며 살아온 데이비스와 자보라카가 같은 처지란 것이다. 피부가 다르다는 이유로 미군 사회에서 엄청난 멸시를 받았다. 자보라카 어머니 리앙 수빈 선생님도 자신과 같은 고통을 받았다. 그런 그녀의 마음을 충분히 이해할 수 있어서 싫다는 것이었다.

40년 전 미8군 카투사 시절에 기지촌 아가씨들을 경멸하고 학대했던 기억을 떠올리며 몹시 미안한 생각이 들었다. 하신해 같은 여인은 지성을 빙자하여 악랄하게 미군을 등쳐먹은 계집으로 그녀가 배신한 디호벤은 자살을 기도했다. 디호벤은 그녀를 사랑했으나 그녀는 돈이 없다는 이유로 그를 차 버렸다.

전후 한국이나 베트남에서 그렇게 태어난 혼혈아들이 애타게 부모를 찾고 있는데 아무도 그들에게 관심을 가져주지 않았다. 그녀의 심정을 이해하려고 노력했으나 데이비스는 절대 자보라카와 헤어질 수 없다는 데 문제가 있었다.

난 만일을 제쳐놓고 자보라카와 한상준 부녀가 만나는 일에 주력하였다. 한상준 사장의 사무실로 찾아갔다.

"1969년 월남전 참전시 만난 리앙 수빈 선생님을 기억하시죠?"

"네, 전쟁터에서 만난 여인이지요. 그런데 선생님은 누구신죠?"

"소설가 김영민입니다. 리앙수빈 선생님의 따님인 자보라카가 찾아와서 아버지를 만나게 해 달랬어요."

"내 딸이란 확실한 증거가 없어서 돌려보냈습니다. 전투 중에 만난 여인의 딸인데 어떻게 내 딸이라고 받아들이겠어요."

한 사장은 냉담한 표정을 지었다.

"리앙 자보라카 육군 대위가 한 사장님을 아버지로 믿고 있어요."

"뭐라고요? 그녀가 육군 대위였어요?"

"네, 웨스트포인트를 나온 수재지요."

"웨스트포인트를 나왔다고요?"

"자보라카의 어머니 리앙 수빈 여사가 곧 한국에 옵니다. 만나 자세한 이야길 들으세요."

"왜 선생님이 그 일에 참견이십니까?"

"따님이 애걸하더군요. 안타까워서 돕는 겁니다. 리앙 수빈 여사가 오면 연락할 테니 꼭 만나보세요."

"글쎄요." 한사장은 씁쓸하게 응답했다.

마침내 리앙 수빈 여사가 부녀간의 혈육을 밝혀주기 위해서 한국으로 왔다. 리앙 수빈는 베트남 여인 특유의 깡마른 얼굴에 까만 피부를 가진 미녀였다. 약속한 장소로 리앙수빈 여사와 데이비스와 자보라카를 데리고 나갔다. 한상준 사장은 미리 와서 기다리고 있었다. 레스토랑의 분위긴 쥐 죽은 듯 고요했다. 부녀의 상봉이 가슴 조아리는 자리였다. 마침내 잊혀진 연인들이 만났다. 한상준 사장은 리앙 수빈 여사를 말없이 바라보고만 있었다. 그녀 역시 고갤 떨어뜨리고 있었다.

"한 사장님, 나는 알겠는데 절 알아보겠어요. 저 리앙 수빈입니다." 그녀가 조심스럽게 말했다.

"알아보고 말고요, 죄송합니다. 따님을 잘 키웠더군요."

"저 아이가 당신의 딸입니다."

"처음에 증명할 수 없어서 거부했어요."

"아버지 없이 결혼도 안 하고 딸 아이를 길렀어요."

"결혼도 안 하고 혼자서… 미안해요."

"자보라카, 이분이 네 아버지가 맞다." 그녀가 말했다.

"미안해요." 한상준 사장은 리앙 수빈의 손을 잡았다.

"리앙수빈, 내가 당신을 위하여 뭘 할 수 있을까요?"

"자보라카를 딸이라고 인정해 준 것만으로 고맙습니다."

한상준 사장은 데이비스 소령과 자보라카를 동시에 껴안았다.

"데이비스 소령, 우리 딸 자보라카를 사랑해줘요."

"네 사장님. 감사합니다."

한 사장은 감격의 눈물을 흘리며 그녀를 포옹했다. 자보라카도 한상준 사장을 포옹하였다. 부녀간의 혈육이 내통하는 순간이었다. 리앙 수빈 여사는 감격스러운 부녀간의 포옹에 눈물을 흘리고 있었다.

그녀와 헤어지고 한 사장은 유전자 검사를 하였다. 검사 결과 자보라카는 자기 혈육이란 것이 확인되었다. 그가 나를 초청하였다.

"김 작가님, 감사해요. 자보라카가 내 딸이 맞습니다."

"외로운 아입니다. 딸을 사랑해 주세요."

지성이면 감천이었다. 미국에서 리앙 수빈 여사가 한국으로 와서 한상준 사장을 만나 자보라카가 자기 딸임을 확인했다. 자보라카는 아버질 만난 기쁨에 부풀어 있었다. 생각하면 얼마나 고통스런 세월이었던가. 월남이 망하고 아버지 나라 한국을 찾아가려고 배를 탔으나 보트 피플이 되어 태평양을 헤매던 어머니였다.

리앙 수빈은 미국으로 돌아갔다. 그러나 강자연은 내가 자보라카의 아버지 한상준을 만나게 해준 것을 못마땅하게 생각하였다. 그것은 그녀가 데이비스와 결혼하는 조건이 좋아졌기 때문이다.

슬래키 보이(slack boy)

Katusa is not slack boy

미군들은 카투사가 달밤에 매 잔치를 한다는 것을 우려하였다. 부대장은 폭행 사실이 밝혀지면 영창에 넣겠다고 엄포를 놓았다.

정병장은 락아미(한국군)로 갔지만 제대 말년이라서 훈방조치시켜 제대를 했다는 소식을 듣고 안도의 숨을 쉬었다. 난 하극상으로 참호 2개를 파고 샌드백 100개를 만드는 징계를 받았다. 같은 장소에서 하디 제퍼슨 상병과 구덩이를 파게 되었다. 녀석은 상습 대마초 흡연죄로 호 20개를 파는 벌을 받았다. 참호란 방공호인데 1m 사방의 넓이와 깊이 1m 호였다.

"야, 김일병, 너 하극상으로 벌 받는다며?"

옆에서 다른 호를 파던 제퍼슨 상병이 물었다.

"이유가 없는 매를 맞아서, 고참에게 덤빈거야."

"내 충고하는데 태권도 잘한다고 뽐내지 마라. 칼 맞는다."

녀석도 내가 정병장에게 대든 것을 알고 있었다. 그리고 열심히 호를 파고 있는데 어디선가 대마초 냄새가 솔솔 흘러왔다. 넘겨다 보니 녀석이 호 안에서 신나게 대마초를 빨아대고 있었다. 대마초 때문에 벌 받는 녀석이 또 담배를 피우고 있었다. 중독증이었다.

"하디 제퍼슨 상병, 너 지금 대마초 피우는거야?"

"아니야, 호를 파고 있어."

"냄새가 나는데…"

일어나서 건너다보았다. 대마초를 피우고 있었다. 눈이 부딪치자 녀석은 싱긋 웃었다. 그리고 손을 내저어 연기를 날렸다.

"김일병, 대마초 한 대 피워볼래?"

제 버릇 개 못 주는 놈이었다.

"너 지금 벌 받는 놈이잖아. 고발한다."

그때였다. 녀석이 내가 작업하는 호 안으로 뛰어 들어왔다. 그리고 아랫도리를 홀랑 내리고 물건을 휘두르며 말했다.

"김일병, 우리 신나게 흥분해 보자. 내 것 좀 만져라."

녀석은 마치 성추행을 할 것처럼 덤볐다. 호머섹스, 녀석은 정신을 잃을 정도로 환각 상태였다. 그리고 물건을 잡고 흔들어 댔다.

"저리 꺼져, 덤비면 죽여버릴 테다."

난 발길로 녀석의 아랫도릴 차버렸다. 녀석은 그 자리에 쓰러져 버리적거렸다. 급소를 찬 것이다. 겁이 났다. 간신히 몸을 주물러

혼동에서 깨어나게 하였다.

"괜찮아?"

"널 죽일거야." 녀석은 환각 상태로 씨부렁거렸다.

"네가 어떤 짓을 했는지 알아?"

"입 다물어. 신고하면 죽인다." 녀석이 흐릿한 눈동자로 나를
보며 말했다.

그리고 녀석은 자기가 파는 호 안으로 건너가서 아무 일도 없었
다는 듯이 호를 파고 있다가 환각이 깨는지 이젠 위스키를 꺼내 마
시기 시작했다. 머리 아픔을 방지하기 위해서 대마초 후 술을 마신
다는 말은 들었다. 술을 마시고 나서 환각 상태에서 깨어난 듯하였
다. 가엾은 군상이다. 그런데 갑자기 호를 파다 말고 뛰어나가 아
카시아 숲속으로 사라졌다. 녀석이 무슨 짓을 할지 걱정스러웠다.
녀석은 해가 질 때까지 돌아오지 않았다. 그러나 다음날 돌아와서
호를 파고 있었다.

"김일병, 고발을 안 해줘서 고마워."

"너, 어디 가서 뭐 했어."

"대마초 피는 암굴에 갔었어."

대책이 없는 녀석이었다. 그는 한시라도 환각에서 깨어나면 발
작을 하는 것이다.

"오래 살려면 대마초 그만해라."

"대마초가 얼마나 기분을 좋게 하는지 넌 몰라."

미8군에선 대마초와 히로뽕 환각 환자가 늘어나 고심했다. 60년대 미군 사이엔 대마초가 유행이었다. 별다른 마약이 없어서 마약 애호가들은 천연 환각제인 대마초를 즐겨 피웠다. 영내 대마초 흡입 환자가 늘어만 갔다. 발각되면 거의 영창에 갔고 불명예 제대를 시켜 버렸음에도 근절되지 않았다.

호를 파다가 갑자기 정병장 생각이 났다. 제대 말년에 돈이 필요했다. 그래서 배차계인 내게 무리한 요구를 하곤 했었다. 배차계는 돈방석에 앉아 있는 직책이라고 생각하고 늘 금품을 요구했다. 내가 운전병을 통제하고 차량 운행을 통제하는 과정에서 돈을 뜯어낸다는 것이다. 과거 배차계는 운전병들의 도둑질을 눈감아 주고 상납을 받았다는 것이다. 내가 차량 운행을 엄하게 체크하는 것은 돈을 우려내기 위한 작전이라고 생각하였고 그래서 돈을 많이 삥땅 쳤다는 것이다.

운전병들이 물품이나 자동차 부속품을 훔쳐 차에 싣고 영외로 나가서 판다는 소문을 들었다. 나는 누명을 쓰지 않으려고 철저한 운행 단속을 하였다. 차량 출입증을 발급하고 차량 운행 후 점검을 철저히 하기에 운전병들이 도둑질을 할 수 없었다. 그래도 GI들은 감쪽같이 물건을 훔쳐내어 팔아 용돈을 쓰곤 하였다. 절도에 의심이 가거나 낌새를 알면 차량을 내보내지 않았고 곧장 미군 상관에게 보고하였다. 따라서 징계받는 GI가 많았다. 훔친 물건은 차량으로 이동하기에 운행 단속을 철저히 하였다. 그런데도 외부 살림

하는 미군 하사관들이 교묘하게 부품을 빼돌리곤 하였다.

미군이나 카투사 선임 운전병들이 자주 내게 압력을 가하지만 내겐 절대 용납이 안 되었다. 미군들의 유혹도 많았다. 절대 부당한 처사에 응하지 않았지만 일이 생기면 내게 화살을 돌려 슬래끼 보이라는 욕을 먹곤 하였다.

징계는 일몰 시까지 벌을 받는다. 정말 미국인의 합리적인 사고였다. 호를 파다가 막사로 돌아왔다. 와자지껄 떠드는 소리가 나서 무슨 싸움인가 했더니 새로 입소한 미군 신병의 개인 사물이 털렸다는 것이었다. 신병 지급품은 돈이 되기 때문이었다. GI들은 카투사의 짓이라고 뒤집어씌우고 카투사들은 하우스 보이 태호의 짓이라고 의심했다.

'카투사 아니면 뽀로리카(카리브해 국) 놈들일거야.' 백인 병사들이 소곤거리는 소릴 들었다. 미군은 카리브해 연안 뽀로리카 인들이 용역 병으로 많이 나와 있었다. 이들은 가난한 섬나라 병사라서 뭐든 잘 훔친다는 것이다. 난 하우스 보이 태호를 의심했다.

하우스 보이들은 직접 미군의 사물함을 관리하고 있어서 견물생심, 평소에도 도난사고가 자주 났고 그럴 때마다 하우스 보이가 의심을 받았다. 그는 매일 자유롭게 출퇴근을 할 수 있어서 영외유출이 쉽다는 것이다. 따라서 처음 한국에 온 미군 신병들은 카투사나 한국 종업원들에게 호감이 많은데 이런 사고가 나면 무조건 한국인은 도둑이라는 선입견으로 경계하였다.

한바탕 소란은 일단 끝났지만, 공동 막사에서 이런 일이 일어난 다는 것은 기분 나쁜 일이었다. 그런 일이 있으면 카투사와 GI 간의 반목이 더욱 팽배해진다. 도난사고는 동시다발적으로 일어났다. 운전병들이 주유한 기름을 팔아먹는가 하면 자동차 기계 부속을 낡은 것으로 교체하여 팔아먹기도 하고 PX 물건을 반출하는 일들이 일어났다. 시중에 나도는 물건들이 다 그런 물품들이다. 미군들은 무조건 카투사에게 누명을 씌웠다. 영어를 잘하지 못하니까 누명을 쓰곤 하였다. 근거 없이 떠드는 미군에게 항의하고 물증을 추궁하였다. 차량이 아니면 훔친 물건이 게이트를 통과할 수 없다. 그래서 배차계가 짜고 벌인다는 소문으로 억울한 누명을 쓰곤 하였다.

억울함을 파견 대장에게 호소한다. 미군 영내엔 한국군 장교가 파견 대장이란 명목으로 나와 있었다. 미군 장교들이 파견 대장을 추궁한다. '도난 사건에 카투사가 연루되어 있으니 교육을 잘하세요, 하고 고발하면 사실로 받아들이고 카투사를 징계하였다. 카투사의 어려움을 대변해 주러온 파견 대장이 사건을 엄밀히 조사하고 물증을 대라고 강하게 항의하여 누명을 벗겨주기는커녕 징계만하는 허수아비였다. 미군들은 그를 장교 대우를 안 하고 카투사 사병과 같이 취급하였다.

모터풀(정비공장)은 언제나 바빴다. 고장 난 차량을 수리 정비하는 일 말고도 정기적으로 차량 점검하는 일을 하였다. 그중에서 배차계는 차량 운행일지와 정비일지를 기록하고 차량을 관리하는 막중한 책임을 지고 있었다. 로드북 하나로 그 차량의 원적과 운행 상태, 정비 상태를 한눈에 알아볼 수 있는 장부였다. 차량을 운행 하려면 일단 트립 티켓을 발급받아야 한다. 로드북을 꺼내 운행 사항을 적고 트립 티켓을 떼어준다.

그리고 운행 목적, 장소, 예상 마일수, 주유량, 자동차 운행상태 를 알아볼 수 있게 운전자는 정확하게 기록한다. 모든 차량은 배차 계 사인 없이는 어떤 차량도 출차가 불가능하다. 그래서 언제나 GI 들과 트립 티켓을 놓고 다툼이 잦았다. 녀석들은 차량 운행 후 운 행 사항을 기재하지 않고 로드북을 내던지고 간다. 난 당장 GI나 카투사 가리지 않고 운전병을 불러 세운다.

"로드 북에 주행거리, 주유량, 목적지를 기입하라."

"그건 네가 할 일이야."

"뭐, 운전자인 네가 알지. 내가 주행거리, 소요 주유를 어떻게 알아?"

그런데 운전병들의 태도는 부정적이다. 뒤가 구린 놈이다. 배차 계가 그런 정리를 하는 직책이라고 말한다. 난 끝까지 로드 북을 적게 하고 확인 후 차량을 인계받는다. 그래서 GI들과 잦은 다툼이 벌어졌고 어떤 놈들은 폭력을 가하기도 하였다.

'김일병 남버원 솔저.' 수송부 장교는 철저한 내 업무 태도에 칭 찬을 아끼지 않았다. 이런 싸움은 아침부터 일어난다. 계획서 없이 차량을 급히 써야 하니까 운행증을 빨리 끊어달라고 억지를 쓰지만 출차 준비(점검)가 안 되면 운행을 안 시켰다.

　비로소 그들이 운행일지를 쓰지 않는 이유를 알았다. 부정 운전이었다. 차량일지 속엔 운행 시간과 마일리지와 기름 소모량을 적는다. 기록으로 봐서 근무 여부를 알 수 있다. 그래서 녀석들은 차량일지를 거짓 조작하거나 쓰지 않는다. 오늘도 일과를 끝내고 모터풀 문을 닫고 늦게 나오려는데 미군 병장이 급히 차를 몰고 돌아왔다. 식사 시간이 늦다는 이유로 운행일지를 던져놓고 가는 것이었다.

　"헤이 코푸럴(상병) 죤, 운행일지를 쓰고 가야지."

　"내일 써줄게. 밥시간이 늦었잖아."

　"안 돼, 오늘 일은 오늘로 마무리 지어야 한단 말이야."

　"네가 써."

　"뭐라고? 똑바로 적지 않으면 수송부 장교에게 고발할 거야."

　"이 새끼, 정말 사람 괴롭히는 독사 같은 놈이구먼."

　녀석은 어쩔 수 없이 일지를 써내고 간다. 15마일 운행에 가솔린 150L 소모되었다. 난 녀석들의 수작을 잘 알고 있었다. 사정없이 불러 따진다.

　"가솔린 연비가 틀렸잖아, 1L에 6마일을 간다고 해도 3L도 안 드는데 150L 소모가 뭐야? 나머지 기름 어떻게 했어?"

　녀석의 얼굴이 빨개지고 있었다.

"코푸럴 킴, 봐줘라, 콜라 좀 사 먹었다."

"뭐, 기름을 팔아서 콜라를 사 먹어? 넌 절도를 한 거야."

"좀 봐주라. 다들 하기에 외출비가 없어서." 녀석은 노골적으로 고백하였다.

"너 도둑이야. 어디서 팔았어? 그곳이 어디냐고?"

소릴 쳤더니 녀석은 한술 더 떠서 돈 5만 원을 내 주머니에 넣어 주는 것이었다.

"이게 무슨 짓이야? 나까지 공범자로 만들겠다고, 너 같은 놈들 때문에 카투사만 욕먹는단 말이야."

"너, 큰소리치지 마. 난, 다 알고 있다고, 네놈이 얼마나 돈을 많이 받아먹는지. 운전병들이 배차계한테 상납하는 것을 아는데 정직한 척 하는거야. GI들이 다 갖다준다고 말 하더라."

"뭐라고? 누가 그래? 너 그 말에 책임을 져야 한다."

정말 화가 났다. 배차계가 도둑질하는 자리란다. 인격 모독이라기보다는 범법자로 인정하는 것에 도저히 참을 수가 없었다. 바로 이것이 오해의 근원이구나. 배차계는 운전병들 삥땅치는 직책으로 알고 있는 현실이 서글펐다. 솔직히 말해서 유혹도 받았다. 그러나 양심상 일불 한 푼 받은 적이 없었다. 녀석을 압박하였다.

"너, 발언에 책임질 수 있지?"

"세상이 다 아는 일인데 무슨 책임, 너 자신이 잘 알 게 아니냐?"

"가만두지 않을 거야. 널 절도범으로 고발할 거야."

나는 녀석을 모터풀 장교에게 고발하였다. 다음날 헌병대가 와서 존 상병을 체포해 갔다. 부정에 인정사정없이 고발해야 허튼소리가 안 나올 것이다. 생각할수록 참을 수 없는 분노가 솟구쳤다. 몹시 불쾌했다. 배차계는 부정한 돈을 긁어모으는 자리라는 생각이 기분 나빴다. 언젠가 선배들에게 들은 이야기가 있었다. 배차계가 운행일지를 잘못 기재했다고 핫타임을 주면 돈이 절로 굴러 들어 온다는 것이다. 그래서 배차계 월락카 속엔 달러가 뭉치로 굴러다닌다고 하였다. POL(주유소) 병과 짜고 거액을 챙기고 모터풀 물품계와 짜고 절도를 한다는 것이었다. 근거가 없는 말은 아니었다. 과거에 미군과 한국 종업원이 짜고 해 먹었던 사례는 있었다.

미군들은 나를 또라이 병사라고 부른다. 너무나 엄격하고 철저해서 또라이 같다는 것이다. 배차계는 운전병이 부정하는 내막을 다 알고 있다. GI 운전병들은 자동차 부속을 빼내 팔고 헌것을 갈아 끼우는 방법으로 용돈을 챙기고 기름을 팔아 용돈을 번다는 것을 대충 알고 있었다. GI들과 부대 밖 한국인 업자들이 합작해서 도둑질하고 책임은 카투사에게 뒤집어씌웠다. 난 이런 부정을 발본색원하여 고발하여 GI를 여러 명 영창에 보냈다.

가난했던 50년 말, 60년 초에 생산 공장이 전혀 없는 한국 경제는 미군 기지촌에서 나오는 물건들이 주산업 생산품이었다. 밀수밀매도 미군 부대를 통하여 이루어졌다. 한국 정부의 고발로 그걸 안 미국 정부는 GI들을 단속하여 영내 PX 물건 유출을 금지하는 법령을 발표하였다.

기지촌의 주변엔 절도단들이 사업장을 열고 비밀리에 미군 용품을 거래하고 있었다. 심지어는 전문 절도단들이 미군과 짜고 기지창에서 배급받은 물품을 중간 상인에 넘긴다. 물건을 수령하던 차가 갑자기 사라진다. 앞문으로 들어와서 뒷문으로 사라지는 수법을 쓴다. 문을 열고 들어가기만 하면 부속을 갈아 끼우는 시설과 기름을 빼는 시설이 있었다. 이곳에서는 주유차 뿐 아니라 트럭 중장비 부품 등이 거래된다. 미군들이 벌이는 부정이었다.

당시 한국 경제는 조그만 자동차 부속 하나도 못 만드는 실정이어서 아무리 작은 부속이라도 이런 곳을 통하여 물건을 구할 수가 있었다. 심지어는 타이어에서부터 각종 자동차 부속이 그렇게 구매되고 팔려나갔다. 그런 물건들은 동대문 시장으로 나간다. 동대문 시장에 가면 모든 군사 장비와 미제용품을 구할 수 있었다. 모두 미군에서 빼낸 절도품이었다. 어느 날 브라보(B) 중대의 제대 말년인 서병장이 날 잠깐 보자는 것이었다.

"김상병, 부탁한다. 아니 명령이다. 내일 아침 일찍 차량을 써야 하니까 모터풀(정비소) 제 1 후문을 열어놔라."

"안 돼요. 그렇찮아도 도난 사건이 생겨서 문단속을 잘하라는 명령입니다."

"내일 아침에 모리스 중사와 전방 부대에 가는데 난 운전병이야."

"그럼 내일 아침에 와요."

"너 까불지 마, 너 로드 북 변조해서 해 먹는 줄 알고 있어, 고발할 거야." 어제 그 미군 녀석과 같은 말을 하고 있었다.

"그건 모략입니다. 전 절대 부정한 일은 안 합니다."

"너 죽고 싶어. 다 알아, 자식아. 전에 배차계들은 돈 벌어 양옥집 샀다는데 너 혼자 깨끗한 척 해. 너를 영창에 보내는 일은 누워서 떡 먹기야."

"협박죄로 서병장님을 고발할거요." 강경하게 말했다.

일과 후 모터풀 문단속을 하는데 경비반장인 모리스 중사가 내려와서 말했다.

"김상병. 문단속은 내가 할 테니 먼저 올라가요."

"아닙니다. 내가 점검해야 합니다."

"그래, 그럼 같이하자."

모리스 중사와 같이 문단속을 하고 모터풀 정문을 잠그고 나왔다. 다음 날 아침이었다. 모터풀 문을 열자 서병장이 헐레벌떡 뛰어 내려왔다.

"김상병 HK 456차량 트립 티켓을 끊어줘라."

"어딜 가는데요. 무슨 목적입니까?"

"어제 말했잖니, 모리스 중사가 탑승자이고 난 운전병이야."

"뭐라고? 모리스 중사가 탑승자라고요?"

의문이 생겼다. 당장 모리스 중사에게 전화를 하였다.

"차량 쓸 일이 있나요?

"긴급하게 쓸 일이 있으니 서병장에게 트립 티켓을 끊어줘요."

"네. 알겠습니다."

직감적으로 모리스 중사가 서병장과 짜고 뭔가 사건을 벌이고 있다는 것을 직감했다. 출입증을 끊어주자 모리스 중사와 서병장이 모터풀 차를 몰고 나갔다. 저녁에 늦게 그들이 돌아왔다. 서병장이 맥주를 사겠다고 날 클럽으로 불렀다.

"김상병, 도와줘서 오늘 용돈이 생겼다. 너의 월락카 안에 조금 넣어뒀다."

"뭐요? 내가 뭘 도왔다는 겁니까?"

"네가 트립 티켓을 끊어줘서 한 건 했다. 이 일은 써젼 모리스가 한거야. 난 운전만 한 거야."

"당신을 고발할거요." 난 펄펄 뛰었다.

"너, 잠자코 있어. 미군이 한 일이야. 까불면 죽는다." 서병장이 으박질렀다.

다음날 모터풀 담당 상사 하킨스가 날 불렀다.

"너 어제 문단속을 어떻게 해서 도난사고가 난 거야?"

"네, 어제 모리스 중사와 같이 문단속을 했어요."

"모터풀 자재 창고가 털렸어."

"뭐라고요? 모터풀 자재 창고가 털렸다고요?"

분명히 모리스 중사와 같이 문단속을 잘했는데 자재 창고에 보관한 스테인리스판 장이 없어졌다는 것이다. 서병장과 모리스 중사의 짓이 분명했다. 시가로 큰 액수였다. 기가 막혔다. 모리스 중사가 모터풀 문을 잠그는 척하면서 샛문을 열어놓고 나온 후 저녁에 짐을 실은 것으로 짐작되었다. 당장 대대장실로 달려갔다.

"모터풀 디스패처 김상병입니다."

"웬일인가?"

"모리스 중사를 모터풀 절도단으로 고발합니다."

"모리스 중사가…" 대대장이 분노했다.

8군 헌병 수사대가 두 사람을 데리고 갔다. 난 그 일로 심한 정신적인 상처를 받았다. 부정과 모순의 정반합이었다. 엄격한 군 병영에서 일어나는 일련의 사고는 양심과 물욕이 빚는 갈등이었다. 역시 하킨스 상사와 모리스 중사가 짜고 친 고스톱이었다. 그 후부터 GI들은 나를 경계하였다.

'조심해, 저놈에게 걸리면 영창 간다. 여러 명 보냈어.'라고 수군대는 것이었다.

미군이 저지르고 카투사에게 책임을 전가하는 작태를 막으려고 노력하였다. 그것이 미군에 대한 최소한의 양심이며 신념이었다. 미군들은 카투사가 범법행위를 했을 때 락아미로 간다는 것을 강조하였다. 생각하면 카투사는 슬픈 군인이었다. 인종 차별과 인간 차별의 모욕적인 대우를 받아도 말조차 못 하는 실정이었다. 그런 대우는 나 같은 지성인에겐 엄청난 인격 모독이며 마음의 데미

지였다. 하루 세끼 기름진 양식을 먹고 호텔 같은 깨끗한 침실에서 자고 겨울에도 팬티만 입고 사는 따뜻하고 편안한 환경에서 호사스런 군인이 무슨 소용인가, 우린 마음이 아픈 군인이었다.

평안함 속에 정신적인 갈등이 많았다. 인간적인 모독이 흑백 인종 싸움과는 달랐다. 미군과 카투사 간에 사소한 감정으로 다툼이 있으면 언제나 카투사가 당했다. 카투사들은 언어 소통이 잘 안 되어 늘 당하고만 지냈다. 개인 소양으로 볼 때 카투사들이 미군보다 훨씬 비교가 안 만큼 고학력이었다.

미군은 국가 의식이 없는 다국적 의용군으로 구성되어 있어서 규제가 힘들다. 그래서 엄격한 법으로 규제한다. 개인적으론 미미하지만 내셔널리즘을 자부하는 힘이 있었다. 그 위력을 믿고 잘난 척하는 것이 바로 GI들의 근성이었다.

이런저런 상황들이 혼돈과 혼란을 자아냈다. 난 그런 부정적인 사태가 일어나면 가차 없이 고발하였다. 그래서 모터풀은 큰 문제 없이 잘 돌아가고 있었다. 문이 열리며 작업장은 활기가 넘친다. 요란한 차량 엔진소리가 빠르게 움직이면 병사들과 메케닉들의 일과는 순조롭게 진행되었다. 너무나 정의로운 고발정신 때문에 미군들은 나를 기피하였고 내 앞에서 흐트러진 행동을 하지 않았다. '배차계, 저놈에게 잘못하다가 걸리면 영창에 간단 말이야. 조심하라고…' 미군들이 지껄이는 소리가 들렸다.

병장으로 진급을 하였다. 모터풀 책임자는 나를 믿고 많은 지지를 해주었다. 마치 군인이 아닌 정비공장의 관리 책임자 같았다. 오늘도 모터풀 문을 닫고 늦게 죤 브라운 써전과 같이 막사로 들어가고 있었다. 그때 바버샵 미스박이 퇴근하고 있었다.

"잘 가요. 미스박." 내가 인사를 하였다.

"내일봐요. 김병장."

그런데 그녀의 걸음걸이에 이상했다. 어기적, 어기적 걷는 모습이 마치 아랫도리에 종기가 난 여자 같았다. 통이 넓은 임신복 같은 치마가 볼록하게 튀어나왔다. 같이 가던 죤 브라운 병장이 내 어깨를 쳤다.

"왜 그래?"

"바버샵 미스박의 걸음걸이가 우습지 않니? 남자를 좋아해서 저렇게 되었나봐?"

"남자를 좋아해서, 글쎄, 너 바버샵 미스 박이 마음에 드니?"

"매력은 있지. 저런 스타일을 미군들이 좋아한단다."

"색을 잘 쓴다는 말이니?"

"그렇다니까."

"너, 미스박 팬티 싸이즈가 얼마나 되는지 대충 말해 봐."

"히프가 너무 크고 잘 생겼잖아. 팬티도 맞추어 입을 것 같아."

"맞았어. 얼굴값을 하는 여자야. 저 여자 팬티는 창고야. 짐을 많이 실은 카고라고…"

"그녀와 한번 자고 싶다."

녀석은 내 말뜻을 몰랐다.

"그렇다면 소개해 줄게. 아마 너 같은 놈은 팬티 속에 넣고 다닐 걸."

미스 박은 어기적거리며 정문을 빠져나가고 있었다.

여자는 흔들리는 갈대

미8군 카투사로 배속된 지 9개월이 지나자 완전히 미 육군 병사로 틀이 잡혔다. 몸에서는 버터 냄새와 치즈 냄새가 풍긴다고 비아냥거렸지만, 국가를 위한 직무를 수행하는 군인이 되었다. 서툰 영어 회화도 웬만큼 익혀서 미군과 대화에 불편이 없을뿐더러 미군의 문화와 한국 역사 문화 풍습을 교분하고 소개하는 준 외교관으로 역할을 충실히 수행하고 있다고 자부했다.

나라를 사랑하는 애국정신이 투철해졌고 외교관이란 신념으로 미군을 잘 이해하려고 노력하였다. 따라서 미군들은 카투사의 일거수일투족을 통하여 한국의 문화를 익히고 배웠다. 나는 카투사를 대표하는 입장에서 그들을 도왔다. 미군 중대원들은 나를 한국의 최고 지성으로 생각하였다. 따라서 모든 생활과 행동에 선도적이고 모범적인 업무를 수행하였고 미군을 위한 봉사에 적극적으로 참여하였다.

먼저 모터풀 배차계 일에 최선을 다해서 미군 재산 관리 모범 병사로 표창도 받았다. 군대 생활이란 요령을 피우면 얼마든지 편하게 지낼 수 있고 업무가 능숙해진 만큼 여유를 가질 수가 있었지만 준 외교관이란 사명감으로 군대 업무와 우리 문화를 이해시키고 소개하는 데 최선을 다하였다.

지루한 겨울이 가고 따사한 봄바람이 불기 시작하였다. 휴일이면 모두 외출을 나가서 술이나 퍼마시고 다녔지만 난 도서실에서 박혀 지냈다. 병영 도서실이 대학 도서실 이상으로 장서가 많았다. 외출 안 나간 미군들도 도서실에 박혀 책을 읽었다. 놀란 것은 미군들이 책을 의외로 많이 읽는다는 것이다. 난 도서실에서 미국의 신작 소설을 읽으면서 번역가나 소설가가 되겠다는 꿈을 키우고 있었다. 미국소설은 탐정물이나 스릴러 소설이 주류를 이루었다. 따라서 미국의 베스트 셀러를 탐독하면서 번역 작업을 시도하였다.

아름다운 봄날이었다. 아카시아가 만발하는 계절이다. 병영은 휴양지 같았다. 독서를 하다가 휴게실 창가에 앉아 커피를 마시고 있었다. 아지랑이가 피어오르는 야구장 잔디밭에선 웃통을 홀랑 벗은 GI들이 배트를 휘두르며 야구를 즐기고 있었다. 축구장에선 미식축구를 하는 병사들이 헬멧을 쓰고 탱크처럼 몸을 던졌다. 어디로 튈 줄 모르는 럭비공이 사방으로 날아다녔다. 함성을 지르는 럭비 경기를 재미있게 바라보다가 정문 쪽으로 시선을 돌렸다. 영내는 유난히 아카시아꽃 숲이 덩굴을 이루고 있어서 캠프는 온통 만발한 꽃향기로 가득 차 있었다. GI들이 예쁜 여자 친구와 아카시아 꽃길을 걷는 모습이 참 아름다웠다.

봄은 젊은 병사들의 가슴을 울렁이게 한다. 치장한 양색시들은 꽃보다 아름답다. 기지촌에서 GI들을 상대로 몸을 파는 매춘녀를 양색시라 한다. 존댓말로 양공주라고 부르지만, 속말로는 양갈보라고 부른다. 휴일이면 메인게이트에선 양색시들이 환상의 향수를 뿌리고 팔색조같이 화려한 의상으로 패션쇼를 벌인다. 그녀들이 미군을 유혹하는 몸짓이 관능적 욕정으로 나타난다. 그 모습은 마치 발정 난 짐승 같았다. 섹스에 굶주린 병사들은 그런 요란한 색광으로 날뛰는 발정 난 개를 쫓아 다닌다. 양색시들은 더욱 충동적인 몸짓으로 대시한다.

누구나 출입 패스만 있으면 일과 후에 자유롭게 게이트를 드나들며 영내에서 데이트를 즐길 수 있었다. 아카시아 향기가 매혹적이었다. 미군들은 성욕에 굶주린 이리처럼 거칠고 야성적인 숨을 헐떡거리며 양색시를 후려 차고 다녔다. 그녀들은 고독한 야성의 GI에게 몸으로 위안을 준다. 여기저기 아카시아 숲길에서 여인들은 정열적인 애무와 키스를 퍼붓고 있었다. 병영이 환락장 같았다. 휴일만 허락하는 자유지만 업무 땐 엄격한 군율로 병영은 엄숙해진다.

갑자기 그녀가 생각났다. 입대 전 마지막 밤을 술에 취해 거리를 헤매며 약간 다투었던 이유인지 훈련소에서 수십 통의 편지를 보내도 답신이 없었다. 미군 부대에 온 지 10개월이 지나도 소식이 없었다. 고무신을 거꾸로 신은 것이 분명하다는 생각이 들었다. 선배들의 말을 들으면 애인이 군대 가면 고무신 거꾸로 신기 좋은 기회라며 찬가를 부른다는 것이다. 설마 그럴 리는 없지만 그런 생각이 들었다.

'아무 걱정하지 말고 군대 생활이나 잘해, 제대할 때까지 기다릴 거야.' 손가락을 걸며 약속하였다. 그런데 편지 한 장 없는 그녀의 침묵에 불안과 그리움이 교차하였다. 정말 손가락 걸고 맹세한 약속이 훈련소에 오는 순간 공중분해 되어버린 건가? 어쩐지 자신이 처량해지는 것이었다. 고무신 거꾸로 신은 여인을 그리는 바보가 된 것 같았다.

아카시아 숲속에서 포옹하는 GI와 양색시들의 열정적인 몸부림을 보는 순간 질투와 그리움이 솟구쳤다. 이런저런 생각을 하다가 다시 독서삼매에 빠져 번역을 시작하였다. 하퍼 리의 『앵무새 죽이기』 범죄 스릴러 소설로 미국에서 최고의 인기를 차지하고 있었고 영화로도 제작되었다. 내가 번역에 열중하고 있는데 당직 근무인 보면 중대장이 도서실로 들어섰다. 그는 책 한 권을 뽑아 들고 내 옆에 와서 앉았다.

"써전 김, 독서하고 있었나? 무슨 책을 읽지?"

그는 내가 읽던 책을 들어보았다.

"앵무새 죽이기, 미국소설을 읽고 있었잖아."

"미국의 베스트 셀러가 참 재밌네요. 영어 공부도 할 겸 번역을 하고 있어요."

"번역한다고? 앵무새 죽이기는 성경 같은 책이야. 문해가 어렵단 말이야. 하퍼 리는 미국 최고의 베스트 셀러 작가지. 그런데 김병장이 영어 원문을 해독할 수 있어요? 내용을 이해할 수 있느냐 말이요?"

"네, 사전으로 단어를 찾아가면서 번역해요. 회화는 서툴지만 독해는 잘해요."

"김병장은 대학 졸업을 했나요?"

"재학 중에 입대했습니다. 공대에서 화학공학을 전공했어요."

"그래요. 같은 엔지니어군, 난 캘리포니아 공과대학 토목공학부를 나온 ROTC 장교예요. 그럼 수학도 잘 풀 수 있겠군요."

"그럼요, 미적분. 미분방정식, 공업 수학까지 풀어요."

"글쎄, 한국 대학생들 실력이 그런 정도라고…?"

"나를 무시하는 겁니까? 미국 대학생에 못지않을 겁니다."

"그래요? 공대를 다녔다니 내가 수학 문제 하나 낼 테니 풀어보겠어요?"

"네, 내세요. 풀어 볼 테니…"

"자신 있는 태도인데, 좋아요, 미분방정식 알아요."

"그럼요."

"그렇다면 풀어봐요."

그는 미분방정식 수학책을 꺼내 들고 와서 문제 하나를 발췌해서 주었다. 난 문제를 보고 미소를 지었다. 너무 쉬운 문제였다. 미분방정식의 라플라스 정리였다. 가뿐히 문제를 일목요연하게 백지 위에 풀어 증명해 보였다. 중대장이 유심히 훑어보더니 경악스러운 표정을 지었다.

"김병장, 대단하군요, 놀랐어요. 한국의 대학생들이 보통 이 정도예요?"

"그 정도는 초보입니다."

그래, 언젠가는 너에게 한국인의 저력을 보여 줄 것이라고 다짐했다.

"실력 인정합니다. 그럼 가끔 우리 만나서 토론하고 공부합시다."

"하지만 이목 때문에 중대장님과 만날 시간이 없어요."

"내가 부르죠. 근무시간 외엔 BOQ(장교숙소)에서 만날 수도 있어요. 우리 미국과 한국의 문화를 논해봅시다."

"알겠습니다."

그일이 있었던 후 보면 대위는 가끔 자기 방으로 날 불러서 차를 마시며 이야길 나누었다. 그는 한국의 문화예술과 풍습을 많이 알고 있었고 관심도 많았다. 난 그가 원하는 우리 문화를 설명해

주고 토론하는 시간을 가졌다. 자주 만나 이야기하는 동안 우리는 친밀한 장교와 병사가 되었다. 그런데 사병이 중대장 방에 드나드는 것을 이상한 관계로 보는 미군이 있었다. '저들 말이야. 호머 섹스하는 거야'라고 소곤거렸다. 정서상 그랬다. 그래서 다시는 중대장 방에 들어가지 않고 도서관에서 만나 토론하였다.

그는 미군이지만 동양적인 냄새가 나는 생각과 체구를 가졌다. 검은 황색의 피부에 콧날이 낮고 머리카락이 검은 것으로 봐서 동양계라는 생각을 하였다. 그런데 묻지도 않았는데 그는 자신의 가족사에 관한 이야길 해주었다. 아버지는 없고 누이와 홀어머니, 세 식구가 산다는 것이었다. 우수에 잠긴 검은 눈빛 속에 예리한 지성이 꿈틀거리고 후리후리한 키에 쭉 뻗은 몸매 민첩한 몸동작, 30세의 패기와 지성이 넘치는 공병 장교였다. 그는 측량의 대가였다. 570 공병대에서 가장 영리한 장교였다. 우린 일과가 끝나면 자주 만나 클럽에서 맥주를 마셨다. 돈이 없는 나의 사정을 잘 아는 그는 늘 내게 맥주를 사 주었다.

강자연에게 부대로 한번 찾아오라는 편지를 썼다. 그녀는 내가 이곳 미8군 카투사로 와 있는 것을 모르고 있었다. 570 공병단에서 근무한다는 내용의 편지를 보냈다. 그러나 회신은 오질 않았다. 고무신을 거꾸로 신은 것이 분명했다. 그렇담 그녀를 포기하기로 하였다.

화사한 5월, 일요일이었다. 외출을 나가지 않고 도서실에서 독서하며 번역을 하고 있었다. 햇볕이 눈부시게 따갑다. 푸름의 잎새가 녹음으로 짙어가는 속에 아카시아 꽃잎이 만개해 있었다. 병영에 꽃향기가 그득했다. 모두 외출을 나가고 영내는 한산했다. 도서실에서 책을 읽고 있는데 동기생인 박상병이 뛰어 들어왔다.

"김병장, 이런 곳에 숨어 있으니 찾을 수가 있나? 정문으로 나가봐, 널 찾는 면회 손님이 왔어. 아주 예쁜 미인이 찾아왔다더라."

"여자가? 날 찾을 여자가 없어. 놀리지 마."

"능청 떨긴 애인인가 봐. 어서 나가보라니까."

워카 끈을 조이는 듯 마는 듯 정문으로 뛰어나갔다. 여동생이 온 것으로 생각하였다. 오려면 연락을 하고 올 것이지. 정문에 도착했을 때 한 여인이 내게로 달려오면서 '영민 씨' 큰 소리로 불렀다. 강자연이었다. 그녀가 손을 내밀어 악수를 청했다.

"이게 누구야?"

"영민 씨, 왜 카투사로 갔다고 말을 안 했어요"

"강자연, 얼마나 보고 싶었는지 알아? 편지는 받아 본 거야?"

"한 통도 안 받았어요." 그녀가 서운하다는 듯 말했다.

"뭐라고? 수십 통의 편지를 썼는데 다 어디로 간 거야?

"글쎄, 배달 사고인 것 같아"

난 그녀를 포옹하고 키스를 하였다. 오랜 이별의 그리움이 분출한 것이었다. 게이트 SP 흑인 GI가 부러운 듯 바라보았다.

"김병장, 들어갈 거야, 나갈 거야?" 흑인 SP가 물었다.

"나, 패스 없어. 영내로 들어가야지."

"알았다, 플레이보이."

그는 자연에게 출입증을 발급해주고 영내로 들어가는 차량을 잡아주었다. 평소에 살갑게 지낸 흑인 병사였다. 자연을 데리고 미군 스낵바로 들어갔다. 간단한 양식으로 식사를 마치고 도서실로 안내했다. 지나는 미군들이 자연을 보고 양색시인 줄 알고 휘파람을 불어댔다.

"누가 카투사로 뽑힐 줄 상상이나 했겠어?"

"그래, 운이 좋았어, 허지만 꼭 좋은 것만은 아니야. 이곳대로 불편한 점이 많아, 인종 차별이 심해. 흑인들이 백인에게 천대받는 것 이상으로 우리도 천대받아. GI들이 우릴 무시한다니까."

"말도 안 되는 소리야. 미군들이 왜 그래?"

"응, 사실이야. 백인들은 유색인을 싫어하잖아. 그리고 내가 얼마나 화났는지 알아. 편지를 보내도 답장이 없으니, 정말 편지를 한 장도 못 받았어?"

"엄마가 숨겼는가 봐. 엄마는 너와 내가 만나는 것 싫어하잖아."

그런데 그녀가 날 속이고 있는 거라고 생각되었다. 흔히 군대 간 후 여자들이 기회를 이용하여 다른 남자에게 시집간다는 선배들의 말이 떠올랐다.

"강자연, 알지. 내가 너를 얼마나 사랑하는지 말이야."

"나도 영민 씨 사랑해."

그녀는 잔잔한 미소로 날 안았다. 오랜 이별의 아픔이 가시고 열정의 불꽃이 다시 이는 느낌이었다. 대학 1학년 때 미팅으로 만나 3년 동안 사귄 여자 친구다. 그동안 우여곡절을 겪으며 우리들의 사랑은 탄탄하게 영글었다. 그런데 군대가 우릴 갈라놓았다. 그녀는 S 대학에서 서양화를 전공하는 미술학도였다. 아무튼, 난 변절의 아픔을 인내하며 고된 훈련소 생활에서도 꼭꼭 편지를 썼다.

"군대라기보다는 휴양지 같아, 외국에 온 기분이야."

"그렇게 보여. 하지만 삭막한 외인부대야. 영내엔 재미난 곳이 많아서 지루하진 않아. 클럽에 가면 미국 맥주도 마실 수 있고 레스토랑에 가면 맛있는 비프스테이크도 사 먹을 수 있어."

"미군들과 직접 생활하니까 영어 실력이 엄청나게 늘었겠네."

"그렇지도 않아, 일상 쓰는 군대 용어에 불과해."

"나도 영어 회화 배우고 싶다. 미군 한 명 소개해줘."

우린 도서관 휴게실에서 샌드위치를 먹으며 오랫동안 소원했던 불만을 해소하고 있었다. 그때 보면 중대장이 도서실로 들어왔다.

"김병장, 여자 친구인가?" 다정하게 물었다.

"네 중대장님."

"자릴 같이해도 될까?"

"네 괜찮습니다. 중대장님."

그는 우리 곁으로 와서 앉았다.

"저, 캠프 메이져 570 부교 중대 중대장 스텝판 보면 대위입니다.”

그는 묻지도 않은 자기소개를 하였다. 자연은 고갤 들고 서툰 영어로 답했다.

“마이 네임 이즈 자연 강. 유니버스티 우먼.”

“유니버스티 우먼? 너무 예뻐요.” 그는 환하게 미소 지으며 칭찬했다.

“김병장, 나 강자연 씨를 위해서 클럽에서 맥주를 살 테니 같이 가자.”

중대장은 자연을 위해서 자기가 한턱 쓰겠다는 것이었다. 중대장의 안내를 받으며 영내 클럽으로 들어갔다. 클럽 안엔 양색시들이 남자 친구와 술을 마시고 있었다. 어떤 계집은 벌써 취해 헤롱대고 있었다. 그녀들은 마치 흥분한 짐승처럼 남자를 껴안고 온몸에 키스를 퍼부었다. 여기저기에서 술 취한 GI들이 계집을 애무하는 모습이 민망스러웠다. 자연은 해괴한 장면에 놀랐다. 웨이터가 보면 대위와 우리의 자릴 마련해 주었다. 맥주가 날라져 왔다. 자연은 난생처음 낯선 이국 군인 클럽의 황홀한 분위기에 넋을 잃고 있었다.

“편하게 해. 미군들의 생활 모습이야.”

“저 여자 봐, 거의 옷을 벗고 있어. 어유 망측해.”

보면 대위는 자연에게 버드와이저 맥주 캔을 따주었다.

“자, 잔을 들고 건배해요.”

195

미국인은 술잔을 권하지 않는데 그는 의외의 모습을 보였다. 우린 잔을 부딪쳤다.

"강자연 씨. 내게 예쁜 여대생 친구 한명 소개해 줘요."

"중대장님, 초면에 친구를 소개해 달라니 그건 실례가 아닌가요?"

"김병장, 웃기지 마. 한국 여대생들이 미군을 얼마나 좋아하는데."

"뭐요? 그런 모욕적인 말이 어디 있어요?"

"한국 남성들은 여자를 하대하지만 미국 남자들은 여자를 여왕처럼 받드는 매너가 있잖아." 녀석은 엉뚱한 말을 하였다.

자연은 말없이 보면 대위가 따라 준 맥주를 들이켜고 있었다. 어언 그녀는 취해 버렸다. 무대엔 어느새 스트립쇼가 벌어지고 있었다. 무희가 원탁의 무대에 올라와서 전라의 알몸으로 춤을 추고 있었다. 술에 취한 자연은 수줍어하던 표정을 고치고 대담하게 발가벗은 여인의 춤을 감상했다. 오랜만에 실컷 마셔보는 맥주였다. 스트립쇼가 끝나고 GI들은 흥분한 양색시를 데리고 클럽을 나갔다. 보면은 술을 얼마든지 사겠다고 뻥을 치고 있었다.

"강자연 씨, 약속하는 거예요. 멋진 여대생 친구를 소개해 줘요."

"네, 알았어요. 제 친구들 다 예뻐요." 자연은 의외의 대답을 하였다.

"자연 씨, 그건 안 돼요. 이놈들은 육체적인 만남을 말하는 겁니다.”

“왜, 꼭 그렇게 생각하세요? 동서양의 남녀가 만나서 친구가 되고 애인이 되는 것도 나쁠 것 없잖아요.”

그녀의 취중 발언은 너무 충격적이었다.

“자연 씨, 나갑시다. 돌아갈 시간이 지났어요.”

그녀의 말투가 기분을 나쁘게 하였다. 우린 클럽을 나왔다. 그때 보면 대위가 잠깐 기다리라고 하더니 선물을 가지고 와서 자연에게 내밀었다. 미제 화장품이었다.

“우리가 알게 된 선물이에요. 친구를 소개해 준다는 약속 지켜야 해요.”

“보면 대위님, 왜 이래요?”

난 화장품이든 봉지를 빼앗아 그에게 넘겼다.

“내가 자연 씨에게 주는 선물이야.”

그런데 자연은 당돌하게 선물을 빼앗아 들었다.

“이건 독이야.”

보면 대위는 자연에게 선물을 주면서 얼굴에 음탕한 미소를 지었다. 자연을 감동하게 했다는 자만에 찬 미소였다. 여자는 선물에 약하고 자연은 미제 화장품에 그만 이성을 잃었다. 그도 그럴 것이 생전 처음 만난 미국 군인에게 화장품을 선물 받았으니 흥분할 수밖에…. 고급 향수와 화장품을 선물 받은 자연은 기뻐 어쩔 줄을 몰랐다. 약한 여인의 감성을 물질로 사려는 미국 놈들의 근성이 드러난 것이다. 당시 한국 여자들은 미제 화장품을 좋아하였다.

밤이 어두워지자 난 자연을 데리고 부대 밖으로 나왔는데 통행
금지 시간에 걸리고 말았다. 우린 모텔에서 밤을 새웠다. 오랜 이
별의 그리움이 발산되었다. 술에 취한 탓인지 그녀는 순순히 옷을
벗었다. 그리고 유혹의 눈빛으로 응시했다. 그녀의 황홀한 육체의
끌림에 녹아 밤새워 열정의 시간을 보냈다. 아침에 자연을 보내고
부대로 돌아왔다.

"야, 김병장, 어젯밤 안 들어왔다며 즐거운 밤이었어?"

보면 대위가 모터풀로 내려와서 물었다.

"보면 대위님, 내 애인 예쁘지요?"

"정말 미인이더라. 다음 주에 꼭 친구를 데리고 온댔어."

"기대하지 말아요."

그날부터 난 다시 자연과 입대 전의 연인으로 돌아갔다. 그리고
한 주일이 지났다. 그녀가 왔다. 올 때마다 기지촌의 모텔에서 자
고 갔다. 얼마 후 자연이 보면 대위에게 소개해 줄 여자를 데리고
온다는 것이다. 난 소식을 접하고 곧장 보면 중대장에게 전화를 걸
었다. 그는 멋진 이벤트를 준비하겠다는 것이었다. 그러나 나는 자
연의 당돌한 행동에 불만이 일었다. 하지만 화장품 선물을 받은 대
가라는 자연의 생각을 막을 수 없었다. 문제는 그녀가 낯선 이국에
서 근무하는 고독한 군인의 심정을 이해하지 못하는 것이다. GI들
의 특성은 동물과 같은 충동을 거침없이 발산하는 무리다. 생각 없

이 충돌하고 감정대로 저지르고 책임을 지지 않는 것을 너무 많이 보아 왔다.

자연이 온다는 소식을 듣고 샤워를 한 후 깔끔한 복장으로 정문으로 나갔다. 게이트엔 양색시들이 북적댔다. 휴게실 안은 담배 연기로 자욱했다. 무슨 담배를 그렇게 피워대는지 역겨울 정도였다. 담배 연기, 짙은 화장 냄새, 체향이 믹스 된 실내공기는 짐승이 사는 우리 같았다. 데이트할 병사가 다가오길 기약 없이 기다리며 담배를 빨아대고 있었다. 누구든 좋다. 검은 놈이건 흰 놈이건 덤비면 싼값에 주겠다. 이렇게 퇴근 시간에 정문에서 죽치고 있다가 한 놈이라도 걸려들면 낚아채고 나간다. 운이 좋은 날이다. 아무튼, 걸려들기만 하면 봉을 빼먹는 실력을 갖춘 킬러들이다.

세월 좋을 땐 가만히 앉아서 손님을 받았지만, 미군이 감축된 뒤로 기지촌 경기가 나빠서 손수 뛰어야 잡는다. 이렇게 정문 앞에서 외출하는 병사를 잡는 양색시들은 인기가 없거나 나이가 많거나 못생긴 양공주들이었다. 잘나고 예쁜 계집들은 가만있어도 소문이 나서 GI들이 찾아가서 방안 미팅을 하거나 동거를 하였다.

일요일이었다. 자연이 면회왔다는 연락을 받고 정문으로 나갔다.

"포스터 일병, 내 면회 손님 어디 있어?"

정문 지기 SP 병사에게 물었다.

"응, 2명의 여자가 면회를 왔었어. 아까 여기 있었는데…"

"뭐라고? 여기 있었다고, 그런데 어디 갔어?"

"글쎄 너 깔치 예쁘더라."

녀석은 우리말로 농담을 하였다. 녀석들은 여자 친구를 깔치라고 불렀다. 그때 저쪽 구석에 숨은 듯 고갤 숙이고 앉아 있는 두 여인을 발견하였다. 강자연이 친구와 같이 와 있었다.

"영민 씨, 저 여자들이 무서워요."

"저렇게 치장해서 그렇지 순진한 한국 여자예요."

자연은 짧고 타이트한 빨간 스커트를 입고 등장하였다. 평소에 그녀답지 않은 발랄한 복장이었다. 자연의 친구는 수수하고 정갈한 백색 원피스를 입고 있었다.

"영민 씨, 내 친구 민해경이야. 그리고 이쪽은 내 남자 친구 김영민."

"어서 오십시오. 민해경 씨."

"자연이가 영민 씨 말 많이 했어요. 생각대로 멋지군요."

그녀는 수줍어하면서 말했다. 그리고 양색시들이 무섭다고 고갤 저었다.

"반갑습니다. 들어가요."

미군장교에게 애인을 빼앗기다

출입 수속을 마치고 영내로 들어섰다. 아카시아 냄새가 물씬 풍기는 꽃숲을 걸어갔다. 그녀들은 마냥 즐거운 표정이었다. 자연의 빨간 미니스커트가 하얀 꽃과 어우러져 화사하게 빛났다. 잘 빠진 몸매였다. GI들이 지나면서 휘파람을 휙휙 불며 함성을 질렀다. 난 그녀들을 데리고 중대장 숙소인 BOQ로 들어갔다. 보면 중대장은 손님 맞을 준비를 해놓고 있었다. BOQ로 들어서자 지독한 향수 냄새가 진동했다. 그는 말끔한 사복을 갈아입고선 커피를 내놓았다. 자연은 친구를 소개했다.

"내 친구 민해경이에요."

"반갑습니다. 스텝판 보면 대위입니다."

그는 해경의 손을 잡으며 말했다. 해경은 갑자기 손을 잡는 미군 장교가 무서웠는지 얼굴을 붉히고 말았다. 자연은 보면의 숙소 BOQ의 내부를 돌아보았다. 나체사진, 금발의 미녀, 군인의 침실이라기보다 매춘녀 방 같은 분위기였다. 특히 그는 유난히 침실에 여인 나체사진을 많이 붙여 놓았다. 자연은 군인 침실 같지 않은 치장에 감탄 어린 비명을 질렀다.

우린 클럽으로 자릴 옮겼다. 보면 대위가 한턱 사는 멋진 파티였다. 준비한 비프스테이크가 나왔다. 맥주를 겸한 식사였다. 해경은 보면 대위가 따라주는 술잔을 몇 컵 받아먹더니 금방 취해버렸다. 60년대에 미제 버드와이저 맥주를 실컷 마실 수 있는 것은 선택된 사람만이 가질 수 있는 특권이었다. 술잔이 부딪치고 오가면서 분위기는 무르익었다. 어느새 네 사람은 모두 취해버렸다. 자연은 더 취한 것 같았다.

"화장실 좀 다녀올게요."

"같이 가자. 미군들이 집적거려." 내가 말했다.

"내가 안내를 할게요."

보먼 중대장이 자연의 손을 꼭 잡고 나갔다.

"영민 씨, 카투사는 정말 멋진 군인이에요." 해경이 애교 있는 미소로 말했다.

"생각같이 낭만 있는 군인은 아닙니다. 문화가 다른 이국인과 같이 생활한다는 것이 쉬운 일은 아니거든요. 문화적인 갈등이 잦답니다."

"사람들은 카투사를 보면 좋은 환경에서 근무하는 군인이라고 인식해요. 역시네요. 이렇게 고급 클럽에서 맥주도 마시고."

"카투사들은 이런 호사스런 곳엔 못 옵니다."

한참 이야길 하고 있는데도 자연과 보먼 중대장이 돌아오질 않았다. 불길한 예감이 들었다. 외인부대엔 늑대 같은 사나이들이 많은데 무슨 사고라도 나면 어쩌나. 화장실로 가보았다. 자연도 보먼도 없었다. 술값은 이미 지불되어 있었다. 클럽을 나와 해경 씨와 보먼의 BOQ로 가보았다. 이게 어찌 된 일인가, 문을 잠그지 않고 두 사람이 발가벗고 강력한 정사를 벌이고 있었다.

"강자연, 너, 지금 이곳에서 뭐 하는 거야?" 소리쳤다.

"나 보먼 중대장을 사랑해. 그래서 하는 거야."

그녀는 당당하게 말하였다. 해경도 그 모습을 보았다. 순간 그녀가 기지촌 양공주와 다름이 없다는 것을 느꼈다.

"헛스 매러 유. 우린 사랑해." 보먼이 화난 내 모습을 보고 한마디 던졌다.

"강자연, 너 미쳤니? 양놈에게 몸을 주다니, 더러운 계집애."

해경은 파랗게 질려 매섭게 내뱉었다.

"김병장, 나 강자연 씨 좋아한다." 보먼이 그녀를 방어하고 나섰다.

"뭐라고요? 중대장님 그녀는 내 애인입니다."

"그래, 내가 보먼 중대장이 좋아서 했단 말이야, 무슨 상관이야."

"미쳤어, 생판 모른 외국 군인에게 몸을 줘, 기지촌의 양갈보와 뭐가 달라."

내가 자연을 몰아세우자 보먼 중대장이 날 밀어붙였다.

"김병장, 우린 서로 좋아서 섹스한거야."

"스텝판 보먼 중대장님… 당신을 죽이고 싶습니다."

나는 보이는 것이 없었다. 중대장을 일으켜 세우고 얼굴에 주먹을 날렸다. 보먼이 저 멀리 나가떨어졌다. 그리고 발길로 걷어차고 짓밟았다.

"김병장, 너 하극상이야. 중대장을 폭행했어, 영창에 넣고 말거야."

"마음대로 해. 병사의 애인을 성폭행한 당신을 가만두지 않을 거야.”

“강자연, 넌 발정난 개야.” 해경이 버럭 소리쳤다.

자연은 옷을 입었다. 난 그녀를 끌고 나왔다. 표정 하나 변하지 않고 당당했다. 도저히 이해가 안 되고 용서할 수도 없었다. 보면 중대장은 소개해 주는 해경 씨에겐 아무 관심도 없고 자연에게만 관심을 쏟고 있었다. 자연이 꼬리를 친 것이다. 그녀들을 부대 밖으로 데리고 나왔다.

“강자연, 넌 사람도 아니야.” 민해경이 소리쳤다.

“보먼이 날 유혹했어. 나 보먼을 좋아해. 호기심이 생겼어. 외국 남자란 어떤 건지 체험해 보고 싶었어.” 자연은 당당했다.

“뭐라고, 체험, 외국 남자와 성체험, 나쁜 계집애, 강자연 넌 저질이야. 나를 초대해 놓고 낯선 장교 방에서 섹스를 즐겨, 넌 미군에게 몸 파는 창녀야.” 해경이 쏘아 붙였다.

“네겐 미안하다. 허지만 난 보먼 대위가 좋아.”

“나쁜 계집애, 어쩌려고 그런 짓을 해?” 난 그녀를 강하게 질책하였다.

자연의 태도는 기지촌 양색시와 다를 바 없었다. 한국의 여대생들은 미군을 좋아한다고 GI들이 말하는데 그녀가 그랬다. 가끔 여대생과 미팅을 주선하다 보면 여대생들이 미군 병사에게 관심과 호의를 가지고 덤비는 것을 자주 보았다. 한국 남자들에게서 느끼지 못하는 매너와 서비스를 받기 때문에 호감이 가는 것이다. GI들은 여자를 만나면 물질 공세를 퍼부어 매료시킨다. 한국 남자들에게 없는 호감이었다. 그녀들이 돌아갔다.

보면은 날 폭행죄로 고발하지 않았다. 그리고 자연을 잠시 만나지 않았다. 그녀도 부대로 찾아오질 않았다. 그런데 보면 중대장이 전에 없이 매주 외출을 하기 시작하였다. 그의 행동을 지켜보았다. 그는 밤늦게 돌아오거나 때론 다음날 들어오곤 하였다. 평소에 기지촌 아가씨들은 거들떠보지도 않던 그가 외출이 잦은 것은 애인이 생겼다는 징조였다. 그런 어느 날 해경 씨가 날 찾아왔다.

"영민 씨 자연이 그 미군 대위와 모텔을 드나들어요."

"뭐라고요? 보면 대위와 모텔을 드나든다고요?"

"네, 주일마다 만나 모텔에 가나 봐요."

난 곧장 보면 중대장 BOQ로 달려갔다. 마침 그는 독서를 하고 있었다.

"무슨 일이야? 김병장." 녀석은 능청스럽게 물었다.

"중대장님, 내 애인 강자연을 만난다면서요?" 단도직입적으로 물었다. 그는 얼굴을 붉혔다.

"사귀는 것이 아니고 영어 회화를 가르치고 있어요. 개인 교습을 받고 싶다기에 만나서 공부하는 거예요."

"영어 공부? 어디서요?"

"그건 묻지 말아요. 강자연 씨는 김병장이 결혼할 상대는 아니라던데."

"뭐라고요? 자연이 그렇게 말했어요."

"그렇다니까. 분명히 그렇게 말했어. 나하고 사귀고 싶다는 거야."

"경고하는데 다시 한번 자연을 만나면 계급장 떼놓고 중대장님을 죽여버릴지도 몰라요."

"날 죽이겠다고? 난 장교야, 사병이 장교에게 대하는 태도가 불손하면 널 영창에 보낼거야."

"개자식, 아임 킬 유. 센 어머 비치, 더러운 새끼야." 이성을 잃고 소릴 질렀다.

보이는 것이 없었다. 하늘이 무너지는 것 같았다 설마했는데 그녀가 보면 대위와 모텔을 드나드는 사실을 안 이상 도저히 참을 수가 없었다. 욕설을 퍼붓고 나와 자연에게 전화를 걸었다. 그러나 자연은 전화를 받지 않았다. 그녀는 학교 옆에서 방을 얻어 자취하고 있었는데 이사를 했다. 소식도 끊기고 전화도 안 되었다. 그 후 3개월이 지났다. 저녁 식사를 마치고 도서실로 갔다. 그런데 자연이 도서실에서 잡지를 만지작거리고 있었다.

"강자연, 웬일이야? 왜, 어떻게 이곳에 와 있는 거야?"

그녀는 나와 눈을 마주치지 않으려는 거부의 낯빛을 지었다.

"오랜만이야. 사실은 보면 중대장이 불러서 왔어. 우리 영어회화 공부하는 중이야. 중대장이 개인 교습을 해주기로 했어."

"영어 공부를 한다고? 그런데 왜 날 피하는 거야?"

“우리 그만 만나. 나 영민 씨가 싫어.”

“보먼과 동거를 한다고?”

“그래, 상관마. 나 보먼 대위를 좋아해. 결혼할 거야.”

나는 그녀 뺨을 후려갈겼다. 그녀는 울음을 터뜨리고 말았다.

“갈보 같은 년, 잘 들어. 그는 언제 떠날지 모르는 군인이야. 좋아했다간 너만 손해 봐. 너만 상처 입고 너만 비참하게 된다고.”

“그럴 리 없어. 우린 서로 사랑한다고, 결혼하기로 했어.”

“넌 갈보야. 기지촌 양갈보와 뭐가 달라? 섹스하고 돈 받는 양갈보.”

“갈보라니, 난 보먼 대위를 사랑하고 곧 결혼도 할거야.”

“미쳤구나. 더러운 창녀 같은 년.”

다시 그녀의 뺨을 후려갈겼다. 그때 보먼 대위가 들어오면서 소리쳤다.

“김병장, 미개인 같이 여자를 때려, 널 가만두지 않을 거야.”

“그래, 나도 가만있지 않을 겁니다. 장교가 남의 애인을 엿봐요, 너 같은 놈은 가만둘 수가 없어.”

“난 중대장이야. 말 함부로 할 거야?”

“지금 계급장 없는 사복차림이야. 널죽이고 말거야.”

난 이단 옆차기로 날아 보먼 중대장의 얼굴을 강타했다. 썩은 나무처럼 쓰러졌다. 다시 주먹으로 놈의 옆구릴 갈겼다. 녀석은 숨을 쉬지 못하고 컥컥대고 있었다. 녀석은 내 태권 무도에 위협을 느꼈는지 파랗게 질려 말을 못 하고 손을 휘저었다. 자연은 놀라 벌벌 떨고 있었다. 보먼 대위의 입술에서 피가 솟고 있었다. 태권도 5단의 실력이 발휘된 것이다. 계급장 떼놓고 속 시원하게 가격했다.

"폭행은 죄악이야. 미군 장교를 때렸으니 널 영창에 보낼 거야."

"그래, 보내. 영창 갈 각오가 되어 있어."

자연은 벌벌 떨고 있었다.

"강자연 똑똑히 들어. 내가 싫은 것은 어쩔 수 없다. 그런데 이 놈을 만나지 마, 네 인생이 끝장나는 거야."

보먼 대위는 매섭게 날 응시했다.

"널 상관 폭행죄로 고발할 거야. 당장 락아미(한국군)로 보내고 말겠어." 보먼이 소리쳤다.

"내가 폭행했다고 고발해라. 나도 내 애인을 성폭행했다고 고발할거야."

"김영민, 잘 됐네, 다시 너와 만나는 일은 없을 거야." 자연이 소리쳤다.

보먼은 얼굴의 피를 닦으며 일어났다. 자연은 보먼의 얼굴 상처를 만져 주었다. 보먼은 그녀를 데리고 나갔다. 속이 상해서 견딜 수가 없었다. 병영을 나와 하염없이 기지촌을 쏘다니다가 어떤 술집에서 조니 워커를 시켜놓고 인사불성이 되도록 마셨다.

누가 양공주에게 돌을 던지랴

보먼 중대장이 카투사 애인을 빼앗은 소문이 부대 내에 짝 퍼졌다. 그리고 나와 보먼 중대장이 싸운 이야기도 알려졌다. 570 캠프 부대장이 소식을 전해 듣고 보먼 중대장을 불러 문책했다는 이야기가 들렸다. 그런데 내겐 아무 말도 안 했다.

부대장은 570 캠프 미군 전 장교와 사병에게 품위를 유지하라고 정신교육을 강화하였다. 장교는 품위 유지와 병사는 성 문란 행위를 금지하라는 것이었다. 그러나 중대장과 나와의 다툼은 묵시하는 것 같았다.

기지촌의 밤

캠프 메이저를 둘러싼 기지촌의 밤은 미군 병사와 양색시들의 광란이 불야성을 이룬다. 일단 제복을 벗고 병영을 벗어난 병사들은 자유분방하게 기지촌 문화에 젖어 지냈고 상인과 양색시들은 유객 행위에 집착했다. GI를 유혹하는 양공주의 모습은 어떤 죽음도 불사한 불나비 같았다. GI들은 찬란한 밤의 유희를 즐기고 다녔다. 일요일마다 캠프의 주 출입구엔 양색시들의 출입이 잦았고 면회 손님으로 가득 차 있었다. 양색시들은 사랑에 굶주린 하이에나처럼 먹이를 찾아 혈안이 되어 있었다.

하루살이 유희를 즐기려는 추태는 이곳뿐 아니라 기지촌의 어느 곳에서나 볼 수 있는 풍경이었다. 패션쇼를 방불케 하는 화려한 의상에 섹시한 치장으로 튀어 보이려는 몸짓이 경박하기 짝이 없었고, 그 환상을 쫓는 병사들의 취한 몸놀림과 거릴 방황하는 고성방가는 기지촌의 밤을 혼란케 하였다.

누가 그녀들에게 돌을 던지랴. 겉으론 어둡고 추한 면을 보여주지만, 내부론 인간적인 감성과 인정이 서려 있었다. 생각하면 60~70년대 그녀들만큼 외화벌이로 나라를 위하는 사람은 없었다. 기지촌은 외화를 벌어들이는 시장이었다. 그녀들이 몸을 팔아 벌어들인 외화는 정부 재정에 큰 보탬이 되었다. 그런 외화벌이 산업역군을 사람들은 추한 양갈보라고 비난하였다. 비록 화대 받고 서비스를 하지만 한편으론 외로운 GI들이 편안한 병영생활을 하도록 정신적인 안정을 주는 천사였다.

아무튼, 양색시들은 나름의 비법으로 돈을 버는 마력을 갖고 있었다. 색시들 간에도 빈부 차는 있었다. 잘나가는 색시들은 돈을 좀 만지지만 외면당하는 색시들은 언제나 가난한 외톨이였다. GI들은 예쁜 여자를 찾는 것이 아니고 색정을 잘 풍기는 여자를 좋아했다.

휴일의 정문 휴게실은 패션쇼장을 방불케 하였다. 빨간 머리, 노란, 파란, 형형색색의 헤어 스타일에 긴 속눈썹까지, 고양이 발톱 같은 손톱은 이색적인 네일 아트였다. 예쁜 속눈썹에 땀이 밴 분가루가 덕지덕지 번져 추악하게 덮어씌운 화상으로 입가에 바른 미소는 죽은 자의 얼굴 같았다. 그나마 살을 파고드는 타이트한 백바지에 드러난 팬티 라인이 성적 자극을 촉발하였다. 짧은 미니 스커트는 쭉쭉 빵빵 성역이 보일 듯 말듯 눈을 즐겁게 하였고 뽕을 넣은 풍만한 가슴은 욕정을 발산케 하였다. 하지만 미군이 좋아한다는 색정의 향수를 맡으면 구역질이 났다.

"박병장, 나 어때? 튀지 않아?"

늙은 양색시가 정문지기 SP 카투사에게 물었다.

"아줌마, 너무 진해. 도깨비 같다니까."

"양놈들은 이런 모습을 좋아하는데 허튼소리야."

"제발 그 향수 좀 뿌리고 다니지 말아요, 구역질 난다니까."

SP 박병장이 거칠게 쏴붙인다. 보다못해 내가 한마디 한다.

"박병장, 너무 심한 것 아냐. 그것이 그녀들의 생명이야."

"꼴사나워서 그런다. 난 종일 너같은 꼴값에 시달린다니까." 그다운 불만이었다. 그러나 색시들은 아랑곳없이 나댄다. 담배 냄새

211

와 화장 냄새와 바디로션 냄새가 믹서 되어 숨을 막히게 한다. 미군들이 이 고약스러운 향수를 좋아한다니 알다가도 모를 일이다. 역겨운 향수는 몸 냄새를 중화하는 목적도 있지만, 그 냄새가 성감을 자극한단다. 이런 암내 나는 향수로 미군들의 코를 마비시켜 주머닛돈을 우려내는 것이 그녀들의 목적이었다.

게이트에서 천방지축 떠들어 대는 그녀들을 보고 있노라면 대체 이곳이 병영인가, 사교장인가 분간하기 어려울 때가 많았다. 게이트 경비 SP들은 성 둔감자들이다. 사실 8군에서도 군인들의 탈선 사고를 방지하는 엄한 규약을 내놓고 있지만 사기를 꺾지 않으려고 느슨하게 규제를 풀어놓았다. GI들은 의무와 책임보다는 생존을 위한 돈벌이로 병영생활을 하고 있었다. 양색시들은 그들의 심리를 최대한 이용하여 돈을 후려내는 기술을 갖고 있었다. 이런 상황은 세계 각 곳의 미군 주둔 기지촌에서 볼 수 있는 공통적인 현상이었다.

기지촌에서 마음대로 휘두르는 욕정으로 불행한 생명이 잉태되었고 그 씨앗들은 혼혈아란 상처를 안고 태어나서 끝없는 방황을 하고 있었다. GI들이 한국전쟁 이후 5만의 혼혈아를 낳았고, 오키나와에서 10만, 월남전에서 15만이란 혼혈아를 잉태시켰다. 그렇게 태어난 불행한 씨앗들은 그 사회의 암울한 존재로 떠돌고 있었다. GI들과 양색시들은 그런 불행한 아이를 낳지 않으려고 애를 쓰고 있지만 얼떨결에 아일 만들곤 하였다.

특히 금요일 오후 저녁이면 게이트 SP들의 행보는 바쁘다. 방문하는 면회 손님을 체크하는 일과 수시로 정문을 여닫는 차량 출입 통제는 쉴 새 없이 이루어진다. 부대를 방문하는 사람과 차량의 출처와 신분을 확인하는 일로 지쳐 있었다. 겉으론 정문 관리가 엉성한 것 같지만 엄격한 규율이 적용되어 일사불란한 체계를 갖추고 움직인다. 미군들은 공사를 구분하여 의무와 책임을 분명히 한다. 근무시간엔 사적인 감정이나 무질서는 통용되지 않는다. 조금이라도 군율에 어긋나면 가차 없이 징계를 받는다.

일과 후 게이트에서 죽치는 색시들은 초대하는 병사 없이 즉석 불고길 노리는 자들이었다. 애인을 만나면 다행이지만 공치는 날엔 애맨 담배만 피워대고 있었다. 그렇게 기지촌의 밤은 환상의 불야성을 이룬다.

일요일이다. 오늘도 자연을 만나러 갔으나 그녀는 없었다. 안타까운 것은 그녀가 보먼의 애인이 되었는데 난 그녀를 찾아다니는 바보가 되었다. 정말 돌아올 수 없는 강을 건넌 걸까. 과연 보먼 대위가 그녀와 결혼을 해 줄까?

그녀에게 배신당하고 기지촌을 헤매는 나의 일탈 된 방황은 끝이 없었다. 기지촌의 카페나 주점에선 손님 떨어진다고 카투사를 싫어하는 바람에 난 이집 저집 주점을 기웃거리며 술자릴 찾아다녔다. 겨우 골목 끝 집으로 들어섰다. 술 취한 GI 두 명이 아가씨 한 명을 놓고 실랑이를 벌이고 있었다. 뻔한 모습이다. 한 놈 값으로 두 놈이 해보자는 흥정이다. 암컷 한 마리를 놓고 두 수컷이 벌이는 실랑이가 애처롭다.

구석 자리에 자릴 잡고 앉자, 여급이 위스키 한 병을 갖다 놓는다. 위스키 잔을 기울며 건너편에서 발광 떠는 양색시와 백인 병사의 몸부림을 응시하고 있었다. 여자는 괴성 같은 신음을 내지른다. 카페에서 정사가 벌어지고 있었다. 누가 보건 말건 돈을 위해서 아무에게나 몸을 내맡기는 양색시의 용기가 가증스럽다.

창밖의 어두운 조명 아래서 다른 양색시 한 명이 담배를 물고 카페의 나를 주시하였다. 내가 손짓으로 부르자 그녀는 미소를 지으며 카페 안으로 들어왔다.

"이봐요, 카투사. 합석할까. 몹시 쓸쓸해 보이네. 나도 지금 외롭거든, 우리 외로운 사람끼리 술이나 마시면서 외로움을 달래 볼까?" 그녀는 혀 굽은 소리로 말했다.

"좋아요, 같이 달래봅시다."

그녀는 씽긋 웃고는 내 옆에 앉았다. 역한 화장 냄새가 물씬 코를 자극하였다. 이곳에선 보기가 드문 20대 후반의 미인이었다.

"김병장님, 속상한 일이 있나봐요. 우울한 표정이 너무 슬퍼요."

"그래요. 가슴 아픈 상처가 있답니다."

"그럴 땐 섹스가 최고예요. 내가 위로해 줄까요." 그녀는 요염한 눈짓으로 말했다.

"정말 나하고 섹스할 수 있어요?"

"그렇다니까요. 애인에게 차였어요?" 그녀가 물었다.

"네. 실연당했어요."

"나도 머저리 같은 놈을 차버렸어요."

"차인 거나 찬 거나 아프긴 피장파장이야. 비참한 사람끼리 술이나 마시죠."

"맞아요. 갈 사람은 가라고 해요. 붙든다고 머물 사람이 아니라면 일찍 보내버리는 것이 좋아요." 내 심정을 꿰뚫는 듯 말했다.

"정말 재미있는 표현이군요. 갈 사람은 일찍 보내버려라."

"그래야 편해요. 써전 킴 와이 엠, 나와 사귀어요. 전 하신해라고 해요. 이곳에 온 지 3년 됐어요. 그래 봬도 버터랑 양색시라오."

"하신해 씨, 우리 멋지게 술이나 마셔요. 술은 제가 삽니다."

"군인이 무슨 돈이 있겠어요. 저 돈 많아요. 화대를 받잖아요."

우린 주거니 받거니 진한 술자리를 만들고 있었다. 양주 한 병이 비워질 때 필름이 끊기는 것을 의식했다.

"저 애인 한 명 소개해 줘요." 그녀가 말했다.

"나와 사귀자면서요?"

"그래요, 사귑시다. 애인은 애인이고 돈 되는 양놈은 하나 있어야죠. 살림할 수 있는 놈이면 좋고 흑인도 괜찮아요."

양공주도 급수가 있었다. 백인 상대 양공주는 백인만, 흑인 상대 양공주는 흑인만 상대한다. 백인 GI들은 흑인이 상대한 양공주는 만나지 않는다.

"살림할 놈을 구할러니 어렵네요. 부탁해요."

"알겠습니다. 멋진 놈 하나 소개해 드리죠."

"고마워요, 김영민 씨 우린 친구예요. 대학 졸업을 하고 입대했나봐요."

"네."

"전 대학 중퇴했어요." 그녀는 물어보지 않은 말을 하였다.

"왜, 중퇴했어요."

"가정 형편이 안 좋아서 학업을 계속할 수가 없었어요. 먹고 살기 위하여 기지촌에 왔어요?"

그녀는 외모에서 지적인 이미지가 풍겼다. 기지촌에선 흔히 볼 수 없는 지성파 여인이었다.

"먹고 살기 힘들다고 다 양색시가 되는 것은 아네요."

"도둑질하는 것도 아니고 건강한 몸으로 매춘하는데 뭐가 잘못 됐나요?" 그녀는 자신의 선택이 나쁘지 않다고 역설하였다.

"하긴 그래요."

한국전쟁 후 부모 형제를 먹여 살리려고 기지촌에서 매춘하는 여성들이 많았다. 그런데 그녀들을 보는 시선은 곱지 않았다. 비록 매춘은 하지만 남에게 피해를 주지 않았다. 역사적으로 어느 시대나 세계 어느 나라를 가든 외인부대가 있는 곳엔 기지촌이 있고 매춘녀가 있었다. 외로운 병사들에게 성적 욕구를 충족시켜주고 매춘하는 것은 어쩜 상부상조였다. 충만한 성적 욕구를 풀지 못하면 일탈이 일어난다. 때문에 병사들의 욕구불만을 해소하기 위하여 기지촌엔 사창가가 자연 발생하였다. 그런 관점에서 양색시에 대한 선입견을 바꿔야 한다.

"영민 씨, 우리 집으로 가요. 100년 묵은 코냑이 있어요."

"전 지금 취했습니다. 귀대해야 한답니다."

"좀 늦으면 어때요? 제가 확실하게 해줄게요."

그녀는 내 손을 끌어당겼다. 난 그녀에게 끌려 거리로 나왔다. 기지촌의 밤은 화사한 인간 꽃들로 가득 차 있었다. 술 취한 GI들이 떼를 지어 다니며 소릴 버럭버럭 질러댔다. 취해서 휘청거리며 비틀대는 모습이 굶주린 이리떼 같았다. 하신해는 내 팔에 가슴을 대고 매달렸다.

"오늘 밤 당신을 놓치지 않을 거요."

난 그녀를 힘껏 포옹했다. 그녀는 내 입술에 진한 키스를 하였다. 나는 뜨겁게 키스를 받아주었다. 미군 병사들이 아니꼬운 눈초리로 바라보았다. 수컷들은 암컷만 보면 순간적인 발작을 일으키는 본능을 가졌다. 이 기지촌에선 원색의 본능만이 존재할 뿐이었다.

"카투사와 노는 저년이 누구야?" 지나던 GI가 한마디 던진다.

"조용히 가라. 난 카투사가 좋아, 치사하게 화대를 떼먹는 놈들은 싫어."

그녀는 집적거리는 놈을 밀쳐 내면서 매섭게 쏘아붙였다. 양색시도 격이 있었다. 백인과 상대하던 색시가 흑인과 놀면 백인은 절대 안 찾고. 흑인과 놀던 색시는 한바닥에선 언제나 흑인만 상대하는 철칙이 있었다. 아무튼, 기지촌 색시들은 가지고 노는 인종에 따라 급수가 다르다. 그렇게 그녀들 나름의 자존심이 불문율처럼 차별화되었다. 그녀는 내 팔을 끼고 보란 듯이 호객하는 양색시들 사이로 걸었다. 한 년이 시빌 걸었다.

"지가 이 바닥에서 어떻게 장사를 하려고 카투사를 끼고 다녀?"

"걱정마, 난 나대로 살 테니 넌 너 식대로 살아라."

하신해는 한마디 뱉었다. 카투사와 놀면 GI들은 그녀를 절대 찾지 않을 텐데 하신해는 날 붙들고 보란 듯이 거리를 활보하였다. 기지촌의 밤은 취한 놈들과 싸우는 놈들, 소릴 지르는 놈들이 원초적인 본능을 발산하려고 광분하였다. 그녀의 집은 깨끗한 주택가의 2층 양옥집이었다.

"내 방은 2층에 있어요. 혹시 옆방 친구가 GI를 불렀을지 몰라요. 모른 척해요."

우린 2층으로 올라갔다. 방은 3개인데 하나는 공동 접견실이고 한 개는 그녀의 방이고 한 개는 다른 계집애 방이었다. 접견실을 지나는데 흑인 GI와 아가씨가 쿵쿵거리고 있었다. 좋은 화대를 받을 것 같았다. 그녀가 우릴 보고 말했다.

"하신해. 어떻게 된 거야. 카투사를…?"

"어때 내 친구야. 남자 친구."

"너 미쳤니? 양놈들이 보면 손님 떨어져. 너 장사 그만할 거야?"

"걱정하지 마, 괜찮아, 내 일이야." 하신해는 자신만만하게 말했다.

"별꼴이야."

이 동네는 미친놈들만 사는 곳이다. 이곳에서 미치지 않으면 살지 못한다. 난 그녀의 방으로 들어섰다. 은은하게 성감대를 자극하는 색등이 베드를 감싸고 있었다. 그녀는 은은한 음악을 틀었다. 그리고 내게 안겼다. 취기에 그만 그녀를 포옹했다. 그녀는 옷을 벗어 던졌다. 마지막 브레이저와 팬티까지 벗어 던지고 실오라기 하나 안 걸친 나상으로 멋진 포즈를 취해 보였다. 여체의 아름다움, 세상에서 가장 예쁜 조각이었다. 너무 아름다운 그녀의 육체를 난 정신없이 바라보고 있었다. 그녀는 날 베드에 넘어뜨렸다. 원색의 본능이 작용했다. 온몸이 땀으로 젖었다.

"영민 씨 어땠어? 나 괜찮지." 그녀는 미소를 지으며 말했다.

"취해서 뭐가 뭔지 느낌이 없었어요."

"다 그런 거랍니다. 잊지 말고 화대 많이 내는 GI 한 명 데리고 와요. 이건 계약서와 계약금이에요."

그녀는 다시 화끈하게 당겨 주었다. 밤늦게 귀대 시간을 맞추어 부대로 들어갔다.

그녀와 만난 즐겁던 한 주가 지났다. 저녁에 영내 클럽에서 스트립쇼가 있다는 벽 포스터가 붙어 있었다. 한국 연예인들과 쇼걸들이 위문 공연을 오는 날이었다.

"김병장 어디 갔던 거야? 오늘 밤 스트립쇼에 널 초대하려고 해."

디호벤 중사가 찾아와서 말했다. 그러잖아도 하신해란 여자를 소개해 주려고 했는데 잘 왔다 싶었다. 그는 날 자신의 BEQ(하사관 막사)로 데리고 가서 맥주를 내놓았다.

"디호벤 중사. 네게 예쁜 여자 한 명 소개해 줄게."

"여자? 싫어. 너 알잖아. 나 기지촌 아가씨들을 안 만나는 것 말야."

"몸 파는 여자가 아니야."

"그래, 그렇다면 한번 생각해 보지."

"참하고 지적 매력 있는 대학출신 여자야."

"그건 그렇고 오늘은 스트립쇼 구경 가자."

"돈이 없어. 카투사 봉급이 월 700원인데 10불(9만원)의 쇼를 어떻게 보니?"

"내가 티켓을 끊어준다니까."

"그래, 고맙다. 그럼 가야지."

"저녁 9시에 공연인데 우리 술이나 마시자."

"술은 클럽에 가서 마시자."

"클럽에 가면 술값이 비싸니 이곳에서 반쯤 취해서 가자고."

그는 술을 더 내놓았다. 난 곧장 하신해에게 전화를 걸었다.

"빨리 부대로 와요. 친구 한 명 소개해 줄 테니."

"홍미없어. 난 양색시를 싫어한단 말이야." 디호벤 중사가 쌀쌀맞게 말했다.

그는 양색시 뿐 아니라 여자를 싫어하는 완벽증이 있었다. 디호벤 중사는 중국계 GI인데 자린고비처럼 인색했다. 여자를 안 밝혀서 돈이 많은 부사관이라고 소문이 나 있었다. 피부가 황색인 그는 무척 외로운 하사관이다. 그는 날 좋아했다. 나이는 많지만 친구로 생각하고 있었다. 그동안 우린 자주 맥주를 마시며 많은 이야길 나누었다. 한국의 문화와 미국의 문화 그리고 중국의 문화를 비교 비판하는 사이였다.

그는 한국에 관한 상식이 많은 GI인데 피부에 종기가 날 정도로 한국인을 싫어했다. 왜 그런지 이유를 알지 못했다. 기지촌의 양색시들은 그를 싫어했다. 카투사들도 무자비하게 일을 시키는 그를 싫어했다. 보통 때는 유순하지만 작업장에선 가혹하게 카투사를 부려 먹었다. 그런 이유로 한번 호되게 패주었더니 그 후론 나를 무서워하고 곧 친하게 되었다.

"디호벤 중사, 기대해 봐. 참 착한 여자가 올 거야."

"나 여자를 싫어한다니까."

하신해가 도착하였다. 곧장 게이트로 가서 그녀를 데리고 왔다.

"하신해 씨 인사해요. 내 친구 디호벤 중사예요."

"하신해입니다."

"반갑습니다. 디호벤입니다. 말은 들었습니다."

"초대해 주셔서 영광입니다." 하신해는 그를 보고 미소를 지었다.

"난 김영민 병장과는 막역한 사이죠. 오늘은 제가 한턱 내겠습니다."

디호벤은 하신해와 나를 데리고 클럽으로 갔다. 클럽 안은 벌써 입추의 여지없이 병사들로 차 있었다. 웨이터가 잡아주는 자리에 앉았다.

웨이터는 버드와이저 맥주를 날라왔다. 술값은 즉석에서 디호벤이 현금으로 지급했다. 우린 서로의 잔을 채워주었다. 난 언제나 양놈들을 대할 때 우리 풍습대로 술잔을 따랐다. GI들은 익숙하지 않아 처음엔 싫은 표정을 지었다. 즐겁게 주거니 받거니 잔을 비우고 마시는 재미를 알았다. 그때였다. 옆에서 술을 마시고 있던 양색시 한 명이 기분 나쁘게 바라보며 한마디 내뱉었다.

"이봐. 엽전 주제에 무슨 맥주를 마셔. 어울리지 않아. 엽전은 막걸리나 마셔야 격에 맞아. 된장 냄새 풍기면서 무슨 맥주야?"

이런 말은 수십 번 들었다. 양색시들이 카투사에게 던지는 말이다. 계집은 취해 있었고 그 옆엔 산맥 같은 흑인 병사가 버티고 앉아 있었다. 난 그녀를 매섭게 쏘아보았다.

"왜 내가 말 잘못했어? 거지처럼 양놈 술이나 얻어먹는 불쌍한 놈아."

오장육부가 뒤집히는 말이었다. 난 참을 수가 없어 벌떡 일어났다.

"너 뭐라고 했어? 다시 말해봐. 막걸리나 처먹으라고…"

"그래 틀렸어? 양놈에게 구걸해 먹잖아."

난 그녀의 얼굴에 술잔을 부어버렸다.

"양갈보 주제에 잘 난 척은, 넌 몸 팔아먹는 쓰레기 아냐?"

"그래 몸 판다. 허지만 얻어먹진 않아. 우린 외화벌이 애국자라고."

"이 계집애가 보이는 것이 없구먼."

옆에 있던 흑인 남자 친구가 일어나서 나의 목덜미를 잡고 내동 댕이쳤다. 폭행에 참을 수가 없었다. 일어나서 태권도 5단, 유도 3 단 실력을 발휘하여 녀석을 걸어찼다. 큰 덩치가 '쿵' 하고 떨어졌 다. 난 녀석의 목을 눌려버렸다. 녀석은 컥컥대고 있었다.

"운이 좋은 줄 알아. 그리고 여자 친구 잘 대해줘라."

"이 자식이 사람 잡네." 양색시가 소리쳤다.

"말조심해. 카투사를 깔보지 말란 말이다."

놀란 흑인 병사는 눈치를 슬슬 보며 애인을 데리고 나갔다. 미 군들이 손뼉을 쳤다.

"너 무술 실력 장난이 아니네." 디호벤이 감탄사를 연발하였다.

하신해는 아무 말 없이 술만 마시고 있었다. 갑자기 조명이 꺼 지고 원탁의 무대가 돌아갔다. 스트립쇼 시간이다. 사회자가 한국 의 호텔에서 춤추는 무희를 소개하였다. 한바탕 소란한 음악이 울리면서 각선미가 쭉쭉 빠진 백 댄서들이 나와서 현란한 춤으로 워밍업을 하였다. 그리고 무대는 다시 어두워지고 스트립 쇼걸이 등장하였다. 스트립 걸은 한 꺼풀 한 꺼풀 옷을 벗어 던졌다. 훤칠한 키에 잘 빠진 몸매, 그녀는 어느덧 나상이 되어버렸다. 그리고 흐느적이며 춤을 추기 시작하였다.

객석이 술렁이기 시작하더니 흥분의 도가니로 접어들었다. 그녀는 광적인 율동으로 파충류처럼 몸을 흔들었다. 관객들은 황홀한 그녀의 몸짓에 빠져들었다. 그때 한 병사가 무대로 올라섰다. 그리고 섹스 전위 동작을 취했고 그녀는 그의 요구대로 자세를 취해주었다. 춤은 계속되었다. 한참 후 그녀는 객석으로 내려왔다. 흥분한 군인들이 그녀의 둔부와 가슴을 만졌다. 그렇게 그녀는 객석을 한 바퀴 빙 돌고 다시 무대로 올라와서 광란의 춤을 추기 시작하였다.

그때였다. 내 눈길이 머문 곳은 다정하게 포옹하고 술을 마시는 보먼 중대장과 강자연의 모습이었다. 그녀는 보란 듯이 보먼의 얼굴에 키스를 하였다. 난 그들 쪽으로 다가갔다.

"강자연, 양갈보가 된 기분이 어떠냐?"

"김병장, 여길 어떻게 알고 왔어?" 보먼 대위가 떨리는 음성으로 말했다.

"보먼 대위님, 앞으로 저 여자를 어떻게 할 거요?"

"응, 우리 결혼할 거야. 김병장 걱정마."

"뭐요, 결혼?"

"그래요, 우리 결혼할 거야." 자연이 말했다.

"병신 같은 년, 두고 보자. 결혼하면 내 손에 장을 지진다."

"무슨 악담이야? 제대 후 우린 미국에 가서 신혼 생활을 할 거라고요."

"뭐라고? 꿈도 야무지네. 이건 충고인데 보면이란 놈, 미국에 약혼자가 있단다. 그래 결혼 축복해 줄게, 더러운 양갈보." 욕을 퍼붓고 내 자리로 돌아왔다.

"중대장 애인에게 무슨 말 버릇이야?" 디호벤이 충고하였다.

"저 여자, 중대장의 애인이기 전에 내 애인이었다."

"디호벤 중사, 우리 클럽을 나가서 마시자."

하신해가 제안했다. 우리들은 곧장 클럽을 나와서 부대 밖 그녀의 집으로 갔다. 디호벤은 의아한 표정을 지었다.

"디호벤 중사, 하신해 씨는 이 동네 양색시야." 사실을 이야기했다.

"뭐라고? 너 날 속였어." 디호벤은 실망의 표정으로 바라보았다.

"그녀는 이곳의 양색시와는 달라. 대학을 중퇴한 인텔리란 말이야."

디호벤은 그녀가 양색시란 말에 얼굴을 붉혔다.

"실망하지 않은 친구가 될게요. 디호벤 중사를 사랑할 것 같아요.”

하신해가 프러포즈를 했다.

“글쎄요. 번지수를 잘못 찾았어요.” 그는 일어났다.

“왜 그래. 디호벤.”

“김병장 이럴 수가 있어, 양색시를 내게 소개해 주려고 했던 거야?”

“디호벤 중사. 하신해 씨 기지촌 색시 같은 부류가 아니야.”

“말 삼가해. 저 여자는 양색시야.”

그는 벌떡 자릴 박차고 일어나 버렸다. 그녀는 그런 디호벤을 쳐다보고 가소로운 표정을 지었다. 넌 그래도 내 손바닥에 놀거야. 내게 찍힌 너는 내 품에서 벗어나지 못할 것이다, 라는 듯 조소를 지었다.

“미안해요. 녀석이 기지촌 여자들이라면 알레르기 반응을 일으켜요.”

“걱정 마요. 그놈 언젠가는 내게 올 거예요. 내가 잡겠어요.”

클럽에서 양색시에게 당하고 자연으로부터 모욕을 당한 감정으로 울적했는데 디호벤까지 자릴 박차고 가는 바람에 기분이 엉망이 되어버렸다.

“미군 대위와 같이 있던 그 여자가 애인이었어요?” 하신해가 다정하게 물었다.

“그래요. 내 애인인데 그놈에게로 갔어요.”

"싫다는 년 보내버려요. 다음에 양갈보가 되어 돌아오면 받아주지 말아요."

그녀는 술을 내왔다.

"그래요, 우릴 술이나 취하도록 마십시다."

"좋아요. 김병장님. 인사불성이 되도록 마셔요."

생각하면 분통이 터져 견딜 수가 없었다. 자연이 그렇게 미칠 줄은 몰랐다. 여자의 마음은 갈대와 같은 것이라고 하신해가 답답한 나를 위로해 주었다.

"싫다는 여자는 버려요. 복수하려는 생각 말아요. 내가 보기엔 그녀는 행복하지 못해요. 대위란 놈이 그녀를 실컷 이용하고 찰 거에요. GI들 다 그런 족속들이에요. 내 친구도 그랬어요. 어디 가서 잘 되나 저주나 하세요."

하신해는 나를 유혹했고 나는 그녀를 품었다. 놀아본 여인 중에서 가장 색기가 있는 여인이었다. 밤늦도록 술을 마시고 자정에 부대로 돌아왔다. 다음 날 저녁 난 몹시 취한 상태로 중대장 보면 대위의 BOQ로 찾아갔다. 절대 자연을 버리지 않겠다는 약조를 받으러 갔다.

"김병장, 웬일이요?"

"강자연을 불행하게 하면 가만두지 않겠습니다."

"중대장에게 하는 말버릇이 왜 그래? 넌 우리 사이에 끼어들지 말아요."

"안 끼어들 테니 절대 그녀를 버리지 말아요."

"지금 나를 협박하는 거요? 상관 모독죄로 처벌할 거야."

"중대장님을 죽이고 싶어요. 스텝판 보면 대위님, 강자연을 버리지 마셔요."

"또 폭행하면 당장 헌병을 부를거야."

녀석의 태도에 화가 났다. 이판사판 병영을 끝내고 싶었다.

"헌병을 불러요." 중대장의 멱살을 잡고 흔들었다.

"치기만 해봐."

녀석을 밀쳐버렸다. 그는 쓰러져서 벌벌 떨고 있었다.

"헌병을 부를 거야."

"그래 헌병을 불러요. 난 무서울 게 없어요."

한바탕하고 나니 답답한 가슴이 좀 풀렸다. 녀석은 전화길 들었다가 놓았다. 문제가 심각해지면 자신의 진급에 큰 지장이 있다는 걸 안 것 같았다. 나는 그의 BOQ를 나왔다.

다음날 중대장은 얼굴에 파스를 붙이고 근무했다. 일과 후 디호벤이 말끔한 차림으로 쌕 버스(군용버스)정류장에 서 있었다.

"어디에 가니?"

"하신해 집에 가는거야."

"뭐라고? 너 그렇게 되었어? 양갈보는 싫다며."

"아니야. 하신해는 양갈보가 아니야. 그녀는 최고 지성인이었어."

"원 자식도, 내가 뭐랬니. 좋아하게 될 거라고 했잖아."

"고맙다. 착한 여자를 만나게 해줘서 말이야."

"다음에 한턱 써라."

그는 버스를 타고 나갔다. 디호벤은 요즈음 하신해 때문에 신나 있었다. 그는 하신해와 동거를 하면서 인생이 즐겁다고 실실거리고 다녔다. 카투사와 사이가 좋지 않았던 그가 카투사에게 부드럽게 대했다. 외출에서 돌아온 디호벤이 내 막사로 찾아왔다. 그는 몹시 취해 있었다.

"김병장, 나 기분이 좋다. 우리 어머니가 돌아가셨단다."

"뭐라고? 어머니가 돌아가셨는데 기분이 좋아?"

"맞아, 기분이 좋아."

"이 망나니 같은 새끼가 있나. 어머니가 돌아가셨는데 기분이 좋다고?"

"그래, 어머닌 양갈보였어."

"양갈보! 그래도 낳아준 어머니야."

"기지촌의 양색시를 보면 어머니 생각이 나는거야. 그래서 싫었어."

"큰 상처가 있었구나."

그녀의 어머닌 오키나와 후텐마 미군 기지의 양색시였다. 이제야 그가 양색시를 싫어하는 이유를 알 것 같았다. 그렇지만 어머니의 죽음 앞에 웃고 있는 그가 한없이 가련해 보였다.

팀 스피리트 훈련

긴 겨울이 지나고 새봄이 되면 해마다 실시하는 한미 합동 팀 스피리트 훈련 명령이 하달되었다. 팀 스피리트 군사훈련은 미8군 전투병력과 미국 본토에서 지원 병력이 이동하여 합동으로 실전을 방불케 하는 전투 훈련이었다.

훈련의 승패는 준비였다. 전차와 병력이 이동하는 도강부교 설치가 중요했다. 570 공병부대가 그 역할을 맡았다. 전투태세 기강을 잡는 종합 인스펙션이 시행되었다. 부교 장비 점검은 병사의 개인 소지품까지 검사하였다. 부대장은 작전에 대비하여 전부대의 차량 및 중장비 활용 상태와 정비 상태를 섹션 별로 점검한다고 하달하였다.

GI들은 긴장하기 시작했다. 개인 장비가 문제였다. GI들의 장비 관리는 엉망이었다. 지급한 개인 장비나 소모품의 관리 상태는 거의 실종이었다. 하우스 보이에게 모든 개인 장비 관리를 맡겨 버렸기에 자기 물품이 뭐가 어디에 있는지조차 모른다. 이제야 GI들은 검열 준비에 똥줄이 타 있었다. 카투사들은 개인 장비는 물론 지급 비품 하나 훼손하지 않고 곱게 관리하고 있었다.

하우스 보이 태호는 검열을 앞두고 GI들의 부족한 개인 장비와 지급품을 채우려고 부산을 떨고 다녔다.

"너 부족한 개인 장비는 어디서 구해오는 거야?"

"구해오는 데가 있어."

"네가 빼돌린 도둑 물품들이지?"

"말조심해, 누가 들으면 정말인 줄 알겠어."

"짜식…" 난 빙그레 웃었다.

"이 새끼가 정말 골 때리네. 주둥아리 까지 마라."

꼭 보름 동안 검열 준비를 하였다. 마침내 검열 준비 완료, 장비와 개인 소지품을 인스펙션 하는 날이었다. 전 부대 장교들이 총동원되어 소속이 다른 중대를 검열하였다. 누군가 군대는 검열이 군기라고 말하였다.

인스펙션이 있는 날엔 모든 병력의 외출이 금지되는 비상상태에 돌입한다. 대원들은 밤새워 개인 장비를 정리하였다. 우선 의복을 정리하고 수통, 버클, 계급장, 워카 등 지급한 수량을 채우고 말끔하게 닦고 풀락카, 월락카의 내부 정리정돈을 규격에 맞게 하였다.

검열 D데이 전야, GI들은 월락카, 풀락카 안에 처박아 둔 개인 사물을 치우느냐고 부산했다. 대마초, 히로뽕, 기타 마약 등 감춰 둔 돈까지 치웠다. 태호는 미군이 간직한 대마초와 히로뽕을 치우는데 골치를 앓았다. 김태호, 이 대마초를 어디에다 숨기는 거야? 영내 숲속 동굴이 있어. 숲속 동굴? 응, 그곳에 숨겨두는 거야. 어딘데 내가 고발할 거야. 제발 나 좀 살려줘라. 녀석은 애걸하였다.

중대장들은 이 기회에 마약을 복용하는 사병의 명단을 확보해 녀석들의 범법 행위를 발본색원하겠다는 심증을 갖고 검열에 임했다. 만약 검열에 마약 소지 여부가 발각되거나 지적되면 당장 중징계를 받게 된다.

보먼 중대장은 개인 장비와 비품의 인스펙션 내용과 규격을 프린트물로 작성하여 나누어 주었다. 특히 개인 지급 관물 관리 정돈에 비중을 높이겠다는 것이었다. 부대장은 모터플의 장비 점검을 엄격히 하라고 지시했다.

'모든 부대원은 근무지 이탈 없이 정 위치에서 검열을 받을 것이며 모터플은 사무실 재산목록에 기재한 내용대로 차량 정돈과 운행상태를 점검 대형으로 배치하고 배차된 차량은 행적을 추적하여 귀대하라는 명령을 내린다. 그리고 이참에 대마초 등 마약을 투약하거나 숨겨둔 병사를 색원하라.' −570부대장−

나는 모터풀 디스패처(배차계)로써 차량 장부 정리를 완료했다. 모터풀 인스펙션 종목으로 정비소의 관리상태, 웰딩 샵의 화기 취급상황, 위험물 취급관리, 타이어 샵의 수량 확보, 몰딩 샵의 정비 등으로 잡혔고 장비구입, 폐기물 상황, 분실과 망실 상태를 철저히 따진다는 것이다. 주유소의 가솔린과 디젤의 공급과 소비 결산이 맞는지 차량 운행일지로 대조하겠다는 것이다. 준비를 철저히 했으나 털어서 먼지 안 나는 일이 없다고 한편으론 걱정이 태산 같았다.

차량 운행 상황과 운행일지, 차량정비, 상태를 로드 북에 섬세하게 기입하였다. GI들은 운행 후 기록 안 한 로드 북을 던져놓고 가기에 그것을 찾아 첨가 기록을 하는 데 애를 먹었다. GI 드라이버들이 작성한 운행 로드 북을 재점검하여 기재하지 않은 부분을 완성하였다. 사무적으로 GI들의 업무는 엉망진창이었다.

마침내 점검일, 검열관이 모터풀에 도착하였다.

'어텐핫, 모터풀 준비 완료' 책임 부사관이 보고하였다. 검열관은 트럭에 탑재된 부교 장비 다릿발을 하차시켜 수량과 부속 정비 여부를 정밀하게 검사하였다. 이 검열에서 다릿발의 부식이나 정비 불량이 나오거나 수량 부족이 나오면 가차 없이 책임자를 문책하고 망실 기계가 나올 땐 군법에 따라서 처벌을 받게 되었다. 20여 명의 검열 장교가 비품관리 운영 상황과 각 작업장 관리는 물론 중장비와 물품 개수까지 세세하게 체크하였다.

삼엄한 경계하에 일사불란하게 검열은 이루어졌다. 초긴장이 무겁게 병영을 짓누르고 있었다. 병사는 병사대로 장교는 장교대로 부산하게 뛰었다. 마침내 모터풀과 배차실은 거의 큰 지적 없이 검열을 마쳤다. 검열 현장에서 부대장이 부대원 앞에서 나를 호명하여 칭찬하였다.

"디스패쳐 카투사 KIM. Y. M 병장은 미국 육군 재산을 아끼고 잘 관리한 병사로 메이져 캠프 최고 모범 사병으로 표창하겠습니다."

모터풀 장병들이 박수로 환호했다. 부대장은 내 어깨를 두들겨 주면서 공적을 치하하였다. 인사과에선 나를 미8군 최고 모범 사병으로 상신하였다.

장비 검사가 섹션 별로 끝나고 개인 장비 검열이 있었다. 검열은 중대장들이 맡았다. 보먼 중대장과 쎄컨 루터난트(중위) 죤 제퍼슨 부관이 보좌하여 중대 막사를 체크하였다. 모두 긴장된 부동자세로 자기 관물 앞에 사열하고 있는데 부관과 보먼 중대장이 하얀 장갑을 끼고 근엄하게 들어섰다. 중대원이 자기 폴라카 앞에 정렬하였다. 어텐 헛, 막사 책임 하사관이 주위 정립을 하였다.

"지금부터 개인 소지품을 인스펙션 한다. 지적 사항이 둘 이상 나오는 병사는 징계를 받게 될 것이다."

부관 장교가 엄포를 놓고 중대장은 병사들의 장비와 복장 상태를 점검하기 시작했다. 부관은 지급품 개수를 세었다. 중대장은 월락카 위에 먼지를 하얀 장갑 손으로 훔쳤다. 장갑에 먼지가 묻어 나오면 불합격이다. 마침내 내 차례였다. 혹시나 개인적인 감정으로 핫타임을 주면 어떻게 하냐고 걱정했다. 중대장이 내 관물을 점검하려고 앞으로 다가섰다. 나는 부동자세로 서서 서먹한 감정으로 중대장의 표정을 살폈다. 여자관계로 개인적인 핫타임이 있을 수 있다는 생각이었다. 그는 나의 월락카 풀락카의 구석구석을 닦아내듯 훔쳤다. 그리고 미소를 지으며 '완전무결'이라고 선포하였다. 사적인 일로 공적인 일을 연관 짓지 않은 법리를 갖고 있었다.

네놈의 그 웃음 의미를 모를 것 같으냐. 내가 두렵다는 거지, 아무리 중대장이라고 하지만 강자연을 불행하게 하면 가만두지 않을 것이다. 난 경멸에 찬 눈빛으로 그를 바라보았다. 중대 검열이 끝났다.

카투사들은 거의 합격이었다. 그런데 GI들은 불합격자가 많이 나왔다. 카투사들은 열심히 준비했고 평소 관리를 잘했지만, GI들은 관물을 내팽개치고 하우스 보이에게만 의존한 탓이다. GI들은 불안한 표정을 짓고 있었다.

"수고했습니다. 이번 검열 결과 카투사는 한 사람도 지적된 자가 없습니다. 카투사들의 근무태도가 GI보다 양호합니다. 카투사의 노고에 감사드리며 특히 김영민 병장이 대대장님의 표창을 받아 우리 중대를 빛내 주었습니다. 그러나 지적받은 GI는 중징계를 내릴 것이오." GI들은 뭔 씻나락 까먹는 소리냐고 투덜거렸다.

그런데 태호에게 문제가 생겼다. 자비로 미군의 장비를 사는데 큰돈이 들었다. 그 물건값을 받으려고 하는데 GI들이 시치미를 떼고 돈을 주지 않았다. 어쩌면 좋으니, 태호가 난처한 입장에 처했다. 내가 나섰다. 김태호. 미군이 숨겨 놓은 대마초 동굴이 어디라고 했지?'라고 영어로 물었다. 미 병사들이 내 눈치를 보았다. 그때 병사 한 명이 나섰다. 네가 그것을 왜 물어? 고발하려고 묻는다. 입닥쳐 짜식아. 그러니까 장비구입 대금을 내놔. 압박하자 녀석들이 쫄고 있었다. 그날 밤 태호는 장비 구입비를 다 받아냈다.

"친구야, 고맙다. 내가 언제 술 한잔 사겠다."

"우린 친구잖아."

인스펙션이 끝나고 본격적인 팀 스피리트 훈련장으로 부교 장비 이동이 시작되었다. 훈련장소는 전방 X 강변이었다. 장비 이동은 대량 차량이기 때문에 소음이 요란했다. 소음을 덜기 위하여 자정을 이용하였다. 엄청난 훈련 장비를 OOO 기지로 이동하였다. 도강 다릿발을 실은 차량만도 50대가 넘었다. 중대장의 캄보이 지프가 사이렌을 울리며 선두에서 달렸다. 뒤이어 병력과 장비를 실은 차량이 라이트를 켜고 줄을 지어 달렸다. 배차계인 난 그 많은 차량의 수량을 관리하는 막중한 업무를 수행해야 했다.

장비 이동이 밤중에서 새벽까지 이루어졌다. 중장비 트럭들이 요란한 굉음을 내며 훈련지를 향하여 긴 행렬을 이루었다. 땅이 갈라지는 요동이 전쟁이 터진 것 같았다. 사이렌을 울리며 중대장의 캄보이 차는 선두에서 어둠을 뚫고 달렸다. 나는 넘버 3지프에 수송 장교와 나란히 앉아 차가운 밤공길 정면으로 맞으며 달렸다. 작전지를 찾아가는 긴 대열의 지루한 이동은 마침내 동이 트자 끝났다. 벌써 다른 부대원들이 와서 간이 막사를 짓느냐고 바쁘게 움직이고 있었다.

팀 스피리트 훈련은 해마다 미8군 작전 중에서 가장 규모가 큰 훈련이었다. 전투기 편대가 하늘을 날며 작전을 엄호하고 해군 함정에선 함포 사격을 지원하였다. 중대장은 장비 파킹 에어리에 철망을 두르고 진지를 구축한 후 짐을 풀었다. 강변에 간이 막사가 구축되었다. 식당, 침실, 화장실, 욕실을 설치하였다. 침상 막사는 소대별로 대형 야전 텐트로 설치하였다. 막사에 야전 침대가 놓이고 침낭과 모포가 새로 지급되었다. 실전같은 상황이 시작되는 것이다.

수송 장교는 모터풀 주변에 도난을 방지하기 위하여 2중 철망을 설치하도록 명령하였다. 정수된 식수는 이동 물차가 공급하였다. 작전에 참여한 병력은 천여 명이 넘었다. 각기 다른 전투병력이었다.

꼭 이틀 걸려서 모든 야전 전투 막사가 완료되었다. 훈련 기간 중 점심은 시레이션으로 급식을 받고 저녁은 최상급 만찬으로 먹었다.

570부대 도강부교 설치부대의 전설인 디호벤 중사가 실력 발휘할 기회를 맞았다. 물 찬 제비가 때를 맞은 격이었다. 녀석만큼 부교 설치를 잘하는 하사관은 없었다. 설치도를 훑어보며 도강 설치 구상도를 그려냈다. 장비가 내려지자 중대장은 야간초병 순위부를 작성하였다. 작전은 연동적으로 시범 훈련 없이 시행되기에 신중을 기해야 한다. 사령부에서 언제 어떤 명령이 하달될지 모르기 때문에 언제나 긴장하여야 한다. '제로디펙트' 완전무결. 장비를 하역하였다.

GI들은 여유 만만했다. 녀석들은 비상상태에서도 자유분방하고 대견스럽다. 간이 막사에서 쉬고 있는데 디호벤 중사가 날 강변으로 불러냈다.

"김병장, 하신해가 면회를 온다는 거야."

"너희 둘, 그렇게 진행되었어? 그런데 작전 중에 어떻게 만나?"

"벌써, 민가에 색시들이 방을 구했대."

역시 양색시들의 근성은 대단했다. 바늘 가면 실 간다고 작전지까지 따라나섰다.

"너 하신해에게 푹 빠졌구나."

"지성과 교양이 넘치는 여자였어."

"거봐. 내가 뭐랬어. 기지촌 아가씨들과는 다르다고 했지."

역시 그녀는 남자 홀리는 마력을 지니고 있었다. 벌써 디호벤을

품 안에 넣다니. 순진한 녀석이 푹 빠진 것을 보니 그녀의 농염이 대단한 거야. 그들이 계속 잘 되었으면 좋겠다고 기도했다.

"우리 같이 만나자."

"알았어. 오면 부를 테니 준비해 둬."

녀석은 하신해가 온다고 마냥 즐거워하였다. 양색시들이 군 작전지역에 온다는 것은 말도 안 되는 소리다. 그런데 비밀리에 그녀들이 따라나서고 있었다. 작전이 한 달 이상 걸리기 때문에 민가에 방을 얻어 놓고 대기하였다. 아무튼 이상한 군대였다. 작전지에 여자 친구가 면회를 올 정도였다. 마치 몽고병들이 전쟁터에 가족을 데리고 다니는 것과 같았다. 광활한 전투장에 가족이 있으면 그만큼 정신적인 안정을 되찾는 것이다. 그런데 이곳은 초원이 아니고 현대적 화기전을 벌이는 작전 훈련지역에 양색시들이 비밀리에 찾아오는 것은 있을 수 없는 일이다. 작전 중엔 외인 출입이 일절 금지되었는데 양색시들이 민가에 숨어 병사들과 호객을 한다는 것은 상상할 수도 없는 일이었다. 그러나 본부에서는 근무태도에 허점을 보이지 않게 관리했지만 사병의 사생활은 간섭하지 않았다. 다시 말해서 양색시들의 영외 미팅을 허락한 것이다.

푸른 강물이 어둠 속에서 도도히 흐르고 있었다. 불빛이 강물에 쏟아지며 금방 강물은 억센 파문을 일으켜 역류하는 것 같았다. 디호벤과 강 언덕에 앉아 하신해를 기다리고 있었다.

"영민아, 작전지 밖 민간인 거주 지역에 색시촌이 생기나 봐."

"누가 그래?"

"정보가 다 돌았어. 미군들은 다 알아."

"그럼. 하신해도 그곳에 자릴 잡겠네."

"그런가 봐."

그런데 온다던 하신해는 나타나지 않았다. 낮에 전투 준비를 하고 밤이 되자 강변의 야전 텐트에서 술을 마시고 노는 병사들의 함성이 밤공길 가르고 있었다. 밤은 깊어 가는데 디호벤 중사와 강변에 앉아 이야기를 나누었다. 그는 자신의 출신과 성장에 관한 이야길 털어놓았다. 자긴 '오키나와 주둔 미군과 일본 양색시 사이에서 태어났는데 어머닌 그를 고아원에 버렸다. 자라서 아버지를 찾았고 미국적을 얻었는데 도망간 어머니가 나타났어. 그걸 용서할 수 있겠니?'라고 분개하며 밤하늘을 쳐다보았다.

가련한 병사였다. 맥주를 마시며 자신의 내면에 감추어진 깊은 이야길 한 것이다. 밤은 깊어 가는데 강변엔 병사들의 합창이 울려 퍼졌다. 이렇게 작전지에서 술을 퍼마시고 노는 자유가 보장된 군인이 또 있을까. 그러나 걱정할 것은 없었다. 그들은 세계 최강의 군대이고 그들은 엄격한 법령 아래 개인의 프라이버시를 존중하면서 공사에 엄격한 군대였다. 규율위반은 절대 용서가 안 된다. 그래서 자기 일은 완벽하게 책임지는 것이 GI들의 장점이었다.

그날 밤 하신해는 오지 않았다. 허허벌판 강변 작전지 민가에 양색시들이 몰래 스며들었다. 병사가 움직이는 곳에는 양색시가 언제나 따라다녔고 작전지에도 환락장이 생겼다. 병영에선 엄한 규율로 임하지만, 임무가 끝나면 개인의 자유가 허락되면서 밤의 병영은 낭만에 젖는다. 그렇지만 작전이 언제 하달될지 몰라 일정 병력은 비상상태다. 놀 땐 확실히 놀고 일할 땐 철저하게 일하는 책임 의식과 준법정신이 투철한 군율의 초긴장 상태에서도 개인의 생활은 제약받지 않는 것이 미군 병사들의 일상이었다. 공은 공, 사는 사, 공적인 업무를 떠난 개인적인 행동에 어떤 제약은 있을 수가 없었다. 영외에 모여든 양색시들은 민박을 정하고 기지촌 모습을 재연하였다. 작전지의 밤은 병사들의 합창과 취한 넋두리로 들끓었다.

간이 천막사로 돌아와서 조용히 누워있었다. 군인은 시간이 많으면 잡념에 젖는다. 그래서 뺑뺑이를 돌려야 한다. 잡념이 생기면 사고를 치고 육체가 고달프면 잡념이 사라진다. 그래서 군인에겐 생각할 여유를 주지 않는 것이 훈련이다.

캠프의 섹스파티

10월의 강변은 쌀쌀했다. 병사들이 강변에서 모닥불을 피워놓고 술을 마시며 놀았다. 잠이 안 와서 텐트 밖으로 나와 아무 생각 없이 강변을 걸었다. 갑자기 강자연이 생각나는 것이었다. 결혼해서 미국으로 간다고 마냥 좋아하는 그녀의 모습이 선하게 어른거렸다. 강변을 산책하고 막사로 돌아가려고 하는데 영외 텐트 앞에서 GI 몇 명이 서성대고 있었다.

그때였다, 텐트 안에서 이상한 신음이 들렸다. 계집의 소리였다. 그리고 조용했다가 다시 들렸다. 이건 보통의 신음이 아니고 행복한 비명이었다. 그곳에 귀를 기울였다. 텐트 안에서 양색시와 GI들이 섹스를 즐기고 있었다.

"10불은 줘야 해." 계집의 목소리였다.

"5불이면 됐지 뭐. 이것도 많이 주는 거야."

"두 놈이 5불? 나쁜 새끼들 화대를 깎니, 난 개가 아니야."

"이런 들판에선 3불이면 족해, 알았어, 2불 더 줄 테니 한 번만 더하자."

"그래 좋다. 선심 한번 쓰지. 5불짜리라고 소문내지 말라고. 알았어?"

"알았다."

나는 소리가 들리는 막사로 다가섰다. 텐트 앞에 GI 대여섯 놈이 서성이고 있었다. 그리고 텐트 안에서 신음이 들렸다. 가만히 들어보니 침낭 속에서 개 짓을 하고 있었다. 한 놈이 나오면 다른 놈이 들어가고 또 다른 놈이 들랑거렸다. 난 똑똑히 보았다. 침낭 안에 누워있는 두 명의 여자가 있었는데 그녀들이 번갈아 대고 있었다. 달빛에 얼굴이 비쳤다. 죽일 놈들. 인간이 저럴 수는 없는 것이다. 대체 저들을 상대하는 계집은 어떤 년인가. 놈들이 드나들고 계집은 억지 비명을 질러대고 있었다.

행위가 끝나고 두 계집은 아랫배를 움켜쥐고 침낭에서 기어 나왔다. 그리고 침낭을 들고 비틀거리며 멀리 어둠 속으로 사라졌다. 도대체 돈이 뭐란 말인가? 먹고 살기가 그렇게 힘들단 말인가. 기가 막혔다.

텐트 막사로 돌아와서 자릴 깔았다. 막 잠이 들려고 하는데 어디서 또 와자지껄 떠드는 소리가 들렸다. 싸움이 벌어진 것 같았다. 자릴 털고 일어났다. 그리고 싸움의 현장으로 달려갔다. 키 큰 GI와 키작은 카투사가 싸우고 있었다. 카투사가 일방적으로 당하고 있었다. 난 뛰어들었다. 아, 그런데 키 작은 병사는 카투사가 아니고 사복을 입은 디호벤 중사였다. 병사들은 둘러서서 싸움을 구경하고 있었다. 키 큰 GI가 디호벤을 내다 꽂았다. 디호벤은 비명을 지르고 나가떨어졌다. 의형제처럼 지낸 디호벤이 일방적으로 당하고 있는 것을 차마 볼 수가 없어서 뛰어 들어가 이단 옆차기로 키 큰 GI를 걷어차 넘어뜨렸다.

"비겁한 새끼들, 상대가 안 되는 병사를 집단 폭행해."

"넌 뭐야. 카투사 새끼가 왜 우리 일에 끼어들어? 죽고 싶은 게로군."

"그래. 죽고 싶다. 그러나 디호벤 중사를 폭행한 자는 용서 못해."

"야, 저놈 건들지 마. 태권도 5단 유자격자야."

어디선가 말하는 소리가 들렸다. 그때 GI들이 집단으로 내게 달려들었다. 한 놈씩 발차기로 쓰러뜨렸다. 거대한 체구들이 넘어졌다. 그때 한 GI가 야전삽을 휘둘렀다. 돌아서면서 녀석의 아랫도리를 걷어찼다 녀석은 개구리처럼 뻗어버렸다. 녀석들은 쓰러져서 숨만 헐떡이고 있었다.

"영민아, 고맙다. 하신해가 어디 있는지 찾아봐." 디호벤이 피투성이가 된 몰골로 말했다.

"뭐 하신해가…?"

"그래, 하신해가 폭행당했어 어서 찾아봐." 말하고 그는 쓰러졌다.

문제의 발단은 디호벤을 찾아온 하신해가 다른 GI들에게 성폭행 당했다는 것이다. 그걸 본 디호벤이 항의하다가 폭행을 당했다. 하신해가 디스펜서리 (의무대)에서 치료를 받고 있다는 말을 듣고 그곳으로 뛰어갔다. 온몸에 피투성이가 된 채 누워있던 그녀가 날 보더니 울음을 터뜨렸다.

"김병장, 날 욕하지 마. GI들이 나를 폭행했어."

"왜 이런 곳으로 온거야? 그리고 정말 다른 GI들과 데이트를 했니?"

"일방적으로 당했다니까, 그런데 디호벤이 오해하고 있어."

헌병대가 달려왔다. 폭행죄로 나를 포박하였다. 하신해가 나서서 미군에게 당하자 디호벤이 막아섰고 미군이 디호벤을 집단 폭행하자 김병장이 방어했을 뿐이라고 증언하였다. 헌병은 나를 임시 철창에 가두었다. 내가 미군을 폭행했다는 소식을 듣고 보면 중대장이 헌병대를 찾아왔다.

"김병장, 당신 깡패요? 왜 GI들을 구타하는 겁니까?"

녀석은 나를 옹호하는 것이 아니고 질타하였다.

"디호벤 중사가 집단 구타당하는 것을 구했을 뿐입니다."

"디호벤이 여자를 구타했기 때문에 맞은 거라고 들었습니다."

"GI들이 다호벤의 애인인 하신해를 성폭행했어요."

"그런 일이 있었어요?"

중대장은 헌병대에 상황을 설명하고 나를 꺼냈다.

"고맙습니다."

"훈련이 끝나면 재 조사를 하여 처벌할 것이요." 보면 중대장이 냉담하게 말했다.

마침내 팀 스피리트 훈련이 시작되었다. 헬기가 작전지 상공을 날고 폭격기가 편대를 이루어 쉴 새 없이 날았다. 적의 목적지를 향하여 포성이 울렸다. 적진은 강 건너 있었다. 우리 중대는 재빨리 부교 설치를 마쳤다. 장갑차와 전차 트럭이 대기하고 있었다. 중대장은 강 위에 보트를 띄우고 다릿발을 내려놓았다. 편치 않은 몸으로 디호벤은 재빨리 다릿발을 고정하고 핀을 박았다. 처음 한 개의 다릿발이 완성되자 보트를 부박하여 그 위에 다릿발을 얹어갔다. 장갑차나 트럭이 통과할 수 있을 정도의 탄탄한 부교를 설치하였다. 5m 간격으로 보트를 띄우고 그 위에 부교를 얹고 핀을 고정하며 다릿발이 올려지고 디호벤은 척척척 핀을 박고 나갔다. 역시 그는 핀 박는 명수였다. 삽시간에 훌륭한 부교가 완성되었다.

그 위로 장갑차와 트럭이 달렸다. 뒤를 보병대가 뒤따라 도강했다. 성공적인 부교 설치였다. 작전지에 팬텀기가 날고 고사포가 펑펑 터졌다. 포탄이 터진 표적엔 연기가 피어나고 기갑대가 공격을 마친 적지에 보병들의 진격이 시작되고 마침내 고지는 땀을 흘리는 보병들에 의하여 점령되었다. 엄청나 규모의 돈을 쏟아부었다. 미 본토 사령관이 직접 참가한 작전이었다.

작전은 보름 동안 계속되었다. 그런데 또 이상한 일이 벌어졌다. 작전이 끝난 부대가 일부 퇴각하는 어수선한 틈을 타서 작전지에서 도난사고가 일어난 것이다. 강변에 쌓아둔 알루미늄 다릿발이 하나씩 없어지는 것이었다. 다릿발뿐 아니라 장비도 하나씩 없어졌다. 다릿발은 순수한 알루미늄판이어서 고가의 물품이다. 누군가가 장비를 빼돌리고 있었다.

해마다 일어나는 현상이었다. 중대장은 철저하게 초병을 세웠다. 밤 2시, 도둑을 잡겠다는 각오로 나는 초병 근무를 지원하였다. 야간초병 업무는 책임과 위험이 따르는 근무였다. 만일 그 시각에 일어나는 사고는 초병이 책임을 지는 것이었다. 초병과 순찰초병의 업무는 달랐다. 순찰업무는 철망 안의 중대 장비를 돌아보며 확인하는 일이었다. 그런데 중장비 창고 옆을 돌고 있는데 어둠 속에서 뭔가 움직이고 있었다. 직감적으로 도둑이라고 생각하였다. 난 걸음을 멈추고 숨어서 그 움직임을 살폈다. 4, 5명의 가면을 한 도둑들이 알루미늄 다릿발을 강 쪽으로 옮기고 있었다. 괴한들은 옮겨간 다릿발을 모래 속에 묻고 있었다. 그들에게 손전등을 비추며 소리쳤다.

"움직이면 발사하겠다."

강렬하게 플래시를 비췄다. 상황이 심각해지자 도둑들은 줄행랑을 치기 시작하였다. 모두 가면을 하고 있어서 누가 누군지 알수 없었다. 도둑을 쫓고 당장 본부에 보고하였다. 작전 장교는 특별 근무자를 편성하여 경계를 강화하였다. 다음 날 아침 우리 중대원들은 인근 강변 모래사장을 뒤졌다. 수많은 알루미늄 다릿발을 뽑아낼 수 있었다. 미군들이 다릿발을 숨겨두면 업자가 와서 사 가는 것 같았다. 모두 군 내부자의 행동이었다.

전투 사령부에선 분실된 장비를 찾기 위하여 한국 경찰을 동원하여 인근 가옥을 수색하였다. 강변 모래 속에 장비를 묻어 두었다. 미군들이 훔쳐 숨겨 놓은 고가의 장비들이었다. 상상이 안 된다. 도저히 전문가가 아니고선 삼엄한 경비 아래서 장비를 움직일수 없는데. 번번히 옮겨져 있는 것이다. 그렇다면 GI가 낀 전문 절도단이 틀림없다. 앞장 서서 주변을 샅샅이 뒤져 봤더니 인근 강모래 속에서 장비들이 발견되었다. 작전 사령관은 현지 상황을 보고받고 도둑맞은 물건들을 찾은 나의 공로를 칭찬하며 작전 장교와 나에게 포상을 내렸다. 이렇게 우여곡절 끝에 팀 스피리트 훈련은 성공리에 끝났다. 모든 병사는 각기 장비를 끌고 부대로 복귀하였다. 작전 성공으로 보면 중대장은 소령으로 특진을 하였다.

부대장은 미군을 폭행한 나를 불렀다.

'김병장, 보고를 받았는데 이번 폭행 사건은 디호벤 중사를 구하려는 의협심이란 것을 알았소. 그래서 미군 폭행죄는 없었던 것으로 하겠소. 김병장이 모범 카투사란 것과 이번 도난당한 다릿발을 색원하는데 공로를 인정하여 용서하는 것입니다.'

"고맙습니다."

더불어 부대장은 우리 중대의 수훈과 노고에 감사하는 의미의 중대 파티를 성대하게 열어주었다. 야구장에서 성대한 가든파티가 열렸다. 술과 칠면조 구이와 즉석 돼지 바베큐가 푸짐하게 나왔다. 맥주와 음료수는 트럭으로 실어 와서 진종일 퍼마시고 놀았다. 취사병이 음료수와 맥주캔을 따서 주고 있었다. 카투사와 한국인 종업원들이 술을 빼돌리기 때문이란다. 치사한 녀석들, 사실 그렇다. 마시지 않고 빼돌리는 바람에 술이 모자라는 경우가 있었다. 파티는 밤새도록 계속되었다. 먹고 마시고 취하고 노래하며 춤추며 놀았다.

자정이 되어서야 파티가 끝났다. 난 취해서 베드로 돌아와서 그만 잠이 들고 말았다. 그런데 요란한 엠블란스 소리에 그만 잠이 깨었다. 밖에서 떠드는 소리가 났다. 흑인 병사 한 명이 칼에 찔려실려 갔다는 것이다. 언덕 숲에서 흑백 싸움의 벌어진 것이다. 하얀 복면을 한 KKK(백인 우월주의자단) 병사들이 난동을 벌였다. 백인들이 흑인을 폭행한 것이다.

흑백 인종 차별은 미국의 암적 존재였다. 병영에서도 자주 흑백 갈등이 벌어졌다. 겉으론 아무렇지도 않은 것 같지만 내부론 심각하게 일어나고 있었다. 흑인들에겐 KKK 단이 무서운 공포의 대상이었다. 민족 감정보다 더한 것이 흑백 인종 싸움이었다. 늘 흑인들이 피해자였다. 헌병대가 달려와서 주동자를 체포해 갔다.

저녁에 디호벤이 막사로 찾아왔다.

"또 무슨 일이야?"

"김병장, 나 말이야. 하신해와 끝내겠어. 이번 작전지에서 벌인 그녀의 태도를 용서할 수 없어. 어떻게 다른 GI와 관계를 갖니?"

"폭행당했다잖아."

"그래도 용서가 안 돼."

"이 새끼, 정말 쪽바리 본색이 드러나네. 너의 어머니도 양색시였다며."

"너 정말 잔인하구나! 꼭 그 말을 해야겠어."

그는 울면서 막사를 나갔다. 하신해가 염려되었다. 정말 두 사람은 외롭고 슬픈 군상이었다.

버림받은 여자

저녁을 마치고 휴식을 취하고 있는데 디호벤 중사가 가쁜 숨을 몰아쉬며 내 막사로 찾아와서 말했다.

"김병장, 이건 긴급 뉴스야. 비보란 말이다."

"무슨 비보? 뭔데 그래."

"숨 좀 돌리고, 글쎄 보면 중대장이 발령이 났대. 독일로 간다는 거야."

"보먼이 독일로…?"

"장기 근무로 말뚝을 박고 독일로 가는 것 같아."

ROTC 장교가 말뚝을 박은 것이다. 소령으로 진급하고 제대가 얼마 안 남았다고 기뻐했는데 말뚝을 박고 독일로 전출 간다는 소식이었다.

"강자연 씨랑 같이 가겠지."

"글쎄, 과연 그럴까?"

그는 누구보다 보먼의 성격을 잘 알고 있기에 그에게 버림받을 강자연을 염려하는 말투였다. 자연은 결혼해서 미국으로 갈 것을 믿고 있었다. 그러나 불길한 예감은 녀석이 훌쩍 자연을 두고 떠난 다는 생각이 들었다. 그런데 헤어지든 말든 지들 일인데 내가 무슨 상관이야, 하지만 방관할 일이 아니었다. 디호벤 말은 미국에 보먼의 약혼녀가 있다는 것이다.

내게도 금발 머리 애인 사진을 내보이며 예쁘고 섹시하고 각선미 쭉 빠진 미인이며 집안이 좋고 영리하다고 자랑을 했었다. 그런데 강자연에게 결혼을 하자고 사기를 쳤다. 그럴 줄 알고 아무리 말려도 듣지 않았다. 세상에 떠돌이 외국 군인을 믿고 사랑한 여자는 그녀밖에 없을 것이다. 양색시들이야 몸 팔아 돈을 버니까 밑져도 본전이었다. 청혼해서 성사되면 좋고 안 되면 그만이지만 그녀는 믿었다. GI들들이 무책임하게 성을 유린하고 몰래 도망을 가는 사례를 많이 보아왔다. 그들이 떠나면 혼혈아만 남았다.

"보먼 중대장에겐 미국 약혼녀가 있대."

"정말?"

"분명히 있다고 말했어."

"그런데 진즉 왜 말을 안 했어?"

"그냥 사귀는 줄로만 알았지."

"보먼이 자연과 결혼한다고 말했잖아."

"그놈, 결혼을 빙자하여 사기 친 거라고…" 디호벤이 분개했다.

그가 강자연을 걱정하는 것은 오키나와 미군 기지에서 당한 자기 어머니 같은 운명을 맞게 될 것이라는 생각 때문이었다. 그 비극적인 유산이 바로 자신이라며 어느 날 술에 취해 울분을 토했다.

'여인들이여, 외국 군인을 사랑하지 마라, 그 순간 너의 인생은 비극이다.'

GI들은 세계 각지의 기지촌에서 숱한 여인들을 우롱하고 짓밟았다. 일본에서 독일에서 필리핀에서 한국전에서 그랬다. 고독한 병사의 무책임한 몸부림이라서 어쩔 수 없는 현상이지만 대가는 여성에겐 사생아만 남겨주었다. 이건 도의적으로 용납이 안 된다. 그냥 떠나버리면 그 불행은 아들 낳은 여인에게 고스란히 남았다.

"보면 중대장을 만나 알아봐라. 자연 씨를 데리고 가는지 물어봐."

난 곧장 옷을 주워 입고 중대장 BOQ를 노크하였다.

"컴인, 문 열려 있어요." 중대장이 말했다.

난 방 안으로 들어섰다.

"김병장 웬일인데 또 쳐들어오는 거야?"

"중대장님께 물어볼 말이 있어서 왔습니다."

"물어볼 말은 공적인 사무인가요?"

"사적인 일입니다. 정말 독일로 전출 가나요?"

"어떻게 그런 소문이 나요? 헛소문입니다."

"그럼, 다행입니다."

"강자연 씨를 걱정하는군요? 걱정하지 마세요. 그녀는 내 여자입니다."

"그럼, 실례했군요."

"그런 일로 내 방에 오지 말아요. 중대장에게 위계질서를 지키라고요."

"저도 충고 한마디 할게요. 계급을 떠나서 우린 대학 교육을 받은 지성인이고 중대장님은 엘리트 장교입니다. 인간에 대한 신뢰는 저버리지 말라는 말입니다."

"알겠소, 필요 없는 논쟁은 그만합시다."

나는 일침을 놓고 중대장 방에서 나왔다. 기분이 찜찜했다. 월요일 아침 점호 시간이었다. 열중인 대대본부 앞으로 지프가 미끄러져 왔다. 미 육군 장교 정복을 입은 대대장과 같이 소령 계급장을 단 보먼 중대장이 열중으로 나왔다.

"여러분, 이별의 인사를 하려고 합니다. 그동안 부교 중대를 잘 이끌어 온 보먼 대위가 소령으로 진급하여 독일로 전출 갑니다."

"제대 말년인데 독일로 전출 가다니요?" 누군가가 물었다.

"단기 ROTC 장교인데 장기복무 신청을 했습니다." 대대장이 소식을 전했다.

보먼 소령이 대대원 앞으로 나섰다.

"여러분 덕분에 무사하게 한국복무를 마치고 독일로 전출 갑니

다. 특히 카투사 여러분 감사합니다. 모두 건강하게 복무를 마치십
시오.”

소령으로 진급한 것이 마냥 즐거운 표정으로 전출 인사를 하였
다. 더러운 새끼, 사기꾼 같은 새끼. 점호를 마치고 모터풀로 내려
왔으나 일이 손에 잡히지 않았다. 자연은 어떻게 되는 건가? 그때
보면 소령이 탄 지프가 모터풀 앞에서 멎었다.

“김병장, 그동안 많은 추억을 잊지 않을거야. 그리고 한 가지 부
탁이 있어요. 강자연 씨를 좀 보살펴 줘요.”

“같이 가는 것 아닌가요?”

“독일 가서 자리가 잡히면 자연 씰 불러들여 결혼할 것입니다.”

“갓뎀. 쎈어머 비치. 뭐라고? 자연을 부탁한다고?”

“그래요, 진정하고 잠시만 보살펴 줘요.”

“사기꾼, 난 당신을 못 믿어. 당장 자연을 데리고 가라고…”

“말조심 하라. 난 소령이다.”

한마디 뱉고는 녀석이 탄 차는 쏜살같이 정문을 향하여 달렸다.
멀어지는 녀석을 바라보며 허탈한 분노에 젖었다. 앞으로 자연은
어떻게 되는 걸까. 설마 그녀를 버리진 않겠지. 가슴이 무너지는
것 같았다. 녀석은 독일로 가서 자리 잡으면 그녀와 결혼을 하겠다
는 것이다.

그가 떠난 지 보름이 지났다. 자연은 어떻게 지내고 있을까? 근
황을 알고 싶었지만 어디에 사는지 알 길이 없었다. 오늘도 휴일인

데 별다른 일이 없이 도서관에서 책을 읽으며 소설 『앵무새 죽이기』를 번역하고 있었다. 그런데 정문에서 날 찾는 전화가 걸려왔다. 내가 도서관에 있을 것으로 알고 전화를 한 것이다.

"강자연 씨가 면회를 왔어요."

올 것이 오고 말았구나. 가슴이 덜컹했다.

"기다리라고 하세요."

곧장 책을 덮고 정문으로 나갔다. 그녀는 초췌한 표정의 무거운 몸으로 의자에 앉아 있었다. 임신한 몸이었다.

"오랜만이군요. 몸이 많이…" 내가 물었다.

"6개월 째야."

"언제 독일로 가는 거야? 결혼 날짜는 받았어?"라고 물었다.

그녀는 말없이 고갤 떨어뜨리고 한참 눈물을 글썽이더니 입을 열었다.

"영민 씨, 너무해요. 왜 보민이 떠난다는 것을 말해주지 않았어요?"

"…"

"내게 말 한마디 안 하고 도망갔어요." 그녀는 끝내 울어버렸다.

역시 도망간 것이다. GI들의 본태였다. 병신 같은 년, 속으로 욕설을 퍼부었다.

"그가 떠난다는 것을 정말 몰랐어?"

"전혀. 영민 씨, 난 어떻게 해? 이 아이는 어떻게 하냐고?"

그녀는 비통한 울음을 터뜨렸다. 그녀는 임신 중이었다. 그녀의 슬픈 표정을 지켜보고 손뼉이라도 치고 싶었으나 사기당한 그녀의 모습을 보고 끝까지 말리지 못한 것이 후회스러웠다.

"당장 독일로 가라. 그를 찾아가란 말이야."

"어떻게 가? 어디에 있는지 모르는데…"

"결혼하기로 했다면서, 이건 무슨 낭패야. 내 말을 안 듣더니 결국 당했어."

그녀는 비통하게 울고 있었다. 임신 6개월이란다. 기미가 가득 낀 초췌한 얼굴이 너무나 가여웠다. 한편 잘 됐지 뭐, 내가 뭐랬어, 양놈은 믿지 말라고 했는데… 보먼을 사랑한다고 당당한 그 모습이 생각났다.

'영민 씬 내 인생에서 손을 떼 주세요. 내일에 간섭하지 말아요. 난 보먼과 결혼할 거예요. 보먼을 사랑하고 그도 날 사랑해요.'

그런데 그녀가 날 찾아와서 대체 뭘 어떻게 하란 말인가…

"영민 씨는 알면서 왜 말을 안 해줬어, 복수한거야?"

"그래, 걷어차여 울부짖는 모습을 보려고 말을 안 했다." 나는 버럭 소릴 질렀다.

그녀는 자리에서 일어났다. 그리고 게이트를 빠져나갔다. 화가 나고 분통이 터져서 견딜 수가 없었다. 난 카투사 스낵바로 달려가서 막걸릴 퍼마시며 울분을 삭였다. 임신한 자연이 너무 불쌍했다. 아이는 어떻게 할 것인가. 답답해서 병영을 마냥 걷고 있었다. 그때 디호벤이 내게로 다가왔다.

"자연 씨 만났어?"

"응, 임신한 몸이더라."

"불쌍해서 어쩌지."

"나완 상관없는 일이야. 내가 어떻게 할 수 없는 일이잖아."

"한번 찾아가 봐라. 인간적인 동정심을 발휘하란 말이다." 디호
벤이 부탁하였다.

보먼 대위가 임신한 여자를 버리고 도망갔다는 소문이 기지촌
에 쫙 퍼졌다. 자연의 임신한 모습이 불쌍해서 도저히 그대로 두고
모른 척 할 수 없어서 찾아갔다. 그녀는 용산 후암동에 이층 전셋
집을 얻어 살고 있었다.

"어떻게 왔어?" 무거운 몸을 끌고 나와서 말했다.

"걱정이 되어서 왔지. 보먼 소령 소식 있었어?"

"소식 줄 놈이 도망갔겠어?"

"그 아인 어떻게 할거야? 아비 없는 아이를 낳을 순 없잖아?"

"그래서 고민했지. 영민 씨, 부탁인데 날 산부인과 병원에 좀 데
려다줘요."

"병원에, 아이를 지우려고?"

"응, 병원에 갔더니 아이를 지우려면 아빠의 허락을 받아와야
한대."

"아빠의 허락? 그러니까 내가 그 애 아빠가 되어 달라는거야?"

257

"낙태하려면 보호자 허락을 받아야 한다는거야."

그녀는 울먹였다. 한국 민법은 남자의 허락 없으면 아이를 지울 수 없었다. 내가 보증하여 그 애를 지운다는 것은 살인 방조였다.

"왜, 내가 그놈의 아이를 지워야 하는거야. 난 살인 방조를 할 수 없어."

"제발 부탁이야. 도와줘요."

딱하고 답답해서 어쩔 수 없이 자연을 데리고 산부인과로 찾아 갔다. 의사는 아버지 허락 없이는 아이를 뗄 수 없다는 한국의 가 부장 사회의 모순을 불평했다. 그러나 한국의 법이 그러니 어쩔 수 없었다. 난 보호자로서 자연의 낙태 수술에 동의한다는 사인을 해 주었다. 산부인과 의사는 날 보고 씩 웃었다.

"이왕 속도 위반한 건데 낳지 그래요."

"불장난이랍니다."

수술을 마쳤다. 한 생명을 없애는 데 동의한 것이다. 마치 살인 자가 된 것 같은 생각이 들었다. 산파 수술은 아이를 낳는 거나 다 름없어서 산후 조릴 잘해야 하는데 자연은 수술을 받고 병원을 나 왔다. 그런데 후유증이 생겼다. 6개월 된 아이를 없애기란 쉽지 않 아서 하혈이 심하였다. 1주일 입원하고 퇴원하여 팔자에 없는 산 파 역할을 하였다. 미역을 사다가 국을 끓이고 쌀밥에 고깃국도 마 련해 주었다.

"산모처럼 몸조리는 못 해도 안정을 취하라고."

"미안해. 그리고 고마워."

"고향 집에 가서 몸조릴 하지 그래."

"집에 가도 날 돌봐줄 사람이 없어, 그리고 곧 결혼할 줄 아는데 부모님이 이 사실을 알면 안 돼."

정말 딱했다. 부대로 돌아와서 디호벤에게 사정 이야길 털어놓았다. 그 말을 듣던 디호벤이 그만 크게 울었다. 어머니의 모습을 떠올린 모양이었다.

"김병장, 잘했어, 아버지 없는 아이는 낳아선 안 돼."

"난 살인 방조자야."

"백번 잘 한거야. 그런 아이는 낳아선 안 돼."

잘한 결정인지 모르지만 자연의 건강이 걱정스러웠다. 그녀가 상처를 많이 받은 만큼 회복이 길 텐데 걱정이 되었다.

"김병장, 네가 잘 돌봐줘라."

"그딴 소리 마라."

여름 볕이 따갑다. 한여름 사무실에서 근무하는 GI들은 빵빵한 에어컨 아래서 일했지만, 모터풀은 강렬한 엔진 열기로 찜통이었다. 게다가 양철 지붕을 뚫고 전도되는 열기에 땀을 뻘뻘 흘리면서 일했다. 새로 들어온 차량과 장비 정돈으로 시간 외 근무까지 하였다. 미군들은 늘 카투사는 게으른 병사라고 욕한다. 난 욕을 먹지 않으려고 최선을 다했다. 미군은 준법정신이 투철하여 공사 구분이 명확하지만 사적인 일 처리는 엉망이었다. 사적인 자리에선 아무리 상관이라고 할지라도 막 대한다. 하지만 공적인 업무 중에는 엄격한 군율이 적용된다.

아무튼, 대한민국 군인으로 좋은 민낯을 보여주려고 최선을 다했다. 그러나 내게 오는 것은 회의와 절망이었다. 남들은 군인이 무슨 생각이 그렇게 복잡하냐고 말했다. 좆나발은 불어도 세월은 간다. 그렇게 지내다가 제대를 하면 되는데 내 생각은 달랐다. 미군이 우릴 대하는 태도를 바꾸기 위하여 모범적인 업무로 솔선수범을 다 한다는 준 외교관이란 사명감이었다.

GI에게 크게 배울 것은 없지만 공사와 규율을 구분하고 규율을 잘 지킨다는 것은 배울 점이다. 정비소의 GI들은 누구보다 일을 잘했다. 뜨거운 날씨에 땀을 뻘뻘 흘리며 차량을 정비하는 모습은 대견스럽다. 일할 땐 몸을 아끼지 않았다. 카투사들은 작업복에 기름때가 묻을까 봐 옷을 아끼면서 작업을 한다. 그러나 GI들은 더럽혀지건 말건 마구 구른다. 옷이 기름투성이가 되어도 작업복이란 것이다. 카투사는 일주일에 한 번 세탁해 주지만 GI들은 하우스 보이가 수시로 세탁을 해준다.

카투사에겐 카투사 킷이란 개인용품을 한 달엔 한 박스를 받는데 킷이 나올 때 보물상자 같아 행복하다. 카투사 킷은 생활용품이 골고루 구비되어 있는데 한 달 생활필수품은 충당하고도 남았다. 그래서 킷트를 팔아 용돈으로 쓰곤 하였다.

한 상자 3.000원에 파는데 킷트 안엔 담배, 치약, 칫솔, 비누, 구두약, 구두솔 등등 골고루 들어 있었다. 밖에 나가면 미제라고 모두 선호한다. 카투사 병장 봉급이 900원인데 이것을 팔면 3개월 용돈으로 거뜬히 썼다. 카투사 스낵바에서 킷을 사 주었다. 외상술 실컷 마시고 이 킷을 내주곤 하였다. 이런 검소하고 초라한 모습 때문에 물질의 풍요를 누리는 미군에겐 가난하게 보일 수밖에 없었다.

난 비록 물질적으로 빈곤해도 정신 수준 만은 너희보다 높다는 강한 자존심을 가지고 있었다. 모터풀의 GI 쫄자들은 카투사인 내 말을 듣지 않는다. 그러나 굽히지 않고 자기 업무를 이행케 하였다.

바쁜 일과 때문에 자연의 산실을 들여다보지 못하고 한 달 만에 자연의 집으로 찾아갔다. 문이 굳게 닫혀 있었다. 주인아주머니가 나와서 전했다.

"아가씨, 이사 갔어요."

"어디로 간다고 했어요?"

"고향으로 간다며 하던데요."

고향으로 갔다니 안심이 되었다. 제발 산후 후유증이 없길 바랐고 보면을 찾아 독일로 가길 빌었다. 그 후론 그녀의 소식을 전혀 알 수가 없었다.

세월은 흘러 제대를 맞다

1971년 크리스마스 이브날 제대를 하였다. 33개월 근무하고 제대를 하는데 3개월 연장근무로 36개월 만에 제대하였다. 1968년 김신조 북한 공작원 청와대 기습 사건 때문에 전역이 3개월 늦추어졌다. 그 피해가 막심했다. 9월에 복학하는데 늦어져서 다음 9월을 기다려야 했다. 막상 제대는 했으나 일상이 바뀐 환경 적응이 불편했다. 생활 자체가 문제였다. GI 병영에서 침상 생활을 하다가 온돌방 생활이 불편했고 무엇보다 식생활에 문제가 생겼다. 도통 식사를 할 수가 없었다. 위장장애가 온 것이다. 양 식습관에서 한 식습관이 충돌한 것이다. 소화가 안 되어 한동안 식사를 할 수가 없었다. '미군 부대 생활한 것이 무슨 벼슬이냐, 한국 사람이 밥과 된장국을 안 먹으면 뭘 먹어, 호강에 대받진 소리 그만해'라고 어머니가 꾸짖고 핀잔을 주기도 하였다. 복학을 하려면 3개월의 시간이 있었다. 방안에 막혀 적응 수련을 하였다. 점점 식습관이 바뀌어 가지만 힘들었다.

전역 후 추운 겨울 동안 방 안에 들어박혀 캠프에서 번역한 미국소설『앵무새 죽이기』원고를 다듬고 있었다. 소설가로 데뷔하려는 야무진 꿈을 갖고 있었다. 아직 데뷔는 안 했지만, 번역서를 내고 등단을 하려고 힘들게 사전 찾아가며 완역을 해 냈는데 한겨레 출판사에서 이미 앵무새 죽이기 소설을 번역 출간하였다.

너무나 허탈했다. 내가 보기에도 엉성하지만, 그런대로 잘 번역한 소설이었다. 생각의 변화가 온 것이다. 책을 내기는 틀렸다. 등단도 하지 않은 대학생이 영문소설을 번역해서 출간한다면 누가 읽겠으며 인정하겠는가, 화가 나서 목욕탕 물에 원고 뭉치를 던져 버렸다. 원고 뭉치는 물에 탱탱 부풀어 올랐다. 원고 뭉치를 꺼내서 물을 빼고 쓰레기로 싸서 버렸다. 병영에서 애써 사전 찾아가며 번역한 소설인데 버리고 나니 허무하기 그지없었다.

복학하였다. 1년 반을 다니면 졸업이다. 그런데 다시 대학 생활에 혼란을 맞았다. 전공과목에 혼란이 왔다. 그래서 나의 대학 생활은 엉망진창이 되었다. 공대 화공과를 입학한 공학도가 전공 공부는 하지 않고 연극에 미쳐 있었다. 홍익대학교 공과대학에서 별난 두 친구가 있었다. 연극에 미친 윤**와 글쓰기에 미친 나였다. 두 인재는 험한 길을 재촉했다. 미스터 윤은 금속공학과 출신인데 끝까지 연극을 하여 명성황후란 대작으로 연극 연출가로 성공하였다. 그런데 난 글을 쓰면서 학보사 기자 등으로 공과대학 전공과 전혀 다른 작가의 길을 걷고 있었다. 그러나 졸업 한 달을 앞두고 취업을 했다.

나는 제약회사 실험실에 근무하면서 항상 미래는 작가였다. 전공이 전혀 내 인생에 도움이 안 되었다. 제약회사를 그만두고 중등교사 채용 순위 고사에 합격하여 교사가 되었다. 그리고 글쓰기 작업을 계속하였다. 방송국 극작가로 데뷔했으나 생활비 때문에 그만두었다. 그리고 소설을 쓰기 시작하였다. 아무튼, 나의 대학 생활은 엉망진창이었으나 새로운 진로는 희망적이었다. 그리고 방송극작가에서 소설가로 데뷔했다.

내가 지금 무슨 헛소릴 하는 건가? 이야긴 다시 시작되었다.

어느 날 민해경이 날 찾아와서 강자연의 소식을 전했다. 그녀는 대학에서 교수과정을 밟고 있었다.

"화학 공장에 근무하는 것으로 알았는데 어떻게 선생님이 되었어요?"

"제약회사에 갔다가 적성이 안 맞아 그만두고 방송 극작가도 그만두고 글을 쓰려고 교사가 되었어요."

"그랬군요. 어느 날 방송에 출연하는 선생님 이름을 봤어요."

"방송작가로 데뷔는 했지만, 하숙비가 안 나와서 그만뒀어요."

"전, 대학에서 강의해요. 전임강사인데 곧 부교수가 돼요." 민해경 씬 자신을 소개하였다.

"잘했어요. 민해경 씬 훌륭한 교수가 될 겁니다."

그는 강자연처럼 미술대학에서 공예미술을 전공했다. 그녀는 그길로 교수가 되는 과정을 밟고 있었다.

"선생님, 사실은 강자연 소식을 전해주려고 왔습니다."

그녀는 조심스럽게 강자연 이야길 꺼냈다. 상상하기조차 싫은 이야기다. 실연을 당했다는 것부터 창피하고 자존심 상하는 이야기기였다. 얼마나 못났으면 미군에게 애인을 빼앗겼느냐고 비난 맞을 이야기였다.

"모두 잊었습니다."

"이 이야긴 해야겠다는 생각이 들어서 찾아왔습니다. 자연은 독일로 갔어요."

"독일로 가요. 보면 소령을 찾아갔나요?"

"네. 복수해야겠다고 독일로 가더군요."

"그를 어떻게 만나 복수합니까?"

미군 캠프에서 알몸으로 보면과 섹스를 벌이던 현장을 목격하고 인간적인 모욕을 느낀 후 그녀를 만나지 않았다. 그런데 어느 날 자연이 초췌한 모습으로 찾아왔다.

"보면 대위와 결혼한다더니 어떻게 되었어?"

"우리 결혼 못 해. 헤어졌어."

"뭐. 아이까지 가졌는데 결혼을 못 해?"

"그자가 도망갔어. 독일로 전출 갔대. 내게 아무 말도 안 하고…"

"뭐, 도망가? 그것 봐. 어떻게 인척 관계를 모르는 외인 장교를 사랑하니?"

"민해경, 나 죽고 싶어, 인간 말종이야, 영민 씰 어쩌면 좋으니?"

"네가 영민 씰 버렸잖아."

"그래서 견딜 수가 없어."

"뭐라고 그게 말이라고 해. 넌 인간쓰레기야. 어떻게 순진한 그를 그렇게 짓밟을 수가 있어. 너 때문에 영민 씨는 절망의 나락으로 떨어진 심정으로 산단다."

"그 죄책감을 견딜 수가 없어."

"그런데, 너 임신한 아인 어떻게 되었어. 낳았니?"

"아니야." 그녀는 울고만 있었다.

"그 아이 어쩼느냐고? 보면 대위 아이 말이야."

"지웠어."

"지워? 없앴다는 거야?"

"영민 씨가 낙태시켜줬어."

"뭐라고, 보면 아일 영민 씨가 지워 줬다고?"

"그럼 어떻게 해. 아비 없는 자식을 낳게 되었는데…"

"네가 인간이야? 나쁜 년, 보면 아일 영민 씨에게 지워 달라고 했어?"

해경은 강자연의 뺨을 후려쳤다. 그녀는 울먹이고 있을 뿐이었다.

"너의 부모는 알고 있니?"

"몰라. 그런데 그 사실을 우리 부모에게 말하면 안 된다."

"그럼 앞으로 어떻게 할 건데?" 해경이 다그쳤다.

"독일로 보면을 찾아가야겠어."

"그를 찾아간다고, 가서 다시 시작하려고?"

"그건 몰라, 찾아가서 결정할 일이야."

"제발 포기하고 영민 씨 만나 사죄하고 다시 시작해라."

"그건 안돼. 무슨 염치로 그래."

"내가 네게 온 것은 용서를 빌려고 왔다. 그리고 영민 씨 많이 위로해 줘라."

"내가 왜 너희들 장난에 끼어드니. 불쾌해."

"그래, 할 수 없지. 앞으로 날 못 만나게 될거야."

그렇게 말하고 자연은 독일로 갔다. 그 후 민해경 교수도 만나지 못했다. 그런데 3년이 지난 어느 날 민해경이 전화를 하였다.

"선생님, 강자연 부모님이 딸 소식을 듣고 자결했답니다."

"자결을 했다고요?"

"딸년이 양갈보가 되었다는 소문이 짝 퍼져서 얼굴을 들 수 없었나 봐요. 그래서 두 분 다 음독을 했나 봐요."

"어처구니가 없군요."

"사실은 내가 자연이 독일로 간 이야길 전해줬거든요."

"그래서 음독한 것은 아니겠죠."

그녀는 그 사실에 고뇌하고 있었다. 자연의 부모는 자연이 미군 장교와 결혼하여 미국에서 잘살고 있는 줄 알았는데, 딸이 실연당해 복수하려고 독일로 갔다는 말을 알려 줬다. 그 소식을 듣고 그녀의 부모는 실의에 차 있었다. 그런데 자연이 독일에서 양공주 매춘을 하고 있다는 소문이 부모님께 들려졌고 친척과 주변인들도 다 알게 되었다. 그래서 부부가 극단적인 행동을 했다. 미국으로 시집가서 잘살 줄 알았던 딸이 독일에서 양공주가 되었다는 말이 충격적이었다.

"김영민 선생님, 자연에 관해서 알아야 할 것이 있습니다."

"그게 뭡니까?"

"그녀가 양공주가 된 것은 가족과 부모를 먹여 살리기 위한 것입니다."

"가족을 먹여 살리기 위하여 양공주가 되었다고요?"

"맞습니다. 지지리도 가난했거든요. 그녀가 경제적인 책임을 져야 했어요."

"그렇다면 보면 대위에게 접근한 것도 그 목적 때문인가요?"

"그렇다고 봐야죠."

말도 안 되는 소리다. 가족을 먹여 살리려고 매춘하는 양공주가 되었다. 도저히 이해가 안 되는 논리였다. 민해경 교수는 진지하게 말했다. 가난한 집 장녀로 부모와 동생들을 먹여 살리려면 몸이라도 팔아서 돈을 벌어야 한다는 생각으로 기지촌의 양색시가 되려고 했고 보면에게 돈을 우려냈다는 것이다.

"그게 정말입니까?"

"사실입니다."

난 몰상식하고 비인간적이며 쓰레기 같은 인간이라고 분개했다. 도저히 그녀를 인간 취급을 할 수가 없었다. 그녀는 인생은 천한 비련으로 태어났다. 난 비로소 그녀가 독일로 간 것은 보면이란 미군에 대한 복수라고 생각했는데 새로운 삶터를 찾아 독일 기지촌으로 간 것이다. 그리고 돈 벌어 가족을 부양하려 했던 것 같았다. 인간에 대한 신뢰와 사람이란 도덕이 무너져 버렸다. 난 한동안 자연의 처참한 인생을 증오하고 있었다.

그런데 얼마 후에 민해경 교수가 대학에 사표를 내고 어디론가 잠적을 한 후 소식을 들을 수가 없었다. 심한 쇠약증에 걸려 치료차 잠적을 했다는 것이다. 그녀는 친구 자연 때문에 너무 많이 정신적인 상처를 받고 신경쇠약증을 앓고 있었다.

그녀는 자연의 비인간적인 작태에 견딜 수 없는 회의와 인간에 대한 배신을 느꼈다. 그래서 그녀는 속세를 떠나버렸다.

생각할수록 얄미웠다. 한국에선 양공주 매춘을 할 수 없으니까 독일로 가서 그곳 미군 기지촌에서 양공주가 되었다는 소식을 전해 듣고 화가 나서 견딜 수가 없었다. 그러나 한편으론 그럴 수밖에 없는 불쌍한 뻐꾸기 인생을 동정해 보려고 하였다. 둥지 떠난 뻐꾸기. 새둥지를 만들어 새끼를 칠 생각을 했으나 둥지를 틀 수 없어서 남의 집에 알을 낳을 수밖에 없는 기생 인생을 어찌하라. 그 후 자연과 민해경에 관한 소식은 전혀 들을 수가 없었다.

그녀와 마지막 춤을 추다

  지난날의 추억을 그리며 밤새워 소설 작업을 하다가 새벽에 잠이 들었다. 오래전 추억이라 생각했는데 소설 작업은 거침없이 진척되고 있었다. 구성이 탄탄하고 영상은 잡히는데 사건 전개 과정에서 예리하고 번듯거리는 문장이 매끈하게 서술되지 않았다.

  아내는 이런 내 모습에 익숙해 있어서인지 잠든 날 깨우려고 하지 않았다. 작가랍시고 너무나 자유로운 영혼으로 살았던 행적이 아내에게 미안했고 그것을 이해해 주는 아내가 고마웠다. 정오가 지나서 아내는 굳게 내린 작업실 커튼을 젖혔다.

  "여보, 한낮이야, 그만 일어나세요."

  "벌써 그렇게 되었나, 더 자고 싶은데."

  "일어나서 정신 좀 차려요. 손님이 오셨어요."

  "뭐, 손님? 누군데 일요일에 날 찾아와요." 자릴 털고 일어나면서 물었다.

"모르는 외국인이에요?"

"뭐라고, 외국인?"

주섬주섬 웃옷을 챙겨 입고 응접실로 나갔을 때 데이비스 소령이 앉아 있었다.

"데이비스 소령, 어떻게 내 집을 알고 오셨소?"

"안녕하세요. 휴일에 쉬어야 하는데 불쑥 찾아와서 죄송합니다."

그는 우리말로 인사를 했다. 아내는 커피를 내왔다. 그는 아내의 눈치를 보면서 말할 듯하면서 머뭇거렸다. 알아챈 아내는 커피를 놓고 나갔다. 데이비스 소령은 굳은 표정을 풀고 말을 이었다.

"저의 어머님이 심한 우울증에 시달렸는데 글쎄, 음독했어요."

"뭐라고? 독약을 먹어요?"

"네, 속상해 죽겠어요. 우울증이 심해져서 병원에 입원시켰어요."

"어머니가 말 못 할 고민이 있었군요."

"누구도 만나지 않으려고 해요. 대학 친구는 물론 친척까지도 연락을 끊고 살아요. 선생님이 우리 어머닐 한번 만나주세요."

"혹시 소령의 결혼 때문에 그런 것 아닐까요?"

"네, 제 결혼을 반대한다고 약을 드실 일은 아니죠."

"심신이 약해진 탓입니다."

겉으로 보기엔 댄스 교습을 할 정도로 강하고 건강하게 보였지

271

만 그건 억지였다.

"어머닐 만나주세요. 어머니가 편해야 저도 자유롭게 군 생활을 할 수 있어요."

"알겠습니다."

데이비스 소령은 천천히 어머니에 관한 이야길 꺼냈다. 아버지가 돌아가신 후 혼자 자식을 길렀고 늘 한국으로 돌아가서 살자고 입버릇처럼 말해서 한국 근무를 지원하고 모셨는데 한국 생활에도 적응 못 하고 겉돌았다는 것이다.

"어느 날 어머니의 비망록을 펼쳐 볼 기회가 있었어요."

"비망록이 있었어요?"

"네, '나는 한 남자를 버린 벌을 받고 있다'란 문구를 봤어요."

어머니가 항상 그 죄책감 때문에 고민했다는 것을 알았다. 처음 미국에 와서 살 때는 독심을 먹고 한국과 한국의 부모·형제 그리고 모든 친구와 결별하기로 했는데 나이를 먹고 혼자 살다 보니 외로워졌고 사람이 그리워서 한국에 왔으나 과거의 추억이 목을 조이는 것 같아서 괴로워했다는 것이었다.

"아무래도 그 우울증이 첫사랑의 남자를 버린 죄책감 같았어요."

"첫사랑을 버린 죄책감이라고요?"

"몹시 그분을 사랑했나 봐요."

미국에선 여생을 한국에서 보내겠다는 말을 자주 했는데 막상 한국에 와선 아무도 자길 알아주는 사람이 없어서 또 다른 이국에 온 느낌이 들었다. 그리고 입버릇처럼 누군가에 죄를 짓고 있다는 말을 자주 했었다.

"선생님, 저의 어머님에게 힘을 주세요." 그는 간절하게 애원했다.

"내가 무슨 힘이 되겠습니까만 노력해보겠습니다."

"어머닌 선생님을 사랑하고 있어요. 선생님 말씀은 잘 들을거에요."

"글쎄요?"

그는 어머니가 가슴 아파하는 그 사람이 김영민 소설가란 것을 알았다. 그래서 선생님의 소설 속 주인공이 되긴 했으나 몹시 비관하고 괴로워했다는 것이다.

"맞아요. 카투사가 추억은 허구가 아니고 실화입니다. 강자연 씨는 소설의 주인공이 아니고 나의 옛 연인이었습니다."

"어머니를 만나주세요."

"어머니가 입원한 병원이 어디죠?"

"강남 성심병원입니다."

그녀가 심각하다는 말을 듣고 병실로 찾아갔다. 독서를 하고 있다가 갑자기 나타난 날 보고 활짝 웃었다.

"김 선생님, 웬일이에요?"

"아드님이 왔더군요, 어머님이 위중하다고 말입니다."

"데이비스가 어떻게 선생님을 찾아갔을까요?"

"우울증 때문에 독약을 먹었다면서요?"

"데이비스가 그런 말을 했어요? 그건 아닙니다. 수면제를 다용했었나봐요." 밝은 미소로 나를 바라보았다.

"딴청 말아요. 몸이 많이 상했어요. 휴식이 필요해요."

"약을 먹고 휴식을 취하면 돼요."

"강미연 씨, 정말 저, 김영민을 모르세요?"

"알죠, 소설을 잘 쓰는 김영민 작가, 그래서 선생님 작품을 찾아 읽곤 했어요. 책을 통하여 알았어요."

"솔직했으면 좋겠어요. 부인의 이름은 강미연이 아니고 강자연이지요? S 대학 미대를 중퇴했고 미8군 장교와 밀애를 즐긴 강자연 말예요."

"그건 선생님 소설의 주인공이죠. 전 강미연이 맞습니다."

"강자연 씨, 이젠 그만 자신을 속여요. 난 당신의 애인 김영민입니다."

"선생님, 왜 이러세요. 병문안을 온 게 아니고 절 심문하러 온 겁니까? 환자 앞에서 누굴 아느니 모르느니 염장을 질러요. 대체 무슨 말씀하시려는 겁니까?" 그녀는 완강히 부정했다.

"아무튼, 아드님의 부탁을 받고 왔으니 부인을 병구완할 겁니다."

"왜요? 사양하겠어요."

그녀는 화를 버럭 내었다. 나는 그녀를 뚫어지게 바라보았다.

"데이비스 소령의 부탁입니다."

"선생님, 제발 우리 아이 심사를 자극하지 말아요."

"왜, 아들의 결혼을 반대하세요? 아주 이상적인 부부인데요."

"간여하지 말아요. 내가 원하는 며느리를 얻고자 하는 건데 왜 상관입니까, 내가 정한 여자와 결혼을 시킬 겁니다."

"딱해서 그래요. 결혼 때문에 아드님이 고민을 많이 하더군요."

"그녀의 출신이 마음에 안 들어요. 한국의 규수와 결혼시킬 것입니다."

"제발 아드님도 이해해 주세요."

"상관 말아요. 그리고 김 선생님께 도움받을 일은 없어요. 다시는 절 찾지 마세요. 전 내일 퇴원합니다. 실버그린 하우스도 그만둘 것입니다."

그녀의 말투는 찬바람이 씽씽 돌았다. 어쩔 수 없이 병원을 나와 버렸다. 하고 싶고 묻고 싶은 말이 많았는데 그녀의 냉담한 표정이 무서워서 더 말을 잇지 못했다. 난 집으로 돌아와서 다시 서재에 갇히고 말았다. 그리고 미8군 카투사 시절에 미군 도서관에 번역하려다 만 하퍼 리(haper lee) '앵무새 죽이기 원고'를 꺼내 읽었다. 문장이 신선하고 칼날같이 예민한 심리묘사가 무섭게 느껴졌다. 소설 자체가 너무나 공포스런 감정을 자아내는 소설이었다.

앵무새 죽이기

－나는 생각 없이 남의 말을 전달하는 앵무새를 죽인다. 입을 여는 자는 죽인다는 뜻이다. 목화밭이 싱그런 농원에서 흑인 남녀가 열심히 목화를 따고 있다. 평화로운 농장이다. 그러나 밤이 되면 이 농장은 무서운 공포 속에 젖는다. 흑인가와 백인가가 구분된 동네에서 흑백 갈등은 계속되고 있었다. 이 소설은 개인의 인권이 무시당하는 사회의 부조리를 고발한 소설이다

백인가에서 살인사건이 일어났다. 흑인 청년 톰. 로빈슨이 백인 처녀 밥 이웰을 강간하려다가 응하지 않자 죽였다고 그녀의 아버지 밥이 고소한다. 검찰은 톰을 법정에 세웠다. 이를 안 변호사 애티커스는 톰의 무죄를 변호한다. 그가 흑인을 변호한다고 자식들과 친구 간에도 다툼이 벌어진다. 친구였던 애티커스의 딸 스카우트와 오빠 잼 핀치는 친구인 네이슨과 래들리 형제로부터 비난을 받는다. 밥 아저씨, 이웰, 네이슨, 래들리는 한 가족이었다.

'너의 아버지가 흑인을 변호하는데 난 헛소리하는 너희들을 가만둘 수 없어.' 네이슨이 협박한다. 그런데 재판 결과 톰 로빈슨이 처형을 받았다. 그런데 스카우트가 아버지를 지지하면서도 의문을 제기한다. 친구인 네이슨이 어디론가 사라졌다. 그리고 톰 로빈슨은 이웰을 죽이지 않았고, 이웰이 톱 로빈슨에게 정사를 요구했는데 응하지 않자 죽었다. 그런데 의문은 사라진 네이슨에 있었다. 그가 왜 사라졌는가 스카우트의 고뇌였다. 형제간의 갈등, 네이슨

이 누나를 성폭행하려다가 거절하자 죽인 것이란 의문이 생긴다. 네이슨은 어디로 갔나? 네이슨을 찾아요. 그런데 누군가가 협박했다.

'함부로 말하면 앵무새처럼 죽일 것이다.' 범인이 명백해진 사건인데 공포와 침묵 속에 살인사건은 묻히고 만다. —하퍼리

나는 번역한 것을 몇 번을 읽어보아도 원작과 대등한 번역이라고 혼자 자만하고 있었다. 그런데 그 소설을 그때 왜 번역하지 못하고 중단했을까 후회가 된다. 만약에 그때 출판을 했더라면 대박이 났을 텐데, 그 후 『앵무새 죽이기』는 1992년 한겨레 출판사에서 출판하였고, 열린 책에서 2015년 재번역 출판하여 빛을 보았다.

강자연의 모습을 떠올리며 그때의 사연들을 들추어 소설을 쓰고 있는데 데이비스 소령이 전화를 하였다.

"선생님. 우리 결혼했어요."

"어머니의 반대에도 불구하고 여군 장교 자보라카와 결혼을 했어요?"

"어머니 몰래 했어요. 우리 유럽으로 신혼여행 왔어요."

놀라운 일이었다. 어머니 축복 없이 결혼한 것이다. 혼자 울고 있을 그녀가 떠올랐다. 그때 나를 찾아온 이유를 알 것 같았다. 어머니를 떠나니 돌봐주라는 메시지였다. 자연은 어쩜 두 사람을 보내고 병이 난지도 모른다. 누가 뭐라고 해도 아들만은 어머닐 배신

하지 않을 것으로 생각했다. 그런데 데이비스는 그런 어머니보다 자보라카를 택했다.

참 복잡한 모자간이었다. 이해할 수 없는 것은 강자연이었다. 혼자 남은 그녀를 생각하니 잠이 오지 않았다. 그리고 며칠이 지났다. 밤중에 전화벨이 울렸다. 전화만 오면 불안했다.

"여보세요? 김영민 선생님이세요? 전 그린하우스 원장입니다."

"그런데 무슨 일로?"

"강미연 씨를 아시죠? 급한 일이 있어서 전화했습니다."

"압니다. 강미연 씨 신변에 무슨 일이 있었나요?"

"네, 강남 성심병원 응급실로 좀 와주세요."

곧장 병원으로 차를 몰았다. 응급실로 갔을 때 그녀는 막 병동으로 옮겨졌다는 것이다. 609호 병실 문을 열고 들어섰을 때 그녀는 의식을 잃은 채 병상에 누워있었고 중년 신사 부부가 그녀의 침대 머리맡에 앉아 있었다.

"김영민 선생이십니까? 전 570부대 하우스 보이 김태호입니다."

"그럼 전화한 분이 실버그린 하우스 원장 김태호인가?"

"그렇다네. 이렇게 뵙게 되어 반갑네, 강 교수님의 수첩에서 자네 전화를 발견했지 뭔가."

"하우스 보이 김태호가 실버그린 하우스 사장님이라고, 참 재미있는 인연이군. 강미연 씨 때문에 몇 번 갔었는데 몰라봤군."

"아들 결혼에 충격을 많이 받았나 봐. 김병장이 좀 보살펴 줘야겠어.”

“그럼. 김태호 자네가 지금까지 강미연 씨를 보살폈단 말인가?”

“그렇다네. 내가 보호자지. 김병장, 언제 술이나 한잔하세.”

김태호 원장은 바쁘다며 비서를 데리고 나갔다. 밤은 깊어가고 있었다. 강자연이 맞다. 그녀의 병상 앞에 앉아 있었다. 거친 세월의 풍상 속에서도 곱게 늙은 그녀의 모습은 너무나 애처로웠다. 그 곱던 20대의 모습은 사라지고 윤기를 잃은 피부에 지친 병약한 몸이었다.

보먼 중대장이 아니었더라면 그녀와 결혼하여 행복한 가정을 꾸렸을 것인데 운명의 여신은 그녀를 내게서 멀리 떼어놓고 말았다. 그녀 옆에서 그만 잠이 들었다. 얼마나 되었을까, 내가 눈을 떴을 때 그녀는 내 손을 잡고 있었다. 그녀의 눈에 맺힌 눈물을 발견하였다. 나는 조용히 말했다.

“왜 이러는거요? 아들의 결혼을 축하해줘야 할 엄마가 아들의 결혼을 반대하는 법이 어디 있어요?”

질책어린 충고를 하였다. 그녀는 눈물만 흘리고 있었다.

“고마워요? 이래선 안 되는데 추한 모습을 보였군요.”

“그래서 떠났잖아요. 자보라카 대위와 데이비스는 행복한 부부예요. 이제라도 인정해 줘요.”

“그것 때문에 속앓이하는 건 아닙니다.”

“뭣 때문에 그래요? 졸도할 정도로 심각한 문제가 뭐냐고요?”

"영민 씨, … 미안해요. 미안해요."

그녀는 비로소 나를 영민 씨라고 불렀다. 난 그녀의 손을 꼭 잡았다.

"전 항상 영민 씨에겐 문제의 여자군요."

"이제라도 좋은 관계로 지내면 되겠네요."

"자보라카의 부모님을 찾아줘서 고마워요. 사돈이 재벌 사장이더군요."

"잘 살거예요. 그런데 무슨 고민이 있어요?"

"자식들이 나를 떠나요. 업보죠. 내겐 둥지를 떠나보낸 새가 있답니다."

"둥지 잃은 새?"

"어미가 새끼를 버린 뻐꾸기죠."

그녀의 병상에서 밤을 새우고 나와서 실버그린 하우스 김태호 사장에게 전화를 하였다. 그는 만일을 제쳐놓고 만나자는 것이었다. 곧장 사장실로 찾아갔다. 김태호 사장은 날 기다리고 있었다. 지난날 그는 배움이 없어 천박한 하우스 보이였다. 그러나 누구도 따를 수 없는 돈 버는 재간꾼이었다.

그때 자연에게 상처받고 방황하는 날 보고 세상에 가장 못난 놈이라고 비아냥거렸다. 어디 세상에 여자가 그녀 하나뿐이냐, 양색시보다 더러운 계집을 왜 그리워하는 거냐고, 그녀는 양갈보야. 병신 같은 놈아, 기지촌에 널려있는 것이 양색시야, 그까짓 여자에 미련을 두느냐고 투덜거렸다. 아무튼, 넉살이 좋은 녀석이었다. 그는 늘 새로운 미인을 데리고 다니며 GI들을 쥐락펴락하였다. 하우스 보이 주제에 사교성이 좋은 녀석이었다. 그는 양공주를 미군에게 소개해 주는 펨프(뚜쟁이)였다. 물론 대가는 톡톡하게 받아 챙겼다. 태호가 그때 실의에 찬 나를 위로했다.

"잊어버려, 내가 더 예쁜 미인 골라 줄게. 부담 없이 품고 놀 여자로 말이다."

"이 자식이, 날 뭐로 보는 거야?"

"애인 빼앗기고 우는 쫄장부지 뭐야?"

녀석은 이죽거렸다. 천방지축 주책바가지였다. 감초같이 안 끼는데 없이 미국 놈들 사이를 헤집고 다니며 돈 버는 귀신같은 녀석이었다. 결혼 후 하우스 보이 일을 끝내고 기지촌의 고리 대금업자로 전환한 것으로 알고 있었다. 사채놀이로 큰돈을 벌어 재벌이 된 것 같았다.

그때부터 태호의 고리대금 실력은 악질로 소문이 나 있었다. 이자를 꼬박 1할을 받고 미군들에게 돈을 빌려주었다. 비싸지만 그가 아니면 돈을 빌려 쓸 곳이 없기에 미군들은 울며 겨자 먹기로 돈을 빌려 쓰곤 했다. 10불을 빌려주면 한 달 1불의 이자를 받아낸다. 이자를 깎는 놈에겐 절대 돈을 빌려주지 않았다. 그리고 이자를 떼어먹는 놈이 있으면 절대 귀국하지 못하게 만들었다. 도망가면 전출지로 따라가서 봉급을 압류하였다. 그래서 그의 돈을 떼어

먹는 GI는 없었다. 아무튼, 그는 기지촌에서 닳고 닳은 하우스 보이였다. 그런 녀석이 실버그린 하우스의 주인이 되었다.

첫 대면에 녀석은 나를 반갑게 맞았다.

"김병장, 이게 얼마 만인가? 자네를 만날 줄이야."

그는 날 아직도 김병장이라고 불렀다.

"도대체, 얼마나 많은 돈을 벌어서 이런 사업을 하게 되었나?"

"개같이 벌어서 정승처럼 써보려고 돈을 벌었어. 그걸로 투자한 사업이라네."

"강자연 씨는 언제부터 알게 되었지?"

"운명적인 만남이라고 할까."

미국에서 혼자 산다는 말을 듣고 연락을 했는데 외로운 여생을 한국에서 보내고 싶다기에 불렀다는 것이다.

"김병장 자네는 어떻게 알게 되었는데?"

"데이비스 소령이 날 찾아왔더군. 어머니의 친구가 되어 달라고 하기에 응했더니 글쎄 그의 어머니가 강미연 씨지 뭐야."

"그런 인연이었군. 김병장, 강자연 씨가 불쌍해서 어쩌지, 자궁암 말기 환자야."

"뭐야? 그럼 암 때문에 쓰러진 건가?"

"그랬어. 시한부 생명을 사는 여인이야. 죽음을 준비하고 있는 것 같아."

"그런 몹쓸 병에…"

"내가 도와줄 수 있는 것은 편안하게 종말을 맞게 해주는거야. 김병장, 아직도 강자연 씨를 저주하나? 이젠 저주를 풀고 돌아온 옛 연인을 용서하고 보살펴 주게."

김태호는 그녀를 보살펴 주는 것이 관용을 베푸는 마지막 선물 이라고 생각하였다.

"말기 암 환자라고?"

"응. 회귀본능이라고 할까, 죽음을 맞으려 한국에 나온거지."

그녀가 금방 죽어 사라질 것 같아서 딱하고 불쌍했다. 순간 저 주가 용서로 바뀌었다. 그녀를 살려야 한다는 생각이 들었다.

"우리 집으로 가서 한잔 더하세." 김태호 사장이 말했다.

"그래, 좋아."

우린 그의 집으로 자릴 옮겼다. 실내 장식이 호사스러운 저택이 었다. 역시 사업가의 집이었다. 가정부가 근사한 술상을 차려놓고 우릴 불렀다. 술상 앞에서 우린 옛정을 되살리며 잔을 기울였다. 술잔이 비워질수록 난 어떤 허탈한 감정에 깊이 빠져들고 있었다. 나도 자연 때문에 감당 못 할 무거운 짐으로 짓눌려 있었다. 그때 문을 열고 들어서는 여인이 있었다. 김태호의 부인이었다. 그녀는 나를 보고 밝게 웃었다.

"김영민 병장님, 오랜만이군요. 저 하신해예요."

그녀는 달려와서 나를 안았다.

"하신해 씨! 정말 하신해 씨 맞아요?"

"네, 하신해 맞아요."

"김병장, 내 동반자라네." 김태호가 입을 열었다.

"같이 생활하는 사람이죠." 그녀가 말했다.

하신해가 김태호의 아내였다. 디호벤이 사랑했던 여인, 캠프 메이저 기지촌에서 나를 사랑했던 그 양색시다. 외도로 디호벤에게 고통을 줬던 여인이 김태호의 아내였다. 그녀는 내게 술잔을 따랐다. 술잔을 기울이면서 우린 옛날 카투사 시절로 돌아가서 추억을 이야기하고 있었다.

"어떻게 두 사람이 부부가 되었나?"

"하신해가 나를 잡아먹었어." 그는 호탕하게 웃으며 말했다.

"행복해 보이네."

"운명이었나 봐. 어쩌다 보니 그렇게 되었다네."

"멋져요, 소설가로 성공했다면서요?" 하신해가 미소를 지으며 물었다.

"하신해씬 여전히 젊고 예쁩니다. 옛 모습 그대로예요."

"세월 많이 흘렀지요." 그녀는 조신하게 말했다.

정말 운명적인 만남이었다. 어떻게 하신해가 김태호의 아내가 되었단 말인가… 바람꾼, 섹스와 환락을 추구하던 자유로운 양색시다. 한때는 나를 좋아했던 양색시였고 디호벤 중사를 죽게 한 여인이었다. 태호가 실버산업에 투자하여 엄청난 돈을 번 배후엔 아내의 조력이 있었다. 그런데 하신해가 하우스 보이 김태호의 아내가 된 것은 아이러니하였다.

　김태호는 하우스 보이 일을 끝내고 기지촌에서 미군을 상대로 사채놀이를 했고, 하신해는 양색시 사업에 손을 댔다. 돈을 많이 번 김태호가 그녀 사업에 돈을 댄 것이 종자가 되어 큰돈을 벌었다. 그런 그녀를 그가 낚아채서 결혼하게 되었거나, 그녀가 그를 유혹했는지, 둘 중 하나인데 그가 돈으로 그녀를 매수했다는 추측이 맞을 것 같았다. 돈을 벌자 그들은 새로운 인생으로 변신하였다.

　그녀는 기지촌에서 돈을 벌었으니 고통받는 양색시를 위한 사업을 하였다. 나이 든 양색시들을 불러 노후 복지사업을 시작했던 것이 오늘날 실버그린 하우스였다. 그가 기지촌에서 퇴물이 된 늙은 양색시를 실버그린 하우스로 불러들이는 데 공헌하였다. 아무튼 훌륭한 자선 사업이었다.

　두 사람은 정부의 도움을 받아 노인 복지사업가로 변신했다. 개같이 벌어 정승처럼 쓰며 사는 삶이었다. 그래서 평생 벌어 놓은 재력을 모두 실버그린 하우스에 투자하였다. 돈 많은 사람은 고가의 회원비를 내고 들어오지만 기지촌의 양색시들은 무임으로 기거하고 있었다.

　그 사업 내용이 미8군에 알려져 전국에서 나이 든 양색시들이 모여들었고 오갈 데 없는 불행한 양색시들이 찾아와 노후를 즐기고 있었다. 사실 강자연을 불러들인 것은 하신해였다. 그녀는 강자연의 소식을 듣고 한국으로 불러들여 실버그린 하우스 노인들을 위하여 봉사하며 즐거운 인생을 보내게 하였다. 그녀는 춤으로 봉사하며 노인들을 즐겁게 해주었다.

하신해는 강자연이 건강한 사람이 아니라는 것을 알고 각별한 관심과 배려를 해 주었다. 미국 대학에서 무용을 가르치는 교수였던 경험을 살려 실버그린 하우스에서 노인들의 사교댄스와 스포츠 댄스를 교습하면서 즐거운 여생을 보내게 하였다.

"김영민 병장님, 캠프 메이저 시절에 내가 김영민 병장님을 좋아했다는 사실 알아요?" 하신해는 취기가 오른 홍조 빛 얼굴로 옛일을 들추었다.

"그랬어요? 난 몰랐는데요." 시치미를 떼고 말했다.

"그런데 디호벤에게 날 소개 해줬지요. 화가 났어요."

"미군을 소개해 달라고 했잖아요. 그래서 착하고 양심적인 디호벤을 소개했지요."

"세상에 그런 짠돌이는 없었어요. 같이 살면서 화대만 지급한 인물이라니까요. 그러나 생각하니 참 착한 사람이었어요."

추억을 들추고 싶지 않았지만 하신해의 외도 때문에 디호벤 중사는 자살을 했다.

"디호벤이 죽은 것 알아요?"

"죽어요. 왜죠?"

"그때 병들어 죽었어요." 변명을 하였다. 모르고 있었는데 차마

자살했다는 말은 할 수가 없었다. 그녀의 배신으로 그는 자살했다. 지독한 자린고비였다. 양색시와 살림하면서 화대만 준다고 그녀는 늘 투덜거렸다. 그때 김태호가 분위길 바꾸려고 끼어들었다.

"디호벤이 버린 여자를 내가 구원해 줬다네."

정말 알 수 없는 일이다. 수전노이긴 해도 의리의 사나이지만 김태호가 불행에 처한 그녀를 구원해 주었다니 믿어지지 않았다.

"김병장님, 강자연 씨를 도와줘요. 그때 일을 생각하면 죽이고 싶었겠지만 불쌍한 여자랍니다. 김병장을 사랑하고 있어요. 그 속 마음을 내가 잘 알아요."

우린 잊혀진 추억으로 돌아가서 이런저런 이야기로 시간을 보냈다. 돌아오는 길에 자연의 병실로 찾아갔다. 그녀는 초조하게 창가에 앉아 밤하늘을 바라보고 있었다. 내가 들어서자 반색하며 일어났다.

"김영민 씨, 오지 말랬잖아요."

"하신해 씨를 만나고 왔어요. 어떻게 아픈 사람을 두고 안 올 수 있어야죠."

"부인이 알면 용서 안 할 텐데요…"

"아내는 출타 중입니다."

"출타라면?"

"영국에 갔어요. 아이들 유학 돌봄으로 갔어요." 나는 거짓말을 하였다.

"그럼 기러기 아빠군요."

"내가 당신 옆에서 병시중을 들 절호의 찬스예요."

"영민 씨, 정말 미안해요."

그녀는 비로소 날 영민 씨라고 불렀다.

"끝까지 속일 생각이었어요?"

"네."

불쌍한 여인이다. 이 가련한 여인을 위해서 그렇지만 내가 할 수 있는 것은 죽을 때까지 편안하고 재미있게 해 줘야 한다는 것뿐이다. 다음날 그녀는 아무 일도 없었던 것처럼 퇴원하여 실버그린하우스로 돌아왔다. 그리고 전과 다름없이 노인들의 댄스 교습에 몰두했다. 금방 쓰러질 것 같으면서도 환상적인 춤동작이 나왔다. 어디서 그런 힘이 나오는지 모르겠다. 흥에 겨워 춤에 빠져 있는 경쾌한 모습이 바로 그녀의 참모습이었다. 오, 하느님, 지금의 모습으로 일어날 수 있도록 힘을 주세요. 일과를 마치고 우린 커피를 마시며 여한을 보냈다.

"영민 씨, 우리 남쪽 바다로 여행 갈래요?"

"남쪽 바다로 같이 여행을…?"

"추억 여행이랄까요."

"가고 싶어요. 남쪽 바다로 가요."

"남쪽 나라, 어디요?"

"부산에 가요."

나는 그녀의 요청에 쾌히 응했다. 오랜만에 그녀와 같이 여행을 할 수 있는 영광을 얻었다. 신의 가호였다. 어쩜 마지막이 될지 모르는 여정을 서둘러 추진한 것은 내가 그녀에게 해줄 수 있는 최선의 배려인지도 모른다. 그녀의 청에 못 이겨 움직인 척했지만 내심으로는 좋았다.

3박 4일의 추억 여행, 엄청난 의미를 함축하고 있었다. 부산행 KTX 야간열차를 예약하였다. 서울역 그릴로 나갔을 때 그녀는 벌써 와서 기다리고 있었다. 텅 빈 자정의 서울역 그릴에 혼자 앉아 있는 그녀의 고즈넉한 모습은 한 마리 외로운 뻐꾸기 같았다. 그 정열적이고 활달한 댄스 교습에서 보이던 모습이나 보면 대위와 데이트하던 당당한 그런 분위긴 아니었다. 병색이 완연했다. 창밖에서 한참 그녀의 고즈넉한 모습을 지켜보다가 안으로 들어섰다.

"부산행 야간열차, 아주 멋진 겨울 여행이 될 거요."

"영민 씨, 염치가 없네요. 용서해서는 안 되는 날 위해서…"

그녀를 부축하고 예약된 KTX 열차에 올랐다. 손님들은 벌써 와서 자릴 잡고 앉아 눈을 감고 있었다. 야간열차에 탄 손님들은 누구나 업무에 바쁜 사람들이라 잠이 부족했다. 우린 조용히 짐을 얹고 지정된 좌석에 앉았다. 그녀는 의자에 몸을 기댄 채 지그시 눈을 감더니 곧 잠이 들었다. 그녀는 내 가슴에 기대어 잠이 들고 말았다.

열차는 밤 공기를 가르며 달렸고, 난방이 훈훈하게 몸을 녹여 온몸에 땀이 배고 있었다. 꿈같은 현실이었다. 비몽사몽 같은 현실 속에 다른 두 생각이 혼란스러웠다. 배신녀, 날 버리고 간 여자, 증오하면서도 그녀의 과거를 용서하기로 했다. 그녀가 포근히 내 품에서 잠이 든다는 것으로도 우리들 사이엔 아직도 식지 않은 사랑이 존재하고 있었다. 야적을 뚫고 KTX는 전속력으로 달렸다. 잠이 깼을 때 부산역에 도착하였다. 향긋한 갯내음이 스며 온다. 택시를 타고 해운대로 향하였다.

아침이었다. 바람이 차갑게 얼굴을 스친다. 밤새워 먼바다에서 조업하던 고깃배들이 만선의 꿈을 가득 싣고 항구로 돌아오고 있었다. 해변을 거닐면서 파도가 스치는 바람 소리가 아련한 추억을 회상케 하였다. 인생은 한갓 허무한 시간의 연속인가, 그녀는 먼 지평선을 바라보고 있었다.

"영민 씨, 나 춤을 추고 싶어요."

"괜찮겠어요?

"네, 영민 씨를 위하여 춤을 추고 싶어요."

그녀는 웃옷을 벗었다. 그리고 속옷 차림으로 모래사장으로 나가서 춤을 추기 시작하였다. 발랄하고 환상적인 춤은 실버그린 하우스에서 보았던 그 광란의 춤보다 훨씬 정열적이었다. 그녀는 마치 바다를 나는 갈매기처럼 춤을 추고 있었다. 강렬한 모션은 더욱 더 활기차게 허공을 날았다. 파도에 떠밀리는 모래를 밟으며 사뿐 사뿐 춤을 추었다. 나는 환상적인 그녀의 동작을 응시하며 묘한 흥분에 젖고 말았다. 그런데 갑자기 그녀가 쓰러졌다. 무리한 열연이었다. 난 그녀를 부축해 세웠다.

"영민 씨 이젠 여한이 없어요. 내가 이렇게 사랑하는 남자를 위해 춤을 출 수 있게 해준 하느님께 감사해요."

"자연 씨…"

"사실은 영민 씨를 만나려고 한국에 나왔어요."

병든 몸으로 내가 왜 이러지. 그래, 도저히 이대로는 죽을 수가 없어. 만나자, 어딘가 있을 영민 씰 꼭 찾자. 그래서 귀국했고 하신해 씨가 영민 씨 근황을 알려줬어요. 그래서 영민 씨 주변을 맴돌았고 이렇게 영민 씨 앞에서 춤을 추게 될 줄이야. 이젠 소원이 다이루어졌다는 환희 같은 희열에 젖어 있었다.

그녀를 꼭 포옹했다. 그녀는 내 품에 깊이 안겨 한 마리 파랑새같이 부동의 자세로 안겨 있었다. 화사한 표정에 미소가 가득 고여 있었다.

"자연 씨, 힘을 내요. 내가 지켜줄게요."

"고마워요. 그리고 죄송해요."

백사장에 한참 서 있다가 호텔로 돌아왔다. 그녀는 지쳐 눕고 말았다. 난 그녀 옆에서 그녀의 쇠약한 모습을 지켜보고 있었다.

여행을 마치고 서울로 돌아왔을 때 태호는 우리를 위한 연회석을 마련해 놓았다.

"두 분의 재회를 위하여 축배를 듭시다."

"고맙네…"

"김병장님은 지금 강자연 씨의 시한 생명을 연장해 주는 명약입니다."

하신해는 내 손을 잡으며 말했다.

"감정이 묘하네요."

"자연 씨, 소원 풀이했지요?." 하신해가 물었다.

자연은 고갤 끄덕였다. 그녀의 큰 눈에서 눈물이 흐르고 있었다.

벙어리 뻐꾸기 집을 찾다

실버그린 하우스에서 자연은 아픈 몸에도 불구하고 황혼의 노인들을 위하여 정열적인 스포츠 댄스 교습을 하였다. 그리고 아무도 몰래 짬을 내서 전국의 기지촌을 돌아다니며 양색시 할머니들과 혼혈아를 위로하는 춤 공연을 해주고 있었다. 그녀가 그렇게 움직일 수 있었던 것은 하신해 사장의 배려였다. 외로운 그녀에게 마지막 인생을 봉사로 보답케 하였다.

세월이 흘러 기지촌을 떠난 양색시들의 노후는 비참했다. 인생은 말년이 편해야 행복한 법인데 대부분 양색시들은 그렇지 못하다. 노년을 외롭고 쓸쓸하게 병마와 싸우며 지탱하고 있었다. 젊을 때 돈을 벌어 노후 생활을 준비하는데 그녀들에겐 가족을 살리느라고 그럴 여유가 없었다. 흥청거리던 시절은 가고 돈까지 없는데다 늙어 오갈 데 없는 비참한 생활을 하고 있었다. 게다가 양갈보라는 손가락질은 여전했고 그것이 가슴의 한이었다. 한때는 기지촌에서 이국의 군인들과 화려한 인생을 즐겼지만 한편 나름대로 국가를 위한 외화벌이로 희생된 삶을 살았던 말로는 쓸쓸한 고독뿐이었다.

하신해는 자신의 양색시 시절을 회상하며 오갈 데 없는 그들을 찾아 자신이 경영하는 실버그린 하우스로 불러들였다. 가엾은 인생들, 가슴에 쌓인 한이 슬픈데 주위의 시선은 언제가 차가웠다. 그녀들은 사랑하던 부모 형제로부터 외면당하고 사회로부터 고립되었다. 매춘으로 병든 육체와 멍든 가슴에 고통만 남았다. 그 고통을 견디는 그녀들의 하루는 천년처럼 지루했다.

하신해가 그런 소외된 여인들에게 구원의 손길을 펼치면서 자연을 불러들였고, 자연은 그녀를 적극적으로 도왔다. 자연이 노인들과 동고동락하는 동안 병세는 좋아지고 있었다. 하신해는 활발하게 움직이는 자연의 모습과 밝은 표정에서 안도의 숨을 쉬었다. 그녀의 교습 시간이 없을 때 그녀의 말벗이 되어 주었다.

나는 밀린 청탁 원고와 장편소설을 쓰느라고 며칠째 밤을 꼬박 새우고 있었다. 'GI 병영의 슬픈 카투사'는 잘 진행되고 있었다. 60년 대의 GI 병영의 카투사 생활을 기록한 메모를 바탕으로 현실적 감각 소설로 리메이크하였다. 카투사는 미군의 용역 병이 아닌 미군소속 군인으로 외교관 역할을 하는 특성을 가지고 있었다.

한국전쟁 때 아버지는 카투사 통역장교로 뛰었으나 나는 60년대 미병영에서 미군을 돕고 협조하는 카투사 임무를 다하고 있었다. 이야기는 시대적인 차가 있었지만 비슷했다. 아버진 한국전쟁 때 미8군 카투사 종군 기자였다. 당시 미군 작전은 카투사의 도움으로 많은 전투에서 전승을 거둘 수 있었다. 전시는 아니지만 나 역시 파견된 미군의 업무를 돕고 보조하면서 내 안의 갈등과 상실감을 참으며 오로지 국가를 위하는 사명감으로 근무하였다.

아버진 전투에서 총탄에 맞아 죽어가는 사람과 상처로 고통받는 인간의 절규와 참상을 낱낱이 써 두었다. 전투에서 전장의 정보를 가이드하는 헌신적인 노력은 과히 눈물겨웠다. 아버진 미군에게 전쟁의 참화와 고통을 의연하게 달래주는 역할을 하였다.

나는 미 병영 소속의 일개 병사로써 감당할 임무보다는 미군이 한국을 이해하고 미군의 고독한 군상을 해소해 주는 노력을 했다. 그런데 기지촌의 이질 문화는 늘 나를 슬프게 하였다. 특히 양색시들의 애환은 가슴이 아팠다. 가난 때문에 오로지 돈을 찾아 기지촌에 몸담고 물불 모르고 덤비는 불나방처럼 거릴 헤매는 양색시들의 안타까운 삶을 지켜보았고, 미군에게 부대끼면서 적응하지 못하는 카투사의 애환과 갈등을 직시하면서 인내하는 고독한 군인이었다.

아버지나 나 그리고 예나 지금이나 카투사의 정체성은 별다름이 없었다. 아버진 펀치볼의 신화에서 보듯이 전쟁의 참화 속에서 인간적인 고뇌를 여유로 그렸고 적과 동침하는 존엄한 인간성을 다루었다. 타국 전선에서 피 흘려 죽어가는 병사의 처절한 아픔을 진중 기사에서 읽을 땐 눈물겨웠다. 전쟁의 진중에서 적국의 간호장교(왕상분)와 제임스 빌 중위의 애틋한 사랑과 우정은 인간적인 내면을 솔직하게 고백하는 것이었다.

솔직히 말해서 지금의 주한미군은 전쟁이란 각박한 상황이 아닌 정전 상태에서 도래할 전쟁을 방지하고 대비하는 주둔 상태에서, 미군과 카투사의 병영생활은 본질의 가치를 의식 못 하고 있었다. 오로지 일상에서 벌어지는 사소한 갈등에 분개하고 체념하는 일상이었다. 그러나 기지촌의 미군과 카투사, 양공주의 갈등에서 나약한 인간의 본성을 체험할 수 있었다.

사랑했던 애인을 보면 중대장에게 빼앗긴 분노는 미군에 대한 분노로 작용하였다. 그런 감정은 사소한 갈등으로 몰고 가곤 하였다. 그러니까 아버지는 GI와 전쟁의 참화 속에서 생사고락을 같이하는 전우애와 사나이의 의리와 우정을 그렸고, 나는 기지촌의 양색시와 GI 병영에서 겪은 카투사의 갈등을 그리고 있었다.

아버지의 참전 기록인 '펀치볼의 신화'는 한국전쟁의 각박한 전투상황의 기록이었다. 그러나 그 속엔 자유로운 여유가 있었고 인간적인 교분과 의리가 있었다. 미·소 양 진영의 세력 다툼으로 벌어진 민족상잔의 전투 속에서 오로지 조국이란 무엇이며 국가란 무엇인가로 고뇌했다. 적과의 동침에서 어떻게 그런 여유가 있었을까. 전투 속에서 종근기자 제임스 빌의 여유는 명화였다.

'김 중위님, 펀치볼 안에서 붉은 와인이 출렁거리고 있어요. 글쎄요. 중위님 눈엔 저곳 전장이 와인 잔으로 보이나요?'

피로 얼룩진 동부 전선 펀치볼을 바라보며 읊은 종근 기자 제임스 빌의 감회였다. 전투 중에 어떻게 그런 여유로운 표현을 할 수 있을까, 제임스 빌의 표현도 표현이지만 그것을 받아들이는 김 중위의 감동은 천부적인 작가였다. '펀치볼의 피의 잔이 와인 같아요.' 동부 전선 피의 능선에서 벌어지는 적군과의 각박한 전투 속에서 그들은 그렇게 이야길 하고 있었다. 미군과 카투사 간의 진정한 우정을 진지하게 느낄 수 있었다. 한 치 앞도 못 보는 전투 속에서 수많은 적군과 아군이 죽어 그들이 흘린 피가 계곡에 가득하다고 느낀 제임스 빌 기자는 펀치볼(잔)에 포도주가 출렁거린다고 표현하였다. 얼마나 낭만적인 표현인가. 그러나 그 전투의 참화 속에서 종근 기자 제임스 빌은 영원히 산화되어 버렸다.

친구 잃은 아버지의 기록은 눈물겨웠다. '피의 능선 가칠봉에 아침이 밝아오고 있었다. 고요한 정적에 묻혀 있는 안개가 걷히면서 태양이 밝아온다. 그러나 우린 북에서 밀려오는 중공군의 울안에 갇혀 있다. 언제 이 고지를 벗어날 수 있을까, 보일 것도 같으면서 보이지 않는 숲속의 움직임은 적과의 대치였다. 누구도 미동하지 않는 정지된 시간 저편의 정적 속에서 우린 생존을 의식하고 있었다.'

아버지의 이야길 진지하게 옮겨 쓰고 있는데 하신해가 급하게 전화를 하였다.

"영민 씨, 자연이 사라졌어요."

"8군 영내 장교 숙소에 있는 것이 아닐까요?"

"영내에도 없어요."

예감이 이상했다. 그녀의 증발은 예사롭지 않았다. 갈만한 곳을 다 돌아보아도 그녀는 없었다. 실종 신고를 내고 사방팔방으로 행적을 찾았으나 오리무중이었다. 숨 가쁜 시간이었다. 보름이 지나도 돌아오질 않았다. 한국을 떠난 것일까. 공항 출입국 관리소에 연락을 해봐도 출국자 명단에 없었다. 어딘가에서 쓰러져 객사를 당했는지도 모른다는 생각이 들었다.

"영민 씨, 혹시 독일의 딸을 찾아간 것이 아닐까요?"

"이로니카란 딸 말인가요?"

"어떻게 그녀를 알아요?"

"언젠가 이로니카가 내게 전화를 했었어요, 그녀는 내 소설을 잘 읽는 독자라고 했어요."

하신해는 울컥, 목이 메어 말을 못 했다. 그녀가 증발하자 실버그린 하우스 노인들도 무거운 침묵에 젖고 말았다. 그런데 하신해 앞으로 한 통의 전화가 걸려왔다.

"거기가 실버그린 하우스입니까?" 어떤 여인의 급한 목소리였다.

"그런데요. 어떤 일로?"

"여기 철원의 백운계곡 정수암인데요. 강자연 씨가 이곳에 와 있습니다. 저는 이 암자의 스님입니다.”

“정말 그곳에 강자연이 와 있어요?”

“네, 몹시 아파요. 빨리 좀 오세요.”

하신해가 급히 내게 알렸다. 우린 백운산 정수암을 찾아갔다. 그곳은 비구니가 경영하는 작은 암자였다. 늙은 비구니 스님 10여 명이 열심히 산나물을 손질하고 있었다. 늙은이가 사는 양로원 같았다. 일하던 늙은 비구니 중에 중년의 비구니가 내게로 다가왔다.

“강자연 씨 어디에 있나요?”

“안방에 누워있답니다. 많이 아파요. 지금은 깊은 잠에 빠졌어요.”

비구니는 그녀가 누워있는 방으로 안내하였다.

“위독한데 저대로 두면 안 되죠.”

“그런데 보살님이 여길 떠날 수 없어요. 기력이 약해졌어요.”

“그래도 병원으로 가야 해요.”

“안 갈 겁니다.”

그녀는 마치 동면하는 짐승처럼 깊은 잠에 빠져 있었다. 그런 그녀의 모습에서 어떤 종말을 보는 것 같았다.

“보살님은 사연이 많은 여자예요. 뻐꾸기를 찾으려고 왔답니다.”

“뻐꾸기를 찾는다고요?”

“울고 싶어도 울지 못하는 벙어리 뻐꾸기를 찾고 있어요.”

뻐꾸기는 나그네새다. 둥지를 틀지 못해 오목눈이 새집에 알을 낳고 태어난 뻐꾸긴 오목눈이 새를 엄마로 알고 살아가는데 몸집이 커지자 낳아준 어미를 찾지만, 어미는 어디에도 없었다. 그리고 그녀도 어미처럼 살았다. 둥지를 틀 줄 몰라 또 다른 새의 둥지에 알을 낳는 나그네새였다.

"울지 못하는 뻐꾸기는 대체 어디에 있나요?"

"마음속에 있답니다."

스님은 이상한 소릴 하였다. 그녀가 찾는 뻐꾸기는 붉은 머리 오목눈이 산새였다. 추운 겨울 그녀는 그새를 찾으려고 산속을 뛰어다녔다. 그러나 어디에도 그 새는 없었다. 벙어리 뻐꾸긴 자신이 붉은 머리 오목눈이 새끼로 알고 있었다. 그래서 붉은 머리 오목눈이 엄마를 찾아서 산악을 헤매다가 쓰러져 의식을 잃었다. 암자의 밤은 적막과 고독 속에 흘러갔다. 그 적막 속에서 그녀는 점차 생명을 잃어가고 있었다. 나는 의식을 잃어버린 자연의 침상 앞에서 초조하게 지켜보았다.

"스님, 대체 그녀가 찾는 뻐꾸기는 어떤 새일까요?" 하신해가 물었다.

"사랑하는 사람인 것 같아요."

"사랑하는 사람이 뻐꾸기라고요?"

"둥지를 찾아 주려는 것 같아요." 스님은 애써 슬픔을 참으려고 하였다.

뻐꾸기는 둥지를 틀지 못한다. 그래서 남의 둥지에 알을 낳고 살기에 울지 못하는 벙어리가 되었는지 모른다. 그녀가 둥지 잃은 뻐꾸기 같았다. 뻐꾹, 뻐꾹, 뻐꾸기가 슬피 운다. 그러나 그것은 그렇게 사는 생존이었다. 그녀는 울지 못하는 벙어리 뻐꾸길 찾고 다녔다. 대체 그 새는 어디에 있단 말인가? 출생의 비밀, 성장의 비밀이 너무나 슬퍼서 울 수가 없었다. 자길 길러준 오목눈이를 어미라고 불러야 했기 때문이었다. 오목눈이는 자기 자식이 아닌 뻐꾸기를 자식처럼 길러서 내보낸다. 뻐꾸긴 오목눈이가 어미가 아니라는 것을 알았다. 그래서 알을 낳아준 어미를 찾아다닌다. 그러나 세상에 그런 엄마는 없었다. 지구상에서 자기 새끼를 찾지 않는 새는 뻐꾸기밖에 없었다.

뻐꾸기는 기생 조류이다. 뻐꾸기는 부모 없이 자란 새라서 길러준 딱새가 부모인 줄 안다. 그러나 딱새 형제들과는 몸집도 생김새도 다르다. 뻐꾸긴 둥지를 틀 줄 모른다. 그래서 뻐꾸긴 까치나 딱새. 붉은머리 오목눈이 같은 새의 둥지에 알을 숨어서 낳는다. 새집 주인은 그 알이 자기 알인 줄 알고 잘 품어서 새끼를 깐다. 그리고 붉은머리 오목눈이 어미는 어린 뻐꾸기 새끼를 자기 자식처럼 기른다. 새들은 자라면 어미 둥지를 떠난다. 오목눈이도 자라서 날아가 버리는데 뻐꾸기는 어미 새보다 큰 덩치를 갖고도 어미 곁을 떠나지 못하고 어미의 도움을 받는다. 그런 어느 날 새끼 뻐꾸긴 오목눈이가 자기 부모가 아닌 것을 알고 둥지를 떠난다.

평생 나타나지 않은 어미를 그리며 뻐꾹, 뻐꾹 슬프게 울고 다닌다. 그리고 어미가 되면 알을 낳는다. 자기 둥지를 틀지 못해 뻐꾸긴 딱새 둥지에 알을 낳고 떠나 버린다. 딱새는 그 알을 부화시킨다. 그리고 딱새를 어미라고 생각한다. 그리고 슬프게 울고 다닌다. 그러나 벙어리 뻐꾸긴 울 줄을 모른다. 울 줄을 모르는 것이 아니고 울지 않는다. 너무 슬퍼서 울지 않는 것이다. 그리고 다른 새 둥지에 알을 낳고 떠난다.

울고 싶어도 울지 못하는 벙어리 뻐꾸기는 그녀 자신인지도 모른다. 그래서 슬픈 노래를 부르며 뻐꾸기 같은 인생을 사는 여인이었다.

노 스님이 나를 조용히 법당으로 불렀다. 파리하게 깎은 두상이 유난히 빛나 보였다. 그런데 그녀의 모습이 언뜻 어디선가 낯익은 인상이었다.

"스님, 강자연을 살펴줘서 고맙습니다."

"인연인 걸 어떻게 합니까?"

"인연이요? 대체 스님은 어떻게 그녀를 압니까?"

스님은 오갈데 없는 노인들을 암자로 불러 편안한 노후를 부처님과 살게하는 비구니였다.

"그녀가 나를 찾아왔더군요."

"어떻게 알고 왔을까요?"

"젊었을 때 인연이 있었지요."

"어떤 인연인데요?"

"차가 식어요. 차를 드셔요."

그녀의 모습이 낯설지 않았다.

"스님, 혹시 저를 아세요?"

"네, 알고말고요. 김영민 작가님, 전 민해경입니다." 그녀는 밝게 웃어 보였다.

"민해경 교수님이 어떻게 이곳에…?"

"팔자인걸요. 병들어 휴양차 왔다가 머물게 되었습니다."

"이제야 민해경 선생님이 교수직을 버리고 속세를 떠난 이유를 알겠군요."

"김영민 작가님. 아무튼 반가워요."

그녀는 강자연에게서 느낀 저속한 상실감에 분노했다. 그 충격으로 그만 신경쇠약중에 걸려 교수직을 박차고 나왔다. 치료차 깊은 숲에 암자를 짓고 휴식을 취했다. 건강을 되찾았으나 그 자리에 머물고 말았다. 그것은 강자연으로부터 받은 충격과 인간적인 모독을 보상받는 일이었다. 그래서 세상과 단절하고 깊은 산중에 암자를 짓고 늙고 병들어 오갈 데 없는 노인들을 불러들였다.

그녀가 충격받고 가슴 아팠던 것은 자연이 보면 소령을 찾아 독일로 갔는데 그녀가 독일로 간 이유가 양색시가 되어 매춘으로 돈을 벌러 갔다는 것을 알고부터였다. 그녀의 처사는 인간에 대한 모욕과 상실감이었다.

그런데 강자연이 한국을 떠난지 30년 만에 정수암을 찾아왔었다.

"민해경, 나 강자연이야. 너의 소식을 수소문하여 찾아왔단다."

"강자연, 독일로 간 네가 어떻게 여길 왔어?"

"사죄하고 용서 받으러 왔다."

"사죄, 난 너 같은 저질 인간을 용서 못 해. 무슨 낯짝으로 나를 찾아와. 가라. 가라고."

"나, 곧 죽는다. 병들었단다. 죽기 전에 사죄하러 왔다."

"뭐라. 병들어? 죽는다고…"

병들었다는 말을 듣고 내칠 수가 없어서 받아들였다는 것이다.

"김영민 작가님, 그런데 자연은 어떻게 알게 되었나요?"

"하신해 사장이 만나게 해줬답니다. 그녀가 실버그린 하우스에서 일해요."

"참으로 묘한 인연입니다."

그때 잠들어 있던 강자연이 눈을 떴다. 초췌하고 쇠약한 얼굴로 나를 보고 놀란 표정을 지었다.

"영민 씨, 어떻게 알고 왔어요?"

"병원 치료를 받아야 할 사람이 왜, 이곳에 있어요?"

"저 아프지 않아요." 그녀는 웃어 보였다.

"자연 씨, 가요. 병원으로 가자고요."

"아닙니다. 만나야 할 새가 있어요."

"오목눈이 새를 잡으러 다닌다면서요?"

"네. 엄마 잃고 오갈 데 없는 새랍니다. 부모를 찾아 주려고요."

"그 새는 오목눈이 새가 아니고 뻐꾸기겠죠."

"맞아요. 겨울 산속을 헤매며 울고 싶어도 울지 못하는 벙어리 뻐꾸기랍니다."

그녀는 울적한 표정을 지었다.

"울고 싶어도 울지 못하는 벙어리 뻐꾸기가 누굽니까?"

그녀는 말이 없었다. 그녀의 안타까운 몸짓을 지켜보는 내 마음은 너무 아팠다. 밤이 깊었다. 스님이 내 방문을 두들겼다.

"영민 씨, 자연이 선생님을 찾아요."

방문을 열었을 때 그녀는 반듯이 누워 숨을 몰아쉬고 있었다.

"영민 씨. 부탁이 있어요. 나를 아들 집으로 데려다줘요."

"그래요. 서울로 가요."

민해경 스님은 안타까운 눈으로 그녀를 바라보고 있었다. 그녀를 서울로 모셨다. 그런데 불행은 연생 되었다. 데이비스 소령이 필리핀으로 전출 명령을 받은 것이었다. 시한 생명을 사는 어머님을 모시고 한국에서 근무하고 싶었는데 불행한 일이었다. 아내 자보라카도 같이 발령이 났다. 데이비스 부부는 고민하다가 조심스럽게 전출 명령을 어머니에게 알렸다.

"어머니. 우리 같이 필리핀으로 가요."

"데이비스, 자보라카. 나 필리핀으로 가지 않겠다."

"왜요? 어머닌 환자예요. 돌봐 줄 분도 없는데 안 됩니다."

"한국을 떠나면 건강이 더 나빠질 것 같아. 너희들이나 가거라."

"안 돼요. 어머님 혼자 어떻게 두고 가요?" 자보라카가 울먹이며 말했다.

"괜찮대도, 실버그린 사장님과 김영민 작가도 있어. 그리고 정수암엔 나를 돌봐줄 내가 가장 사랑하는 친구 스님이 있단다."

데이비스는 완강한 의지의 어머니 고집을 꺾을 수가 없었다. 필리핀으로 전출하기 전야 데이비스는 날 찾아왔다.

"어머님이 필리핀으로 안 가겠답니다. 저의 어머닐 보살펴 주십시오."

"알겠네. 내가 보살펴 주지."

"선생님만 믿고 갑니다."

데이비스 부부가 필리핀으로 전출하였고 자연은 실버그린 하우스에서 머물게 되었다. 하신해는 의사 왕진을 시켜 극진히 보살펴 주었다. 나는 데이비스의 간곡한 부탁을 받고 그녀를 간호하기로 하였다.

"영민 씨가 마치 내 남편 같아요."

그녀가 병상에 누워 웃으면서 말했다.

"난 자연 씰 지키는 붉은 머리 오목눈이입니다."

"나를 지켜줘서 고마워요."

"자연 씬 울고 싶을 땐 실컷 울어요."

"전 울지 못하는 벙어리 뻐꾸기랍니다."

뻐꾸기는 집을 짓지 못해 남의 집에 알을 낳아 새끼를 부화한다. 그리고 새끼는 어미가 누군지 모르고 붉은 머리 오목눈이를 엄마로 알고 자란다. 어른 새가 되어도 어미가 오목눈이로 알고 어미가 되어도 둥지 틀 줄을 몰라서 다른 새의 둥지에 알을 낳고 떠난다. 그래서 슬피 운다. 어미 없이 살았는데 새끼도 버려야 했다. 아이를 찾아서 가려고 하여도 같이 살 둥지가 없다. 그래서 뻐꾸긴 평생 슬프게 운다. 평생 엄마가 누군지 모르고 울기만 한다. 그녀는 울고 싶어도 울지 못하는 벙어리 뻐꾸기였다.

"영민 씨, 나 춤추고 싶어요."

"그래요. 우리 춤춰요."

나는 그녀를 데리고 교습소 무대로 올라갔다. 음악이 흘렀다. 처음은 부드럽고 고요한 음악이었다. 그녀는 음악에 맞추어 춤을 추었고 그 율동에 맞추어 몸을 움직였다. 그녀는 가슴이 답답하고 슬플 땐 춤을 추었고 춤을 추고 나면 후련해졌다. 춤추는 시간엔 아무것도 생각이 없는 무상무념의 무아지경에 빠지는 시간이기에 행복하다는 것이다.

음악은 고조되고 우리들은 무대를 빙빙 돌며 춤을 추었다. 난 그녀를 따라 스텝을 밟았다. 왕년의 화려하던 젊은 날의 자연의 모습이 떠올랐다. 손을 놓고 서 있는데 그녀는 혼자 춤을 추었다. 춤을 추는 그녀의 모습은 시드는 인생에 대한 어떤 절규와 생의 찬미 같았다. 한참 만에 그녀는 지친 모습으로 무대에서 내려왔다.

"영민 씨, 우리 술 한잔해요."

"자연 씨, 술 마시면 안 되잖아요."

"안 되는 것이 어디 있어요. 마시고 싶은데요."

"그럼 조금만 마세요."

그녀를 데리고 김태호 사장 집으로 갔다. 하신해는 술과 안주를 내주었다. 그녀의 잔에 술을 따랐다. 그녀는 단숨에 첫 잔을 비워 냈다. 그리고 다시 따랐다. 그녀는 술잔을 들고 멀거니 허공을 응시하고 있었다.

"김병장, 강자연 씨를 끝까지 책임지란 말일세." 김태호가 말했다.

"책임? 무슨 책임?"

"죽어가는 사람을 외면할 순 없잖아."

"옆에 있어 줘서 감사해요." 자연이 얼굴을 붉히며 말했다.

"자연 씨, 울지 못하는 벙어리 뻐꾸긴 어디 있어요?"

"내 딸이죠, 평생 어머니를 거부하는 자식이 있답니다."

"딸! 독일에 있는 이로니카 말인가요?"

"네, 그녀는 내 아픈 손가락이랍니다. 절대 나를 용서할 수 없답니다. "

"왜죠."

"내가 버렸거든요. 그래서 나를 미워해요. 날 부정한 양갈보래요.”

그녀는 조용히 흐느꼈다. 하신해는 그녀를 포옹하였다.

“알아. 네 마음을 내가 알아. 그것이 엄마라는 거야.”

두 사람의 포옹에서 인간적 따뜻한 향기를 느꼈다. 사랑하고 배려하고 도움 주는 인간의 냄새. 양공주들만이 아는 얼마나 소중한 우정인지 모른다. 태호와 하신해는 그런 사람이었다. 그들 부부는 평생 타인을 위하여 살았다. 남녀가 서로 다른 사람의 냄새를 맡으며 부부로 사는 동체이다. 어떤 땐 좋기도 하고 어떤 땐 역겨울 때도 있다. 난 몹시 취해서 집으로 돌아왔다. 그리고 다시 밀실에 묻혀 소설 작업을 하였다. ‘뻐꾸기는 내 가슴 속에서 울어요. 그래서 날아갈 수 없답니다.’

한참 소설 작업에 집착하고 있는데 하신해가 찾아왔다.

“자연 씨가 또 사라졌어요.”

“오목눈이 뻐꾹길 찾아갔을까요?”

어쩐지 불길한 예감이 들었다. 그녀를 다시 볼 수 없을 것 같은 생각이었다. 그녀의 모습에서 인생의 끝자락에 매달린 행복이 얼마나 중요한 실존인가를 의식하였다. 인생이란 짧은 순간의 삶인데 영원할 것 같은 착각에 빠진 사람들은 그 행복을 모른다. 사라지는 것들에 대한 눈물은 곧 죽음을 의미하는 것이다. 나는 정수암 민해경 스님에게 전화를 걸었다.

“걱정하지 말아요. 울지 못하는 뻐꾹길 찾아갔답니다. 딸을 만나러 갔어요."

"독일로 갔군요. 이제야 안심이 되는군요."

"기다리지 말아요. 오지 않을 겁니다."

한 달 후 독일의 이로니카가 내게 편지를 보냈다.

'김영민 작가님, 죄송해요. 어머니가 독일에 오셔서 돌아가셨어요. 어머니는 미안하다, 미안하다. 내가 죽일 년이다. 사죄했는데도 내가 박대를 했거든요. 이로니카야, 그분께 연락해라. 그분이 나를 용서하고 사랑한단다, 라는 말을 남기고 졸도를 했어요. 힘든 말기 암 환자인데 무리한 여행 피로로 질식 상태로 계시다가 돌아가셨습니다. 죽음을 예측하고 서둘러 딸에게로 온 것입니다. 선생님, 어머니 유언은 자신의 시신을 미국의 아버지 옆에 묻어 달라고 했어요. 그래서 어머니 유해는 곧장 미국으로 모시고 가서 장례를 치렀습니다. 그리고 어머닌 꼭 이 말을 선생님께 전해 달라고 했어요. 어머닌 둥지를 찾았는데 붉은머리 오목눈이 집이 아니고 뻐꾸기 둥지를 찾았다고 했어요. 오목눈이 새가 어떤 새인가요? 참 고마운 새 같아요. 선생님을 찾아뵈라고 했어요. 어머닌 김영민 소설가를 사랑했답니다. 저도 선생님을 사랑합니다. 언제 다시 찾아뵙겠습니다.'

하신해는 편지를 같이 읽고 양주를 내왔다.

"김 작가님, 자연의 영혼을 위하여 잔을 듭시다."

"둥지 찾은 뻐꾸길 위하여…"

우린 잔을 부딪쳤다. 그리고 자연의 영혼을 위하여 마셨다. 가련한 여인, 평생 불행한 인생을 살면서 그리움에 몸부림쳤던 여인이다. 우린 그녀를 생각하면서 술을 마셨다. 태호도 묵묵히 술만 마시고 있었다. 잔을 주고받으며 그녀의 영혼을 달래는 술잔을 기울였다. 김태호 사장은 취해서 자릴 떠버렸다.

"김영민 작가님, 자연이 찾던 그 붉은머리 오목눈이 새 말입니다. 그 새는 바로 선생님이었어요."

"그녀가 찾는 오목눈이 파랑새는 딸 이로니카가 아닐까요?"

"아닙니다. 오목눈이 파랑새는 선생님이었어요."

그녀는 울어버렸다. 한참 울다가 내게로 다가와서 조용히 안겼다.

"영민 씨, 사랑합니다. 영민 씬 강자연 씨가 죽는 순간까지도 난 보이지 않았지요? 전 김영민 작가님을 사랑했어요. 저 자신이 초라해지네요."

"하신해 씨…!"

그냥 바라볼 뿐 어떤 말도 할 수 없었다.

"얼마나 기다렸는지 알아요? 양공주라서 영민 씬 날 찾지 않았어요."

"하신해 씬 남편 김태호가 있잖아요."

311

"하우스 보이 김태호는 남편이 아니에요. 동업자죠. 사업을 위해서 동거를 한 것뿐입니다. 남의 시선이 두려워서 부부인척한 거예요."

그녀는 의외의 말을 발설하였다.

"뭐라고요? 정말인가요. 어떻게 그럴 수가…"

"전 영민 씰 평생 사랑할거예요."

"상상도 못 했습니다."

그녀는 내 가슴에서 안겼다. 40년 전, 570부대 기지촌에서 잠깐 만났던 양공주였던 여인이 아직도 날 사랑하고 있었다. 그녀는 평생 나를 가슴에 두고 살았다는 것이다. 그녀는 내 품에 안겨 흐느꼈다. 그러나 내 가슴엔 자연의 모습이 꽉 채워져 있어서 그녀가 비집고 들어올 공간이 없었다. 실버그린 하우스를 나왔다. 그리고 한없이 거리를 걸었다. 자연은 내 뇌리의 전부였다. 강자연의 모습 위로 하신해의 모습이 겹쳐왔다.

스마트폰의 벨이 울렸다. 필리핀으로 전출 간 데이비스 소령이었다.

"선생님, 데이비스입니다."

"어머니 죽음을 애도하네."

"고맙습니다. 장례는 잘 치렀습니다. 선생님, 드릴 말씀이 있어요. 이로니카, 저의 누나를 한번 찾아 주세요. 이로니카가 아버지를 찾고 있어요."

"그녀는 참 외로운 아가씨더군."

"그리고 선생님은 어머니가 그토록 찾던 오목눈이 파랑새였답니다."

"그 새가 벙어리 뻐꾸기인 이로니카로 알고 있다네."

"아닙니다. 그 새는 선생님이에요. 그리고 꼭 할 말은… 이로니카가 선생님의 딸입니다."

"뭐라고, 이로니카가 내 딸이라고?"

"하신해 씨게 물어보세요."

라고 말하고 전화를 끊어버렸다.

"하신해 씨, 독일의 강자연 씨 딸 이로니카의 아버지가 누군지 알아요?"

"네, 그 애는 영민 씨 딸이에요."

청천벽력이었다.

"내 딸이라니 그게 말이 되는 소립니까? 내가 언제 그 아이를 만들어요?"

"맞아요. 이로니카는 영민 씨 딸입니다."

기가 막혔다. 그러니까 그날 밤, 그때 자연이 아이를 지우고 독일로 떠나기 전에 몇 번 만나서 산후 조리를 할 때 생긴 아이였다. 자연은 끝까지 그 비밀을 말하지 않았다. 그러나 하신해는 알고 있었다. 나는 먼 허공을 바라보며 '이로니카 내딸…'이라고 불렀다.

"추억의 카투사"

추억의 카투사, 미군 병영과 기지촌에서 GI와 카투사, 양공주 간에 일어나는 재미난 일화를 리메이크한 밀리트리(military) 소설 이다. 카투사는 한국전쟁 때부터 미군에 소속된 한국 군인이다. 전 국적으로 미군이 주둔한 기지촌은 한국이면서 이국적인 풍토를 지 니고 있었다.

특히 미8군 캠프에서 미군과 카투사들은 두터운 우정과 신의로 상호협조하는 노력으로 국토방위와 반공산주의 척결에 전투력을 강화하고 있었다. 그러나 GI 병영에서 국가와 민족이 다른 미국과 카투사들이 이질 문화의 갈등으로 사소한 감정이 대립하는 속에 웃지 못할 에피소드가 발생하지만 엄한 군율과 인간적인 애증으로 승화하곤 하였다.

GI 병영의 기지촌에 황금을 낳는 유흥의 환락장이 우후죽순처 럼 생기면서 이곳에 오면 돈을 벌 수 있다는 꿈을 가지고 미군을 상대로 한 사업과 매춘 유흥업소가 생겼다. 전국적으로 아리따운 아가씨들이 기지촌의 유락장에 모여들면서 정체불명의 기지촌 문화가 생겼다.

1960년대 GI 병영 기지촌의 풍경은 이채로웠다. 미국적 문화가 범람하면서 거리는 온통 미국풍이었다. 그 주체가 미군을 상대로 매춘하는 양색시들이었는데 그 활동이 이채로웠다. 미군을 유혹하여 달러를 갈구하는 양색시들의 추한 몰골과 그녀들을 짓밟는 GI들의 추태가 가관이다. 그리고 GI 캠프에서 미군의 교만에 상처받은 카투사들의 울분 또한 가상스럽다. 동서문화의 몰인식과 몰지각의 난센스로 벌어지는 미묘한 감정 대립이 빈번하게 병사들 간의 다툼과 싸움으로 불편해지곤 하였다.

이 소설의 주제는 60년대의 미군 캠프와 기지촌의 문화와 풍경을 회화하였다. GI 캠프에서 이어나는 GI와 카투사 간의 시기 갈등과 기지촌에서 일어나는 GI와 양색시들의 사랑과 질투와 증오가 인간적인 갈등으로 점철되는 이야기를 심도 있게 묘사하였다.

외인부대 기지촌의 밤은 언제나 찬란한 네온과 혼란스러운 음악으로 황홀한 욕정을 불사른다. 그 광란의 불빛 속에서 불나방처럼 덤비는 양공주들의 날갯짓이 애처롭다. 그렇게 광란의 골목에서 돈을 찾아 허우적거리는 양공주들이 광기 어린 몸짓으로 황홀한 밤의 환상을 좇아가는데 굶주린 욕정을 발산하려는 미 병사들의 거친 야성들이 그녀들을 울린다. 그러나 오직 돈을 찾아 갈망하는 양공주들의 저속한 몸부림은 처절했다.

미군 캠프에서 한 여대생을 두고 미군 장교와 카투사 병사 간의 미묘한 사랑싸움이 애처롭다. 계급으로 누르고 울분으로 분노하는 갈등 속에서 장교와 병사 간의 계급을 떠난 갈등이 치열하다. 카투사 김영민 병장은 사랑하는 애인 강자연을 미군 중대장 보면 대위에게 빼앗기고 울분과 분노로 절규하는데 보면은 계급으로 졸병을 억누른다. 보면 중대장은 결혼을 빙자하여 그녀와 환상적인 섹스를 즐긴다. 그녀는 영민의 만류에도 보면과 사랑에 빠지고 그들은 동거를 계속하고, 그런 어느 날 보면은 그녀 몰래 독일로 도망가듯 전출해 버린다. 자연은 임신한 몸으로 김영민 병장을 찾아온다. 그녀는 절규한다. 그녀의 슬픔을 보다못해 영민은 보면의 아일 낙태시켜준다.

그런데 자연은 어디론가 자취를 감춰 버리고 그는 제대로 미군 캠프를 떠나면서 잊혀진 연인이 된다. 그 후 김영민은 소설가로 명성을 날린다.

40년 후 어느 날 독일에서 이로니카란 여인이 김영민 작가의 애독자라며 전화를 걸어왔다.

'선생님, 요즈음 작품이 없어요. 소재가 빈곤한가요? 제가 소재를 하나 드리죠. 선생님에 관한 이야길 쓰세요. 40년 전 미8군 카투사 시절, 미군에게 애인을 빼앗긴 이야기를 쓰면 아주 재미난 소설이 될 거예요. 그때의 GI 병영과 기지촌 문화를 쓰세요. 양공주가 되어버린 애인 이야기 말입니다. 추억 속에 묻힌 선생님의 애인을 주인공으로 소설을 써보세요.'

김영민 작가는 깜짝 놀랐다. 그녀는 모든 것을 알고 있다는 듯이 잠재한 추억을 들추어냈다. 그는 'GI 병영의 슬픈 카투사'란 소설을 쓰기로 작정하고 추억의 카투사 시절에 써놓은 낡은 소설 원고를 찾아내었다. 그때 강자연과의 이야길 리메이크하고 다듬어 현대판 소설로 꾸밀 생각이었다. 그런데 리얼한 감정이 이입되지 않아 미군 캠프를 찾아가서 추억을 회상하며 그녀를 닮은 주인공을 찾고 있었다.

그때 기지촌의 GI 캠프 미군 클럽에서 강미연이란 댄서를 만난다. 매력적인 그녀는 강자연을 닮았다. 승마를 하면서 친해졌고 마침내 소설의 주인공으로 모신다. 그녀는 양공주 출신 미국 부인이었다. 그녀는 주한미군 장교인 아들 데이비스 소령을 따라 한국에 와서 미8군 캠프에 안주하면서 이태원 실버그린 하우스에서 내외국 노인들에게 춤을 가르치는 강사로 일하고 있었다.

양공주 출신 하신해는 오갈 데 없는 늙은 양공주들을 구원하는 사업을 하고 있었다. 그녀는 미국에서 홀로 사는 강자연을 한국으로 불러들여 편히 살게 하였다. 그녀의 귀국을 숨기고 있던 하신해가 김영민에게 옛 애인 강자연이 한국에 왔다는 소식을 전한다. 영민은 그녀를 찾아가는데 바로 그녀는 댄스강사인 강미연이었다. 그런데 강미연은 강자연이 아니라고 부인한다.

사실 강자연은 암에 걸려 시한부 인생을 사는 여인이었다. 그녀는 영민에게 사죄할 명목으로 한국에 와서 김영민 주변을 맴돌다가 우연히 만난 것처럼 알게 된 사이였다. 그러나 그녀는 끝까지 강자연이 아님을 주장하면서 자주 만나 친구가 된다. 하신해는 강자연이 말기 암에 걸렸다고 영민에게 알려준다. 그때서야 그녀가 보면 중대장에게 빼앗긴 애인 자연임이 확인되었다 비로소 그녀는 그에게 지난 잘못을 사죄하고 용서를 빌고 두 사람은 추억 여행을 떠난다.

여행을 다녀와서 그녀는 한국을 훌쩍 떠나 버린다.

그녀가 독일로 간 것은 자신이 버린 이로니카란 딸을 찾아간 것이다. 자연은 독일에서 필리핀계 미군 장교와 결혼하여 이로니카와 데이비스 소령을 낳았다. 그런데 남편마저 시리아 전쟁에서 죽고 남편의 미국 집에서 홀로 자식을 키웠다. 그 후 딸 이로니카는 독일에 입양되어 살고 있었다.

데이비스 소령이 김영민 작가에게 전화로 알려준다.

"어머니가 독일의 딸 이로니카를 찾아가서 죽었습니다."

"죽어요?"

강자연은 둥지 잃은 뻐꾸기 딸을 찾아가서 용서를 빌지만 그녀는 결코 어머니를 용서하지 않았다. 그리고 딸의 품에서 종말을 고

한다.

"선생님. 저의 누나 이로니카는 선생님의 딸입니다."

데이비스 소령이 전화로 알려주었다. 청천벽력같은 소식이었다.

"뭐라고? 이로니카가 내 딸이라고…"

기가 막혔다. 친구 하신해는 40년 전 자연이 낙태하고 몸조리할 때 그녀와 잠시 같이 지내던 사이에 임신한 아이가 이로니카라고 전해주었다.

"이로니카, 이로니카, 내 딸 이로니카…"

그녀는 울고 싶어도 울지 못하는 둥지 잃은 뻐꾸기였다. 마침내 영민은 참았던 눈물을 쏟아내고 말았다. 술에 취해 어두운 밤길을 걸으며 딸 이로니카의 이름을 불러대고 있었다.

추억의 카투사GI AND KATUSA

초판 1쇄 인쇄 2025년 3월 25일
초판 1쇄 발행 2025년 3월 27일
저　자 김용필
발행인 박지연
발행처 도서출판 도화
등　록 2013년 11월 19일 제2013-000124호
주　소 서울시 송파구 중대로34길 9-3
전　화 02) 3012-1030
팩　스 02) 3012-1031
전자우편 dohwa1030@daum.net
인　쇄 유진보라
ISBN 979-11-92828-81-7 *03810
정가 15,000원

도화道化, fool는
고정적인 질서에 대한 익살맞은 비판자,
고정화된 사고의 틀을 해체한다는 뜻입니다.